SAUDADES DE COIMBRA

1934-1949

A. J. SOARES

SAUDADES DE COIMBRA 1934-1949

LIVRARIA ALMEDINA
COIMBRA
1985

OBRAS DO AUTOR

— **Carta ao estudante Almeida Garrett**
Coimbra — 1954

— **Carta ao estudante João Arroyo**
Coimbra — 1955

— **Breve história do Teatro dos Estudantes**
Coimbra — 1961

— **Breve história da Tuna Académica**
Coimbra — 1962

— **Saudades de Coimbra — 1901-1916**
Coimbra — 1985

— **Saudades de Coimbra — 1917-1933**
Coimbra — 1985

— **Saudades de Coimbra, 1934-49**
Coimbra — 1985

A PUBLICAR

— **Saudades de Coimbra —**

PALAVRAS PRÉVIAS

Temos continuado a publicar estas SAUDADES de COIMBRA, que representam uma pequena história dos estudantes, dos organismos académicos e da vida cultural, desportiva, musical dos universitários coimbrões.

Por ordem cronólogica são apontados, em cada mês e em cada ano, os mais importantes acontecimentos em que intervieram os estudantes e os agrupamentos universitários de Coimbra, em descrições simples e desapaixonadas, (mas verdadeiras e sintéticas) de forma a suscitar recordações e a evitar quaisquer evocações mal fundamentadas ou, porventura, tendenciosas.

Na segunda parte deste volume agrupam-se em capítulos independentes os assuntos mais expressivos da época focada, com relevo para os respeitantes à Asssociação Académica, *ao* Orfeon, *à* Tuna, *aos* Conflitos & Questões *e, também às* Piadas & Partidas, *sem esquecer os capítulos dedicados às* Senhoras Estudantes *e aos* Tipos Populares *mais conhecidos da Academia, nesta época de 1934 a 1949.*

Os milhares de antigos estudantes agora espalhados por todo o país, que em Coimbra passaram alguns momentos da sua vida, de que guardam as mais agradáveis saudades, poderão ter nestas páginas a evocação sentimental dos principais acontecimentos em que intervieram directamente, ou que foram vividos pelos seus amigos da mesma geração.

A descrição em prosa sucinta e sóbria, é acompanhada sempre por desenhos elucidativos, graças a dois artistas de Coimbra, cujo nomes desejamos aqui escrever, com todas as letras: — os artistas desenhadores são Assunção Dinis, infelizmente já desaparecido e Agnelo Ferreira, radicado em Coimbra há mais de sessenta anos e que tem acompanhado com devotado interesse toda a vida da cidade e da sua Academia.

A boa colaboração que prestaram ao Autor destas SAUDADES de COIMBRA permite-lhe pensar que a obra irá continuar respeitante a outras épocas da Universidade.

Os antigos estudantes bem merecem, que esteja sempre aberta e se prolongue por mais anos esta fonte inesgotável das SAUDADES de COIMBRA.

SAUDADES DE COIMBRA
1934–1949

PRIMEIRA PARTE

1934

Taça Eduardo Dias

Para disputa de uma taça com o nome deste antigo jogador, recentemente falecido, foi disputado um torneio de pingue-pongue entre os grupos do C. A. D. C. e da Associação Académica.

Saiu vencedor o grupo da A. A. que era formado por Mário Oliveira, Bernardo Albuquerque e Júlio Teixeira.

Professor brasileiro

O Doutor Hilário Veiga de Carvalho, professor de Medicina Legal em S. Paulo — Brasil, e antigo estudante de Coimbra, entregou na Associação Académica uma «mensagem» de saudação dos estudantes paulistas aos seus colegas conimbricenses.

Futebol académico

O grupo de futebol da A. A. ganhou ao Académico do Porto, jogando com Abreu, João de Sousa e Cristóvão; Ramos «Tara», Albano e Camarate; Portugal, Brito e Cunha, Rui, Ladeira e Mário Cunha.

Delegado ao Senado

João Farinha, estudante de Matemáticas, foi escolhido para delegado da Academia ao Senado Universitário.

Vida literária

O estudante de Letras António Cruz publicou «*Cidade romântica*», uma novela editada por «Coimbra-actualidades».

Excursão da Tuna

Sob a regência de M. Raposo Marques, a Tuna Académica realizou saraus em Viseu e Lamego.

No acto de variedades actuaram os grupos «Hulla's players» de canções hawaianas e «Clam Roja», uma orquestra de tangos.

Queima das Fitas

Foi eleita a Comissão Central de Queima das Fitas, que ficou assim constituída: — Fernão Rosa Gomes, João Gualberto Galvão, Dâmaso Gomes, Fernando Costa Ramos e Miguel Jardim.

Tuna de Valladolid

Inesperadamente, nas férias de Carnaval, chegaram a Coimbra os estudantes da Tuna de Valladolid que foram acolhidos sem qualquer solenidade e sem manifestações festivas.

Não realizaram o habitual sarau e ficaram aboletados em algumas «repúblicas».

Sarau do C. A. F. C.

Numa sala do Colégio de Santa Isabel, na Rua da Trindade, as estudantes filiadas no Centro Académico Feminino Cristão realizaram um sarau, destacando-se Maria Guilhermina Lemos de Noronha, Maria Piedade Salta, Maria de Lourdes Corga, Ana Freitas Vera Cruz e outras.

Artur Paredes em Lisboa

O guitarrista Artur Paredes que colaborou com os estudantes em muitos saraus da Tuna e do Orfeon, fixou residência na capital.

Homenagem ao Orfeon

Uma comissão de antigos orfeonistas, formada pelos Doutores Mário de Figueiredo, Maximino Correia, José Carlos Moreira e pelo dr. Fernandes Martins, promoveu uma subscrição destinada a comprar para o Orfeon Académico as insígnias de Comendador da Ordem de Benemerência.

Volley-ball

Disputou-se um torneio de volley-ball entre diversos grupos de estudantes que costumavam jogar no ginásio da Associação Cristã.

Questões de arqueologia

Travou-se uma animada polémica jornalística, a respeito das obras de restauração da Sé Velha e de outros problemas de arqueologia, entre o Doutor Virgílio Correia, Professor da Faculdade de Letras e Salvador Dias Arnaut, estudante de Medicina.

Internacional de futebol

Rui Cunha, estudante de Medicina, foi seleccionado para o grupo português que disputaria um jogo de futebol com a Espanha.

Os espanhóis ganharam por 9-0 e Rui Cunha não chegou a alinhar.

IV Baile do Fado

Na Sala Nobre da A. A. realizou-se outro baile do «Fado Académico», pertencendo à Comissão de Honra as estudantes Laura Palhinha, Maria Guilhermina Lemos de Noronha, Alfredina Carmo Pires e Maria de Lourdes Corga.

Café Lusitano

Sucedendo ao café com bilhar e mercearia instalado na esquina da Rua Larga com a Rua de S. Pedro, foi inaugurado o novo café Lusitano, que veio a ser conhecido pelo nome de «Jesuíta».

Excursão do Orfeon

Depois do sarau do Teatro Avenida em que foram apostas na sua bandeira as insígnias de Comendador da Ordem de Benemerência, o Orfeon Académico realizou dois espectáculos no Coliseu dos Recreios, em Lisboa.

No regresso, o Orfeon parou nas Caldas da Rainha onde realizou outro sarau e foi homenageado com um grandioso baile.

Sargentos cadetes

Reuniram-se num jantar de confraternização os antigos alunos do Colégio Militar, matriculados na Universidade e os que continuavam em Coimbra após a conclusão dos seus estudos.

Futebol académico

O grupo de futebol da A. A. perdeu com o Futebol Clube do Porto e com o Celta, de Vigo; empatou com o Sporting, de Lisboa e ganhou à Académica de Santarém.

O técnico sportinguista Filipe dos Santos, dirigiu alguns treinos do grupo de futebol dos estudantes.

Vida literária

Edgard Carneiro, estudante da Faculdade de Letras, publicou um livro de poemas que intitulou «*Caminhos de Fogo*».

V Salão Académico

Na Sala Brasil da Faculdade de Letras, onde também foram expostas algumas «pastas de luxo» abriu o V Salão Académico, em que expuseram trabalhos de artes plásticas os seguintes estudantes: Mariana Machado Santos, Alberto José Pessoa, Danton, J. A. Oliveira Assunção, João Gomes «Melos», Manuel Filipe, Otílio Figueiredo, Rui Gouveia, Rui Guerreiro e Manuel Brinca.

Conferência no C. A. D. C.

O estudante de Direito José Guilherme de Melo e Castro proferiu uma palestra no C. A. D. C. a respeito de «Luta de classes».

Cortejo da Queima das Fitas

O assunto mais focado nas «piadas» dos carros do cortejo da Queima das Fitas, foi a «Praia Artificial».

A classificação dos carros provocou certo azedume entre alguns grupos não contemplados, que publicaram cartas nos jornais e distribuiram panfletos.

Curiosidades da «Queima»

Realizou-se, pela última vez, a tradicional «tourada» dos «caloiros» que vieram em manada desde Santa Clara até ao Largo da Feira.

Pela primeira vez houve uma Tarde de Arte que teve a colaboração de Alceu e Joaquim de Carvalho e de Joffre Fernandes, um trio de estudantes que interpretou várias peças de música clássica.

Dirigentes do C. A. D. C.

A nova direcção do C. A. D. C. ficou assim formada: — Joaquim Anacoreta Correia, Francisco Fernandes Homem Rodrigues, Filipe Requixa, Francisco Ibérico Nogueira, Urbano Dias Dinis, Fernando Filipe de Oliveira e Raul Baptista Monteiro.

Doutor Moniz

Estranhava-se o desaparecimento do doutor Moniz, exótica figura de estudante indiano que desde há semanas se não via deambular pelas ruas da cidade, de gabardine coçada e grosso bengalão, balbuciando os monólogos confusos da sua tragédia.

Campeonato de atletismo

No Campeonato Regional de Atletismo o grupo da A. A. conquistou o primeiro lugar destacando-se os atletas Augusto Ladeira, Mário Cunha, João Barata, Rogério Dias e Joaquim Rojão.

Garraiada do V ano médico

No Coliseu de Santa Clara o curso do V ano médico promoveu uma garraiada, revertendo o produto líquido da venda dos bilhetes em favor da Obra da Tuberculose de Coimbra.

Orfeon no Brasil?

Constava, mais uma vez, que o Orfeon Académico iria ao Brasil nas férias grandes.

Dois falecimentos

Faleceu Marcolino Reis, estudante de Letras e entusiasta pela arte cinematográfica.

Também faleceu o estudante madeirense, Gabriel Câmara Leme de Freitas.

As Pupilas do Senhor Reitor

A fim de escolher os locais onde se deveriam filmar algumas cenas desta nova fita portuguesa, esteve em Coimbra o realizador cinematográfico Leitão de Barros.

Morte de um antigo Reitor

No seu castelo de Arade, no Algarve, faleceu o dr. Joaquim Coelho de Carvalho, que em 1919 foi Reitor da Universidade de Coimbra, aquando dos acontecimentos relacionados com a extinção da Faculdade de Letras e do inquérito aos Doutores Magalhães Colaço, Carneiro Pacheco, Fezas Vital e Oliveira Salazar.

O dr. Coelho de Carvalho ocupou o cargo de Reitor da Universidade, pouco mais de dois meses, tendo pedido a sua exoneração depois de uma resolução dos professores, de uma greve dos estudantes e dos protestos da cidade.

Emissora Nacional

A Emissora Nacional, recentemente organizada e que era dirigida pelo dr. António Joyce, antigo regente do Orfeon Académico, dedicou uma das suas emissões experimentais à música de Coimbra e dos estudantes.

Sala do Brasil

A Sala do Brasil, na Faculdade de Letras, que fora instituída com o auxílio de um subsídio do Doutor Teixeira de Abreu, antigo Professor da Faculdade de Direito, precisava de aumentar o número de livros da sua Biblioteca.

Neste sentido foi dirigido um apelo a intelectuais portugueses e brasileiros, pelo estudante de Letras, Albino Peixoto Júnior, natural do Brasil.

Piscina de Santa Cruz

Nos terrenos atrás do balneário do campo de Santa Cruz, foi construído um tanque para servir a exercícios de natação dos estudantes e de outras pessoas de Coimbra.

Esta piscina foi o primeiro recinto construído no norte do país destinado, expressamente, ao desporto da natação.

Exames na segunda época

Os estudantes da Faculdade de Direito e do Liceu que ficaram reprovados na época de Julho, tiveram reuniões com o fim de solicitarem do Governo a concessão de uma segunda época de exames, em Outubro.

Dois falecimentos

Faleceu o Doutor Luís dos Santos Viegas, doutorado nas Faculdades de Filosofia e de Medicina e Professor de Anatomia Patológica.

Tambéma faleceu Daniel Correia da Cunha, proprietário de uma pequena livraria nas Escadas de Quebra Costas e autor de «*A Malta*», um livro de crónicas sobre os estudantes de Coimbra.

Imprensa da Universidade

Foi decretada a extinção da Imprensa da Universidade de Coimbra, e a transferência de todo o seu património para a Imprensa Nacional de Lisboa.

Vida literária

O dr. Solano de Abreu publicou «*No país das arrufadas*».

Tribunal do Sarre

O Professor da Faculdade de Direito, Doutor Luís Cabral de Moncada, foi escolhido para desempenhar as funções de Juiz no Tribunal Internacional do Sarre, um organismo da Sociedade das Nações que regularia o plebiscito sobre o destino daquela região, encravada entre a França e a Alemanha.

Vida do C. A. D. C.

Por motivos de ordem interna alguns sócios do Centro Académico de Democracia Cristã pediram a sua demissão.

Desastre na piscina

Quando se preparava para mergulhar na água da piscina, caiu da torre de saltos sobre o cimento, o estudante Celestino Veiga, atleta da A. A. e aluno da Faculdade de Ciências.

O Orfeon não foi ao Brasil

Findas as férias grandes, verificou-se, mais uma vez, que foram goradas as esperanças do Orfeon Académico em concretizar o antigo projecto de uma viagem ao Brasil.

Vida literária

O Doutor José Maria Rodrigues publicou um opúsculo «*Episódios da Questão da Sebenta*», em que esclarecia alguns pontos da polémica, havida em 1886, com o Doutor Avelino Calisto e Camilo Castelo Branco.

O escritor brasileiro Virgílio Maurício publicou «*13 meses em Portugal*», um livro que inclui muitas referências à vida académica de Coimbra.

Reabertura das aulas

Decorreu com grande solenidade a cerimónia da reabertura das aulas; a Oração de Sapiência foi proferida pelo Doutor Eusébio Tamagnini que, semanas depois, seria o novo Ministro da Instrução.

Filmagens em Coimbra

O realizador Leitão de Barros dirigiu as filmagens de algumas cenas passadas em Coimbra que se destinavam à nova fita «As pupilas do Senhor Reitor».

III ano médico

Um grupo de estudantes do curso do III ano médico representou ao director da Faculdade de Medicina no sentido do Doutor João Marques dos Santos ser encarregado da regência da cadeira de Anatomia Patológica, que vagara pela morte do Doutor Luís dos Santos Viegas.

Novo Governo

Houve mais uma remodelação ministerial, ficando no Governo, além do Doutor Oliveira Salazar, mais quatro Lentes de Coimbra: Doutores Manuel Rodrigues, Caeiro da Mata, Eusébio Tamagnini e João Pinto da Costa Leite (Lumbrales).

Vida literária

Adolpho Rocha, recentemente formado em Medicina, publicou *«A terceira voz»*, usando o pseudónimo de Miguel Torga.

Direcção da A. A.

A nova direcção da A. A. ficou assim constituída: — António de Sousa, José F. Saraiva, Carlos Leça, António Ramos de Almeida, António Leitão, Ernesto de Andrade e José Almeida Tinoco.

Torre da Universidade

Terminada a compressão das despesas, a Câmara Municipal resolveu iluminar, novamente, a Torre da Universidade.

Contra as trupes

Os alunos do Liceu desencadearam um movimento contra as trupes, manifestando-se nas ruas, após o toque da «cabra» e distribuindo manifestos verberando a violência de certas praxes.

Sarau de caridade

No sarau em benefício da Liga dos Combatentes, actuaram os guitarristas Abílio de Moura e Augusto de Sousa Seco, acompanhados à viola por Décio de Antas, novos elementos do «Fado Académico».

Conferência na A. A.

O Doutor Agostinho de Campos proferiu uma conferência na A. A., sobre «Lirismo e Sátira».

Novo jornal

Saiu «*Paracelso*», quinzenário de estudantes de Medicina, dirigido por Otílio de Figueiredo e Mário Saraiva.

«República dos Kágados»

Na Rua do Correio, à esquina das escadas que vão para o Beco da Carqueja, foi inaugurada a República dos Kágados, a que pertenciam os seguintes estudantes, quase todos minhotos: — José Mota Marques, Júlio Leite, Aníbal Ferreira, Renato Matos, Osvaldo Matos, Álvaro Ferreira, Guilherme Andrade e António Gonçalves.

Estudantes brasileiros

Os estudantes nascidos no Brasil fundaram uma Associação que tinha os seguintes dirigentes: — António Ferreira, Albino Peixoto Júnior, Rosa Gouveia e Divaldo Gaspar de Freitas.

Eleições dos representantes

Os candidatos «republicanos» venceram as eleições dos representantes da Academia ao Senado e à Assembleia da Universidade.

Os estudantes escolhidos foram os seguintes: — Ernesto de Andrade e António de Sousa, de Direito; José Augusto Martins e António Leitão Figueiredo, de Letras; Jorge de Morais e Dâmaso Gomes, de Ciências; Mário Braga Temido e Otílio de Figueiredo, de Medicina.

A Tuna na Madeira e nos Açores

Sob a regência de M. Raposo Marques e dirigida por Danton Paixão, Décio de Antas, Jaime dos Anjos e João Raposo, a Tuna Académica fez uma excursão pelas Ilhas, dando saraus no Funchal, Ponta Delgada, Angra do Heroísmo e demorando-se vários dias na cidade da Horta, ilha do Faial.

1935

Campeão de Coimbra

Empatando com o União, o grupo de futebol da A. A. conquistou o primeiro lugar no campeonato de Coimbra, ficando apurado para disputar o campeonato nacional da I Liga.

Torre de Santa Cruz

Caiu a torre da Igreja de Santa Cruz, construção medieval ampliada e renovada em séculos posteriores e que se erguia em frente do Jardim da Manga, bastante distanciada do templo a que pertencia.

Regresso da Tuna

Depois de uma viagem pelas Ilhas da Madeira e dos Açores, a Tuna Académica chegou a Coimbra, preparando-se, imediatamente, para uma série de saraus, iniciada em Aveiro, com o fim de cobrir o déficit que trouxera da excursão àqueles arquipélagos.

Homenagem a um Lente

Foi convocada uma Assembleia Geral da Academia para deliberar sobre uma homenagem a prestar ao Doutor Joaquim de Carvalho, que pertencera à direcção do «*Diário Liberal*».

De barco até à Figueira

Num dia de cheia no rio Mondego, os estudantes Hugo Moncada, Pedro Moncada, António José Soares e Manuel Soares fizeram um passeio de barco, até à Figueira da Foz, regressando a Coimbra também pelo rio.

Viagem à Lua

O estudante da Faculdade de Ciências, José Redondo Júnior, foi à Figueira da Foz proferir uma conferência sobre «Espaços interplanetários» e, juntamente com os seus colegas Alfredo Fernandes Martins, Raul Lopes Duarte e Manuel Deniz Jacinto, projectava efectuar uma viagem à Lua, utilizando um foguetão especial propulsionado a combustível líquido.

Excursões da Tuna

Para cobrir o deficit que trouxera da viagem aos Açores, a Tuna Académica iniciou uma série de espectáculos, à volta de Coimbra, actuando na Pampilhosa do Botão e em Albergaria-a-Velha.

As excursões eram feitas aos sábados, com regresso a Coimbra depois do baile com que finalizavam os espectáculos.

Visita dos aviadores

Os aviadores tenente Humberto Cruz e sargento Lobato vieram a Coimbra em visita oficial, tendo sido recebidos solenemente na Associação Académica.

Basquete académico

Nos grupos de basquetebol da Associação Académica actuavam os seguintes jogadores: Carlos de Sousa, Fernando Barbosa, Rui de Oliveira, Licínio Santos, José Redondo, José Várzea, Alcino Couto, Augusto Cura, Américo Ferreira e Sebastião Gouveia.

Queima das Fitas

Para a Comissão Central da Queima das Fitas foram escolhidos: Luís Providência, Augusto Castelão, João Ramalho de Mira e José Brito Barbosa.

O Orfeon mal recebido

O Orfeon Académico foi acolhido com assobios e pateada quando se apresentou no Porto, dias depois de um jogo de futebol, no Campo de Santa Cruz, entre a A. A. e o Futebol Clube do Porto.

A excursão do Orfeon continuou, depois, para Braga, Viana do Castelo e Ponte do Lima. No cemitério desta vila o Orfeon homenageou o antigo estudante António Feijó, cantando música religiosa.

Assembleias magnas

Por causa de certas afirmações de Joaquim Cunha Andrade, presidente da direcção do Orfeon, reveladas num jornal do Porto e que a Academia reputou infelizes e menos dignas, realizaram-se várias Assembleias Magnas.

Após o regresso do Orfeon, tudo ficou esclarecido, desaparecendo os mal-entendidos.

Excursões da Tuna

A Tuna Académica continuava com as suas digressões de «fim de semana», deslocando-se a Condeixa e a Leiria, onde realizou espectáculos.

Artistas de teatro

A actriz Beatriz Costa apresentou-se em Coimbra pela primeira vez.

Também veio actuar no Avenida a artista Mirita Casimiro que acompanhada por seu pai, o cavaleiro tauromáquico José Casimiro, visitou a A. A. tendo sido recebida na sala do «Fado Académico».

Conferências na A. A.

Numa conferência na A. A. o Doutor Anselmo Ferraz de Carvalho falou sobre «Universidade», lançando a ideia de uma Faculdade de Estudos Coloniais.

O dr. João Gaspar Simões também fez uma conferência dissertando sobre «Deformação, génese de toda a arte».

Garraiada da «Queima»

Por ter sido destruída por um incêndio a Praça de Touros de Santa Clara (no local onde está o «Portugal dos Pequenitos»), a garraiada da «Queima das Fitas» foi marcada para a Figueira da Foz.

Morte do «Anão de Celas»

Morreu o sapateiro Saul Augusto Vieira, conhecido «mandador» das «fogueiras» do S. João, sempre alegre e galhofeiro e muito estimado pelos estudantes.

Era conhecido pelo «Anão de Celas» lugar onde nascera e sempre viveu.

Cidade Universitária

Com vista à elaboração de um plano para a projectada «Cidade Universitária» visitaram Coimbra os arquitectos Raul Lino e Luís Benavente que foram acompanhados pelo Doutor Luís Carriço.

Mortos da Grande Guerra

Em homenagem aos estudantes mortos na Grande Guerra, foi descerrada uma lápide na frontaria da A. A., na Rua Larga.

Campeonato da I Liga

Terminou o primeiro Campeonato de futebol denominado «I Liga» ficando em último lugar o grupo da A. A.. Entre outros, disputaram o campeonato os seguintes jogadores: Álvaro Abreu, Cristóvão, Pascoal, Alexandre Portugal, Filipe dos Santos, Faustino, Toscano, Camarate, Rui Cunha, Armando Correia e Mário Cunha.

VI Salão Académico

No «Salão» de artes plásticas, aberto durante as festas da «Queima das Fitas», expuseram os estudantes Oliveira Assunção, José Cruz, Danton, Eugénio Dias, Antenor, João Zamith e Fernando Namora, estudante do Liceu.

«Centenário do Grelo»

As festas da Queima das Fitas ficaram conhecidas pelas festas do «Centenário do Grelo». O «Baile da Saudade» foi nos Salões da Câmara Municipal; e, no Parque da Cidade, foi descerrado um «monumento ao grelo», feito de madeira e gesso.

Organismos académicos

Além de terem actuado no sarau da «Queima», o Orfeon deu saraus no Coliseu, em Lisboa e a Tuna deslocou-se a Cantanhede.

Imprensa académica

No restaurante da Pastelaria Central confraternizaram os estudantes que pertenciam aos jornais académicos *«Coimbra»*, *«Ponney»* e *«Paracelso»*.

Campeonato de atletismo

O grupo de juniores da Associação Académica ganhou o Campeonato Nacional de Atletismo, destacando-se os estudantes Júlio Duarte Pavia, Joaquim Gago, Eduardo Baptista, João Rui Barata e Humberto Soares de Melo.

Direcção do C. A. D. C.

Foram eleitos os novos corpos gerentes do C. A. D. C., ficando a direcção assim constituída: — Francisco Homem Rodrigues, Filipe Requixa, António Marques Fernandes, Jorge da Fonseca Jorge, António Joaquim Alves Filipe, António Marques de Sousa e António Lopes Bigote. Para presidente da mesa da Assembleia Geral foi designado Francisco Ibérico Nogueira.

Emissora do Liceu

No Liceu José Falcão começou a funcionar um posto experimental de emissões radiofónicas, estando a montagem a cargo do aluno Vicente de Almeida de Eça.

Frascary Club

Um grupo de «teóricos» do futebol denominado «*Frascary Club*» destacou-se este ano no apoio que prestou durante os jogos disputados pela Associação Académica.

Novas músicas

Depois do êxito do fox «*Noites de Luar*», música de Serrano Baptista e letra de J. M. Assis Pacheco, foi editado o tango «*Um beijo*», da autoria dos mesmos estudantes.

Festas nos Covões

As festas de abertura do sanatório da Quinta dos Vales constaram de um Cortejo Medieval e de um «Torneio» em que colaborou o Orfeon Académico.

Após a festa, grande número de estudantes assistiu ao «Baile do Romantismo».

Atletismo de seniores

A equipa de seniores da A. A. também conquistou o primeiro lugar no Campeonato regional de atletismo. Da equipa faziam parte Celestino Veiga, Augusto Ladeira, Ilídio Baptista, Rogério Morais, Carlos Alberto Gonçalves e Alves Pereira.

Estudantes paulistas

Sob a direcção de Franchini Neto esteve em Coimbra um grupo de estudantes brasileiros, de S. Paulo.

Não obstante a época de exames foram recebidos na A. A. tendo assistido a um ensaio do Orfeon, onde ouviram cantar rapsódias portuguesas, o Hino Nacional e o Hino Brasileiro.

Livraria Gonçalves

A Livraria Gonçalves, aberta em 1930, na Rua de S. João, transferiu-se para a casa da mesma rua, que fazia esquina com a rua do Cosme e onde fora a Sapataria do Teles.

Estudante castigado

Foi aplicada a pena de seis meses de exclusão ao estudante de Direito José Guilherme de Melo e Castro.

Praia Fluvial

Foi inaugurada a Praia Artificial do Mondego, em frente ao Parque da Cidade.

Num torneio de natação a equipa da A. A. conquistou quatro taças, ficando em primeiro lugar.

O melhor nadador da equipa foi o estudante alemão Albert Dembeck, inscrito no Curso de Férias da Faculdade de Letras.

Outros estudantes faziam parte da equipa de natação do «Atlético de Coimbra», entre os quais se contavam Manuel Soares, Manuel Gaspar e Jorge Peixoto.

Cruzeiro às Colónias

Começou a constar que no «Cruzeiro Académico às Colónias» comparticipariam estudantes de Coimbra pertencentes ao grupo de futebol da A. A. e à Tuna Académica.

O «Cruzeiro» foi organizado em Lisboa, mas os estudantes de Coimbra não foram incluídos, o que muito penalizou os componentes da Tuna Académica e do grupo de futebol.

Livro de homenagem

Um grupo de estudantes das Faculdades de Letras de Coimbra e de Lisboa, além de outros estudantes do Instituto Superior de Agronomia, publicaram um livro de homenagem aos seus Professores Doutores Joaquim Carvalho, Hernâni Cidade e Azevedo Gomes, que antes tinham respondido por um crime de abuso de liberdade de Imprensa.

Terreiro da Faculdade de Letras

Começou a ser cortada a erva para regularização do terreiro em frente do edifício da Faculdade de Letras.

«Trevo de quatro folhas»

Nas filmagens do «Trevo de quatro folhas» feitas na Piscina e no Parque da Curia, figuraram muitos estudantes que durante alguns dias para ali foram transportados de camionete.

No filme, realizado por Chianca de Garcia, actuavam os actores Procópio Ferreira, Nascimento Fernandes e Beatriz Costa.

Campeonatos de natação

A equipa de natação da A. A. conquistou o primeiro lugar nos campeonatos de Coimbra, destacando-se alguns estudantes que, no anterior torneio, tinham representado o «Atlético de Coimbra».

Entre outros, a equipa académica era formada por Manuel Soares, Jorge Peixoto, Jorge Prista, Adriano Pires, Mário Paula e Licínio Santos.

Obras no Liceu

Iniciaram-se as obras de regularização da frontaria do edifício de S. Bento, onde funcionava o Liceu José Falcão, que ficara com mau aspecto após a demolição da Igreja, em 1932.

Restauração da Porta Férrea

Além da construção de uma escadaria à frente da Faculdade de Letras, também havia obras de restauração da Porta Férrea.

Vida literária

Com o título «*Garrett estudante de Coimbra*», foi publicado um estudo de H. de Campos Ferreira Lima.

No livro do dr. A. A. de Lima Duque, «*Recordando o passado*», também há muitas referências à vida académica de Coimbra.

Reabertura da Universidade

À parte o toque da «cabra» e as pastas com fitas ou grelos usados por quintanistas e quartanistas, não se realizou qualquer acto que celebrasse a reabertura da Universidade.

Constava que a reabertura solene teria lugar em Dezembro, na Sala dos Capelos.

Quartanistas de Direito

Poucos dias depois da abertura das aulas os estudantes do quarto ano de Direito deram um passeio a Anadia, onde regaram o grelo em algumas caves.

Contra a Universidade

Os sócios do C. A. D. C. Joaquim Serrano e Brás de Mascarenhas vieram declarar na revista «*Estudos*» que os artigos que publicaram nos números de Verão não tinham qualquer intenção de desprestigiar a Universidade nem de ofender qualquer professor.

Professores falecidos

Faleceu o Doutor Adelino Vieira de Campos, Professor da Faculdade de Medicina, que muito se dedicou à luta contra a tuberculose.

Também faleceu o dr. Sílvio Pélico, professor do Liceu José Falcão.

Futebol académico

O dr. Cristóvão Lima, já licenciado em Letras, era o director técnico do grupo de futebol da A. A. que empatou com o União no primeiro jogo da temporada.

Além destas funções desportivas o dr. Cristóvão Lima também era o encarregado do serviço da Biblioteca da Associação Académica.

Dirigentes da Associação

Foi eleita a nova direcção da Associação Académica que ficou assim constituída: Ernesto Domingues de Andrade, António Leitão, Cristóvão Lima, Políbio Gomes dos Santos, António Marinho Dias, Ivo Cortesão e Mário Valente Leal.

Morte de Correia Dias

Morreu no Rio de Janeiro o pintor e desenhador F. Correia Dias que no ano de 1915 fora para o Brasil e que voltara a Coimbra com sua mulher, a poetisa Cecília Meireles.

Representantes da Academia

Realizaram-se as eleições dos representantes da Academia ao Senado e à Assembleia Geral da Universidade, tendo sido escolhidos os seguintes estudantes: — Augusto Castelão de Almeida e António de Sousa, de Direito; Henrique de Oliveira e Gonçalves Ferreira, de Medicina; Raul Lopes Duarte e José Rodrigues Martins, de Ciências; Ivo Cortesão e José Tinoco, de Letras.

Basquete académico

Além do grupo da A. A. e da A. C. E. os estudantes também disputavam o campeonato de basquetebol com o «Cinco Académico», de que faziam parte, entre outros, Viriato Amaral Nunes, Álvaro Pinho de Almeida, Domingos Alves, José Silveira, José Luís Matias, Tinoco, Serra e Manuel Soares.

Secretário da Universidade

Em substituição do dr. José Neves, que o Governo demitira, foi nomeado Secretário da Universidade o dr. João de Almeida.

Reabertura solene

Na cerimónia solene de reabertura da Universidade, a «Oração de Sapiência» foi proferida pelo Doutor Amorim Girão.

Morte da Maria Marrafa

Na Rua da Matemática morreu a antiga servente Maria Marrafa, já muito conhecida das gerações do século XIX e que passou grande parte da vida a entregar aos estudantes as folhas litografadas das «Sebentas».

Teatro de estudantes

Na Biblioteca Geral os estudantes da secção de Germânicas, da Faculdade de Letras, representaram, em alemão, algumas cenas de «*Der Totentanz*».

Sarau da Emissora

No primeiro sarau organizado no Teatro Avenida de Coimbra pela Emissora Nacional, colaboraram a Tuna e o Orfeon Académico.

Instituto de Música

Apareceu na Rua dos Lóios a placa do Instituto de Música, com a seguinte legenda: «*À Banda da Polícia — a Academia reconhecida*».

Imprensa académica

Um grupo de estudantes da Faculdade de Letras publicou o primeiro número da revista «*Ágora*», sob a direcção de José Neiva. Entre outros, colaboraram na revista Abílio Pereira da Silva, José Mendes da Fonseca, Edgard Carneiro, Manuel Barbosa, António Cruz e Políbio Gomes dos Santos.

1936

Futebol académico

No Campo de Santa Cruz a A. A. venceu o grupo checoslovaco «Zidenice» e o «Carcavelinhos», de Lisboa.

Os estudantes alinharam com Tibério, Cristóvão e Pascoal; José Maria, Faustino e Pimenta; Mário Cunha, Catela, Rui, Isabelinha e Gerardo Maia.

Excursão da Tuna

A Tuna Académica fez uma excursão pelo Centro do país, visitando as cidades de Tomar e Caldas da Rainha.

Viagem do Orfeon às Ilhas

Manuel Raposo Marques, sub-regente do Orfeon Académico, regressou da Ilha de São Miguel com a certeza de que a viagem às Ilhas dos Açores e da Madeira se deveria efectuar nas próximas férias da Páscoa.

Tuna de Compostela

Esteve de visita a Coimbra a «Estudiantina» da Universidade de Santiago de Compostela.

Desfilou pelas ruas, tocando marchas alegres, foi recebida na Associação Académica e deu um sarau no Teatro Avenida.

Imprensa académica

Os alunos do Liceu iniciaram a publicação de um quinzenário intitulado «*Alvorada*» que era dirigido por Fernando Namora.

No mês anterior já saíra um número especimen deste jornal.

Cruzeiro de férias

Para homenagear o Doutor Pires de Lima, que publicara no jornal «*Coimbra*» um artigo sobre o Cruzeiro de férias às Colónias em que, lamentàvelmente, não foram incluídos estudantes de Coimbra, foi convocada uma Assembleia da Academia.

Comissão da Queima das Fitas

Depois das eleições nos diversos cursos de quartanistas ficou assim formada a Comissão Central da Queima das Fitas: — Elísio Montargil, Danton Paixão Nifo, José de Campos Coroa e Albino Peixoto Júnior.

A Tuna em Estarreja

A Tuna Académica deslocou-se a Estarreja para tomar parte num sarau de beneficência que foi seguido de baile nos salões da Câmara Municipal.

O presidente da Tuna era o estudante de Medicina, Armando Reais Pinto.

Liceu da Cumeada

Ficaram concluídas as obras de construção do novo Liceu da Cumeada, para onde seria transferido o Liceu Júlio Henriques, a funcionar no edifício de S. Bento, junto ao Liceu de José Falcão.

Lente para Paris

Transferiu a sua residência para Paris, o Doutor Aurélio Quintanilha, Lente de Botânica, que uma determinação governamental afastara das funções docentes.

Morte do dr. Elias

Faleceu o Cónego dr. Elias de Aguiar, Regente do Orfeon Académico, professor do Seminário de Coimbra e encarregado do curso de História da Música, na Faculdade de Letras.

O dr. Elias de Aguiar regeu pela primeira vez o Orfeon Académico em Janeiro de 1915.

Viagem da Tuna

Continuando as suas digressões por localidades perto de Coimbra, a Tuna Académica efectuou um sarau na vila de Soure.

Estudantes do Liceu

Um grupo de alunos do Liceu organizou o I Salão de Desenho e Pintura, sendo expostos trabalhos de António Ramos (Somar), Manuel Julião, Serpa dos Santos, Carlos Grilo, Corte-Real, Galhardo e Fernando Namora.

Baile do «Fado»

Por desinteligências entre a direcção da A. A. e do F. A. C. este organismo decidiu não efectuar este ano o tradicional baile da Micarême.

Novo regente do Orfeon

Em Assembleia Geral do Orfeon Académico foi promovido a Regente o estudante de Direito Manuel Raposo Marques, ensaiador dos primeiros tenores e sub-regente do agrupamento.

O Orfeon nas Ilhas

O Orfeon Académico fez uma excursão pelas Ilhas da Madeira e dos Açores, organizando espectáculos no Funchal, Ponta Delgada, Ribeira Grande, Angra do Heroísmo e Horta e cantando, também, na Ilha de Santa Maria.

Nos saraus realizados pelo Orfeon nesta excursão não foram incluídos fados nem guitarradas.

Neste ano pertenciam à direcção do Orfeon: Francisco Carneiro, Ramalho de Mira, Deniz Jacinto, Mário Temido, Cassiano Fonseca, Carlos Estorninho e Barrigas de Carvalho.

Serenatas às espanholas

Não obstante haver poucos estudantes que se dedicassem ao fado, ainda se faziam algumas serenatas às espanholas internadas num Colégio da Quinta da Várzea que viera transferido de Espanha.

Transferência do «correio»

O «correio» da Alta foi transferido da casa da Rua do Cotovelo que fazia esquina com a Rua de S. Jerónimo, para uma outra casa da Rua de S. João onde estivera o Café Suíço, que pertencia ao Senhor Bento.

Alunos do Liceu

Um grupo de antigos alunos do Liceu José Falcão que frequentara as aulas no ano lectivo de 1923-24 organizou uma festa de confraternização.

Baile do Fado

Por a direcção da A. A. ter levantado certas dificuldades, o «Fado Académico» decidiu não organizar, este ano, o tradicional baile.

Cortejo histórico-natural

O número mais retumbante da festa da Queima das Fitas foi o desfile humorístico de paródia ao cortejo medieval, organizado por Leitão de Barros, no ano anterior.

O baile da Queima das Fitas realizou-se no «Ninho dos Pequenitos», entre as Escadas do Liceu e a Praça da República e inaugurado poucas semanas antes.

Campeonato de atletismo

A Associação Académica promoveu os Campeonatos Universitários de Atletismo, ficando Coimbra em primeiro lugar.

Da equipa vencedora faziam parte Alves Pereira, Mário Cunha, Celestino Veiga, José Várzea, Alexandre Lopes, Américo Nunes e Humberto Soares de Melo.

Dirigentes do C. A. D. C.

A nova direcção do C. A. D. C. ficou assim formada: — Francisco Dias Sarreira, Guilherme Braga da Cruz, Jorge da Fonseca Jorge, Diogo Pacheco de Amorim, Américo Viana de Lemos, João Vaz Vieira e Manuel Rebelo.

Contra-trupes

Nos últimos dias em que vigorou a praxe, alguns grupos de bichos do Liceu e de caloiros sairam para a rua, em «contra-trupe».

Jornal desportivo

Com o título «*Ginásio*», Cândido Frazão e João Farinha publicaram diversos números de um jornal de divulgação, propaganda e crítica desportiva.

Instituto Inglês

Na Sala dos Capelos realizou-se uma sessão solene para inauguração oficial do Instituto de Estudos Ingleses.

O Orfeon Académico colaborou na cerimónia, cantando os hinos nacional e inglês.

Visita do Ministro

O Ministro da Educação, que viera presidir à sessão na Sala dos Capelos, visitou, no dia seguinte, o Campo de Santa Cruz, que julgou impróprio para os estudantes.

Teatro de estudantes

Estudantes e Professores da Faculdade de Letras representaram, em alemão, algumas cenas do «*Faust*», de Goethe.

Campeonato de atletismo

A equipa da A. A. venceu mais um campeonato de atletismo em que actuaram os seguintes estudantes: Joaquim Caetano, Júlio Pavia, Alcino Couto, Eduardo Baptista, Jaime Cabido, António Namorado e outros.

Embaixada de Angola

Deslocaram-se a Lisboa José de Almeida Tinoco, representante da Academia ao Senado e Jorge de Morais, director do jornal «*Coimbra*» com vista à organização de uma «Embaixada dos Estudantes da Universidade de Coimbra a Angola».

«O problema Universitário»

José Neiva, no Salão da A. A., fez uma palestra de comentário ao Doutor Agostinho de Campos que antes tinha feito uma conferência sobre «O problema Universitário».

Natação na Praia

No primeiro festival de natação da piscina da Praia Fluvial, a equipa da A. A. conquistou o primeiro lugar, destacando-se os seguintes nadadores: — Manuel Soares, Manuel Gaspar, Boris Sphor, Rui Gouveia e Francisco Martins.

Queima das Fitas

Após o fecho das contas relativas às festas da Queima das Fitas, verificou-se que existia um saldo positivo de quase três contos.

Foi resolvido distribuir este saldo pelo «Ninho dos Pequenitos» e pela Sociedade Filantrópico-Académica.

Cidade Universitária

Após a visita de alguns arquitectos lisboetas e do Ministro da Educação, começou a constar que ia ser apressada a conclusão do plano de obras para a cidade universitária.

Praticantes de futebol

A Associação Académica tinha inscrito cinquenta e oito estudantes que podiam disputar os campeonatos oficiais da Associação de Futebol de Coimbra.

Vida literária

O antigo estudante dr. Fernando Falcão Machado publicou um livro que intitulou «*Coimbra, terra de lendas — Contos de estudantes*».

Raimundo Esteves imprimiu, através de «Edições Figueirense», uma novela denominada «*Aquela, de olhos em brasa...*» em que descreve os amores de um estudante e de uma tricana, começados em Coimbra e terminados na Ilha de S. Tomé.

Oficiais milicianos

Funcionou em Coimbra um curso de preparação de oficiais milicianos que trouxe à cidade um movimento pouco vulgar em meses de Verão.

Recital de piano

No Curso de Férias para estrangeiros que foi organizado na Faculdade de Letras, efectuou-se um recital de piano em que foi concertista Carlos Gersão Ventura, estudante da Faculdade de Ciências.

Viagem de férias?

Depois de ter sido fixado que já não se realizaria a «Embaixada Académica de Coimbra a Angola», começou a constar que o Orfeon Académico faria uma viagem ao Brasil.

Posto antivenéreo

Esperava-se que começasse a funcionar no próximo ano lectivo, o Posto Antivenéreo que as entidades oficiais montaram num compartimento do edifício da A. A. para servir, especialmente, aos estudantes.

Mercês honoríficas

Constava que a Tuna Académica iria ser agraciada e que Raposo Marques também seria galardoado com mais uma Comenda.

Vida literária

Com o título «*Cartas de uma tricana*» o dr. Herlander Ribeiro publicou um volume com as crónicas que escrevera de 1903 a 1908, enquanto frequentou a Faculdade de Direito, em Coimbra.

Casa da Saudade

Foi sugerido na Imprensa que se construisse em Coimbra um edifício destinado aos antigos estudantes, que tivesse instalações para um Museu Académico.

Liceu D. João III

Foi publicada uma reforma do ensino liceal pela qual deixaram de existir os liceus José Falcão e Júlio Henriques, que foram substituídos pelo Liceu D. João III, a funcionar no novo edifício da Cumeada.

Campeonatos de natação

Na Piscina-Paraíso, a equipa da Associação Académica ganhou a «Taça Curia-1936» e, em Coimbra, venceu mais uma vez os campeonatos regionais com os seguintes nadadores: — Gaspar, Boris, Soares, Peixoto, António Pinto, Licínio Santos e, além de outros, José de Sousa Pinho, estudante de Medicina transferido de Lisboa.

Estudantes de Porto Rico

Constava que alguns estudantes portorriquenhos que frequentavam Universidades espanholas, viriam matricular-se em Coimbra por causa da guerra civil na Espanha.

Eleições de Novembro

O ambiente político e revolucionário de Espanha reflectia-se em toda a vida portuguesa, começando a notar-se sinais de agitação quanto às eleições dos dirigentes da A. A. marcadas para o início de Novembro.

O Orfeon no Brasil

Para tratar de assuntos relacionados com a projectada viagem ao Brasil, a efectuar nas próximas férias grandes, foi nomeada uma comissão de orfeonistas composta pelos estudantes brasileiros Albino Peixoto Júnior e Divaldo Gaspar de Freitas e ainda por José Coelho dos Reis (Pernes).

Natação em Aveiro

Os nadadores da A. A. deslocaram-se a Aveiro onde tomaram parte num torneio de natação, competindo com equipas da região.

«O Ponney» ressuscitou

Este jornal humorístico dirigido por Castelão de Almeida, que lhe tinha feito o «enterro» na última «Queima das Fitas», voltou a ser publicado.

Quintanistas de Medicina

No dia da abertura das aulas os quintanistas de Medicina surgiram em grupo, sobraçando as suas pastas com as fitas amarelas, tendo visitado os jornais e sido obsequiados na Pastelaria Central e no «Pirata».

Mais condecorações

Manuel Raposo Marques, Regente do Orfeon, foi agraciado com o grau de Oficial da Ordem de Santiago e Espada.

Resultado volumoso

A contar para a Taça Cidade de Coimbra, o grupo de futebol da A. A. derrotou a Associação Naval da Figueira da Foz, por 11-0.

Comissão administrativa

O Governo suspendeu as eleições na A. A, nomeando-lhe uma Comissão Administrativa formada por João Pedro Miller Guerra, José Guilherme Melo e Castro, Joaquim Duarte Oliveira, Salviano Rui Cunha, Alexandre Vaz, Joaquim Sá Carneiro Morais Almeida e José Brito Barbosa.

Conferência no Orfeon

Manuel Raposo Marques, que os estudantes tinham escolhido para substituir o dr. Elias de Aguiar, proferiu uma conferência sobre «*Ciência e Teoria da Música*».

Decreto sobre regentes

Foi publicado um Decreto-Lei autorizando o Reitor da Universidade a contratar um indivíduo de reconhecida competência para dirigir o Orfeon e a Tuna Académica.

Dirigentes da Tuna

Foi eleita a nova direcção da Tuna Académica que ficou assim formada: — Danton Paixão, João Pinheiro, Domingos Barroso, José Adriano Pinto Rodrigues e João Raposo. Nas presidências da mesa da Assembleia Geral e do Conselho Fiscal ficaram Abel Poças de Figueiredo e José Germano Oliveira.

Comício anticomunista

Na Praça da República as entidades oficiais e a «Legião» organizaram um comício anticomunista, tendo o Orfeon sido convidado para cantar a «Portuguesa».

Nove a zero, na Arregaça

O grupo de futebol da A. A. bateu o «União» no Campo da Arregaça, por 9-0. Os estudantes formaram com Tibério, José Maria e Cristóvão; Portugal, Ramos e Pimenta; Manuel da Costa, Pacheco, dr. Isabelinha, Nini e Mário Cunha.

Conferência na A. A.

O Doutor Luís Cabral Moncada proferiu na A. A. uma conferência em que focou «*O dever da hora presente*».

Na mesa estavam os estudantes Miller Guerra, Melo e Castro e Morais de Almeida.

Estudantes brasileiros

A Associação dos Estudantes Brasileiros e a Comissão Administrativa da A. A. convidaram o dr. João de Barros a proferrir uma conferência sobre «*A alma do Brasil*».

Condecoração para o regente

Durante um ensaio geral do Orfeon Académico foram impostas no peito do Regente M. Raposo Marques, as insígnias de Oficial da Ordem de Santiago.

Vida literária

Miguel Sá e Melo, estudante de Direito e sócio do C. A. D. C., publicou o ensaio «*O aceno de Deus na Poesia de José Régio*».

Relatório da A. A.

Foi distribuído o Relatório apresentado pela direcção da A. A. presidida por Ernesto Domingues de Andrade, referente à gerência que findara no dia em que o Governo suspendeu as eleições e nomeou uma Comissão Administrativa.

1937

Dirigentes do Orfeon

O Orfeon Académico elegeu a nova direcção, que ficou assim constituída: — Joaquim Duarte de Oliveira, Francisco Barrigas de Carvalho, José Coelho dos Reis (Pernes), Armando Morgado de Moura, Diogo Pais dos Santos e Manuel Deniz Jacinto.

Futebol na Madeira

Regressou da Ilha da Madeira o grupo de futebol da A. A. que ali disputou jogos com o «Nacional» e com o «Marítimo».

Hóquei em patins

Foi organizada na A. A. uma secção de hóquei em patins, para congregar os estudantes que jogavam noutros clubes de Coimbra.

Os dirigentes J. Fonseca e Silva e José Várzea, andavam empenhados em construir um rink, sendo escolhido o local onde era o campo de basquetebol, ao lado dos balneários,

Regente da Tuna e do Orfeon

O estudante de Direito Manuel Raposo Marques foi contratado para Regente da Tuna e do Orfeon Académico, tendo tomado posse de ambos os lugares.

De harmonia com o fixado num Decreto de Novembro foi-lhe atribuído um vencimento mensal.

Comissão da Queima das Fitas

Depois das eleições realizadas nas quatro Faculdades, a Comissão Central da Queima das Fitas ficou assim constituída: — Mário Braga Temido, Manuel José da Fonseca, Joaquim Lourenço Gago e João Correia de Paiva, delegados, respectivamente, dos quartanistas de Medicina, Direito, Ciências e Letras.

Auxílio à Espanha

Partiu de Coimbra para Sevilha, com paragem em Lisboa, um «comboio» de auxílio ao movimento franquista espanhol.

O Orfeon Académico também foi integrado no «comboio» para actuar em dois espectáculos no Coliseu de Espanha, em Sevilha.

Futebol académico

A contar para o Campeonato da Liga, o grupo de futebol da Associação Académica venceu o F. C. do Porto por 2-1 e o Belenenses por 3-2.

Conferência do Ministro

O Dr. Pedro Teotónio Pereira, Ministro do Comércio, veio a Coimbra proferir uma conferência no Teatro Avenida, a convite da Comissão Administrativa da Associação Académica.

Ceia de homenagem

Um grupo de estudantes, em que estava integrado Castelão de Almeida, ofereceu uma ceia à actriz Palmira Bastos, numa homenagem simples mas significativa.

Récita dos quintanistas

O curso do V ano médico iniciou os preparativos para a sua festa de despedida, tencionando apresentar-se numa récita, nos moldes tradicionais.

Jornal do Liceu

O quinzenário liceal «*Alvorada*», passou a ser dirigido por Olívio Carvalho, que substituiu Fernando Namora, seu primitivo director.

Homenagem ao dr. Elias

No 1.º aniversário da morte do dr. Elias de Aguiar foi rezada Missa de Sufrágio, na Sé Nova, com a colaboração do Orfeon Académico.

Depois, alguns elementos da direcção deslocaram-se a Vila do Conde para descerrarem uma lápide na casa onde nascera aquele Pegente do Orfeon.

Pingue Pongue

A equipa de pingue pongue da Associação Académica perdeu o torneio que disputou com o «Benfica», tendo jogado pelos estudantes Júlio Teixeira, António José Proença, Elísio Rainha, Mota Carneiro e José Várzeas.

Conferência na A. A.

O Doutor Hernâni Cidade, Professor da Faculdade de Letras de Lisboa, proferiu uma conferência na A. A. dissertando sobre «Poetas portugueses, desde Eugénio de Castro a José Régio».

Hóquei em patins

Estreou-se a equipa de hóquei em patins da A. A. que perdeu o jogo contra o «Atlético» de Coimbra.

O grupo dos estudantes era formado por Rui Bento Pessoa, Mota Carneiro, Leal, Eduardo Mano e António José Proença. Da equipa da A. A. também faziam parte António Águas Cruz, Vicente e António Leão.

Queima das Fitas

Encontrava-se em Coimbra o artista Amarelhe a fazer caricaturas para os albuns dos quartanistas a publicar na Queima das Fitas.

«Batalhões Académicos»

Na Figueira da Foz, o Senhor Coronel Belizário Pimenta proferiu uma conferência sobre «Batalhões Académicos».

Novo desporto

O jogo de *andebol* foi visto pela primeira vez, em Coimbra, quando o grupo da Associação Académica disputou um desafio com o grupo «Os ferroviários», do Porto. O jogo foi no Campo do Arnado e terminou por um empate a três bolas.

Receita do futebol

No jogo Académica-Benfica disputado no Campo de Santa Cruz e que o grupo lisboeta venceu, foi arrecadada uma importância superior a 30 contos, avultada receita que correspondeu à importância do jogo.

Estudante que professa

António Garcia, estudante de Direito e membro influente do C. A. D. C., deixou os estudos da sua Faculdade para ingressar numa Ordem Religiosa.

Estudantes na Imprensa

O jornal «*Notícias de Coimbra*», passou a ser dirigido pelo estudante de Direito, Rui Bento Pessoa, grande entusiasta pelos desportos e, especialmente, pelo hokey em patins, de que era praticante.

Vida literária

O poeta António de Sousa, quintanista de Direito, publicou um livro de versos que intitulou «*Ilha Deserta*».

«Gota a Gota... rectal»

O curso do V ano médico fez a sua festa de despedida com a récita *«Gota a Gota... rectal»*, continuando uma tradição interrompida desde 1928.

VII Salão dos Estudantes

Na Associação Académica abriu uma Exposição de Artes Plásticas com trabalhos de Rui Gouveia, Danton Paixão, Fernando Namora, António Somar, Moutinho Silva Pereira e José Cruz. Num dos dias em que esteve aberta foi prestada homenagem a João Zamith, que falecera pouco antes.

Queima das Fitas

O baile da «Queima», efectuou-se, pela primeira vez, no ginásio do Liceu D. João III.

Os convidados de honra nestes festejos da «Queima das Fitas», foram os estudantes brasileiros que, nessa altura, visitaram Portugal, demorando-se em Coimbra alguns dias.

Durante as festas actuou, em evoluções marciais, o grupo académico *«Infanteiros de Almeida»*, «capitaneado» por José Esteves Alves.

O Orfeon em Lisboa

O Orfeon Académico deu três saraus no Eden, em Lisboa, assistindo à estreia o Presidente da República e o Doutor Carneiro Pacheco, Ministro da Educação Nacional.

Neste sarau foi cantada, pela primeira vez, «Aleluia», de Haendel.

«Coimbra de Capa e Batina»

Carminé Nobre publicou um volume referente a certos aspectos da vida académica de Coimbra que acompanhou enquanto viveu nesta cidade.

Novos dirigentes do C. A. D. C.

A nova direcção do C. A. D. C. ficou a ser presidida por Francisco Dias Sarreira, e dela também faziam parte João Carlos Vaz Vieira, João Simões Rocha, Manuel Lacerda Aroso, Eduardo Vaz Osório e Manuel Gomes Rebelo.

Comemorações vicentinas

Os estudantes protestaram ruidosamente ao verificarem que os lugares do Pátio da Universidade, onde a Companhia do Teatro Nacional realizaria um espectáculo vicentino, que o Governo lhes oferecia, estavam ocupados por pessoas estranhas à Academia.

O sarau efectuou-se quatro dias depois, só para Professores e estudantes que se sentaram em estrados erguidos, expressamente, no Pátio da Universidade, para aquele efeito.

Morte do Doutor Carriço

No deserto de Moçâmedes aonde se deslocara em missão de estudo, faleceu repentinamente o Doutor Luís Carriço, Professor de Botânica, antigo vice-Reitor e presidente da Comissão para o Plano da Cidade Universitária.

Campeonato de atletismo

Augusto Cortesão, A. Esteves Correia, Pinho de Almeida, Vítor de Sousa, Eduardo Lourenço, Eduardo Baptista, Marcelo Ribeiro e outros, faziam parte da equipa da A. A. que venceu mais um campeonato de atletismo.

Desempate em Aveiro

O grupo de futebol da A. A. deslocou-se a Aveiro para disputar um jogo de desempate com o Boavista, do Porto.

«Morte» do «Dim-Dim»

Depois de ter sido anunciado o seu «falecimento» o Alcino Marques Mano, mais conhecido por «Dim-Dim», abriu uma subscrição para custear o seu próprio funeral.

Nova sede do C. A. D. C.

Depois de demolida a casa onde fora sede do C. A. D. C., começou a construção dos alicerces destinados à nova sede, a erguer no mesmo local.

Provisòriamente, a sede ficou instalada na mesma rua, no antigo C. A. F. C., com uma entrada para o «court» de ténis, então transformado em campo de basquete, onde também treinavam os jogadores da A. A..

Contas deficitárias

Foram fechadas as contas relativas às festas da Queima das Fitas, verificando-se um saldo negativo de alguns milhares de escudos.

Para cobrir o deficit e pagar aos credores, estava projectada a realização de um baile, a repetir no ginásio do Liceu, que fora reconhecido suficientemente grande e muito apropriado para festas análogas.

Estudantes ultramarinos

Visitou Coimbra uma excursão de estudantes ultramarinos que foi recebida sem manifestações festivas, dada a época de exames que decorria.

Vida literária

Estava à venda, na Livraria Moura Marques, um livro de novelas escrito por Artur Varela, Carlos de Oliveira e Fernando Namora, intitulado «*Cabeças de Barro*», e com capa desenhada por Arcindo Madeira.

Técnicos de futebol

Para ocupar o lugar do dr. Ernesto Guedes Pinto, antigo jogador da A. A. e director técnico da secção de futebol, constava que viria para Coimbra o conhecido desportista Cândido de Oliveira, funcionário dos C.T.T. em Lisboa e reputado técnico e dirigente futebolista.

Campeonatos de natação

Nos campeonatos regionais disputados na Piscina da Curia, a equipa da A. A. conquistou o primeiro lugar, tendo corrido os seguintes nadadores: — Eduardo Caetano, Fernando Cruz, Luís Fidalgo, Abílio Bastos, Joaquim Martins, Jorge Peixoto, Rui Gouveia e Manuel Soares.

Na Covilhã disputaram-se os campeonatos nacionais, tendo representado a A. A. os nadadores Emílio Mertens, Manuel Gaspar, José Silveira e Boris Sphor.

Falecimentos

Faleceu o Doutor Egas Pinto Basto, Professor de Química e grande entusiasta pela educação física dos estudantes.

No Sanatório dos Vales faleceu o antigo estudante dr. Adeodato Barreto, que foi depositado no jazigo dos indianos, no Cemitério da Conchada.

Livro de memórias

O dr. Francisco Athayde Machado de Faria e Maia publicou, em Ponta Delgada, um livro sobre a vida académica de 1896-1901 que tinha por título «*A minha velha pasta — gente do meu tempo*».

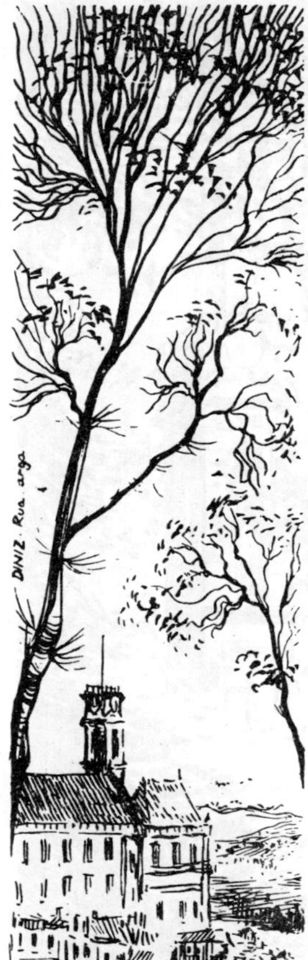

Matrículas na Universidade

Por causa de um inquérito aos serviços da contabilidade e da secretaria da Universidade foram suspensos alguns funcionários. Os estudantes, para procederem à sua matrícula, esperavam em longas «bichas» durante muitas horas, pois o pessoal era pouco e fora alterada a organização dos serviços.

Substituições no C. A. D. C.

Para ocuparem os lugares de dois dirigentes que tinham pedido a sua transferência para Lisboa, ocuparam o lugar de directores do C. A. D. C. os estudantes Alexandre Campelo de Louzada e António de Pinho Leónidas.

Natação regional

Num torneio de natação em que competiram équipas de Aveiro e da Figueira da Foz, os nadadores da Associação Académica alcançaram o primeiro lugar na classificação geral.

Festas do IV centenário

Começaram os preparativos das festas comemorativas do IV Centenário da instalação definitiva da Universidade, em Coimbra.

As autoridades oficiais tencionavam dar às festas uma projecção internacional, para o que seriam convidados representantes das principais Universidades do Mundo.

Terreiro da Faculdade de Letras

Começaram a ser ajardinadas as placas situadas entre as escadarias de pedra, construídas à frente da Faculdade de Letras.

Conselho Desportivo

A Comissão Administrativa da A. A. convidou os antigos estudantes drs. Carlos Freitas, Guedes Pinto e Teixeira Lopes para formarem um Conselho Desportivo que estaria ligado a essa Comissão Administrativa pelo dr. Joaquim Duarte de Oliveira.

Confraternização dos quintanistas

Os quintanistas das diversas Faculdades sairam para a rua, pela primeira vez, sobraçando as suas pastas com as fitas largas, confraternizando, alegremente, em conjunto.

Despedida de um jogador

O dr. Cristóvão Lima despediu-se da sua actividade futebolística, abandonando um jogo antes do tempo findar.

Porém, dias depois, foi-lhe entregue uma representação subscrita por milhares de assinaturas, para que voltasse a envergar a camisola negra.

«Olho de Camões»

A fim de verificarem se, na verdade, o «olho» de Camões estaria guardado na caixa de zinco colocada à frente da Biblioteca da Universidade, alguns estudantes procederam à sua abertura levando consigo uma lente que servia de mira a um aparelho do Observatório.

Dias depois a lente foi reposta no seu lugar.

Nova livraria

Um antigo empregado da Coimbra Editora, Alberto Silva, estabeleceu-se com uma livraria ao fundo da Rua Martins de Carvalho, quase na Praça 8 de Maio.

Dirigentes do Orfeon

Após as eleições, ficou assim constituída a direcção do Orfeon Académico: — Manuel Deniz Jacinto, Barrigas de Carvalho, Joaquim Seabra Dinis, Augusto Machado Franco, Mário Ilharco de Moura, Coriolano Ferreira e Manuel de Melo Freitas.

Na presidência da Assembleia Geral e do Conselho Fiscal ficaram João Antunes de Sousa e Antero Sobral.

Luta greco-romana

Sob a orientação de Leote Cavaco, começaram os treinos de luta greco-romana entre os estudantes Manuel Soares, Álvaro Pinho de Almeida, Valente Rosa, Condado, Bastos, Frazão, Guerra e outros.

Conferências na A. A.

Depois do Doutor Damião Peres ter proferido uma conferência sobre «O significado da Restauração», veio à A. A. falar sobre «A evolução do cinema português», o cineasta de Lisboa, António Lopes Ribeiro.

Grupo cénico do «Fado»

Numa reunião da direcção do «Fado Académico» a que presidia Jorge de Morais «Xabregas», foi resolvido a criação de um grupo cénico, tendo sido nomeada uma comissão organizadora formada por Fernando Figueira, Jorge Donato e José Campos Coroa.

Vida literária

António Ramos de Almeida, quintanista de Direito, publicou «*Sinal de Alarme*». Fernando Namora e João José Cochofel também publicaram livros de poemas que intitularam «*Relevos*» e «*Instantes*».

IV Centenário da Universidade

As comemorações do IV Centenário da instalação definitiva da Universidade, em Coimbra, foram muito prejudicadas pelas chuvas.

Houve concertos, recepções, baile e um gradioso banquete, no ginásio do Liceu, que terminou ruidosamente no meio de grande animação dos estudantes e dos convidados estrangeiros.

Desporto académico

O Governo concedeu um subsídio de 12 contos à Comissão Administrativa da A. A., presidida por Melo e Castro, para serem melhoradas as bancadas do Campo de Santa Cruz e ser iniciada a construção de um rink de patinagem.

Também foram instituídas «bolsas de estudo» para jogadores de futebol, de que beneficiaram Alberto Gomes, Domingos Peseta e outros jogadores que vieram do Porto.

A. A. na Ilha da Madeira

O grupo da A. A. voltou ao Funchal para realizar alguns jogos de futebol, mas teve de suportar as violências dos jogadores madeirenses e a parcialidade da arbitragem.

«Cadernos da Juventude»

Foi impressa, mas não distribuída, uma publicação literária, artística e de crítica, intitulada *«Cadernos da Juventude»*, em que colaboraram, além de alguns jovens de Lisboa, os estudantes Políbio Gomes dos Santos, Manuel Filipe, Fernando Pinto Loureiro, Joaquim Namorado e, na parte artística, Fernando Namora e António José Soares.

IV Centenário da Universidade

As comemorações do IV Centenário da instalação definitiva da Universidade, em Coimbra, foram muito prejudicadas pelas chuvas.

Houve concertos, recepções, baile e um grandioso banquete, no ginásio do Liceu, que terminou ruidosamente no meio de grande animação dos estudantes e dos convidados estrangeiros.

Desporto académico

O Governo concedeu um subsídio de 12 contos à Comissão Administrativa da A. A., presidida por Melo e Castro, para serem melhoradas as bancadas do campo de Santa Cruz e ser iniciada a construção de um rink de patinagem.

Também foram instituídas «bolsas de estudo» para jogadores de futebol, de que beneficiaram Alberto Gomes, [illegible] Peseta e outros jogadores que vieram do Porto.

A. A. na Ilha da Madeira

O grupo da A. A. foi ao Funchal para realizar alguns jogos de futebol, mas teve de suportar as violências dos jogadores madeirenses e a parcialidade da arbitragem.

«Cadernos da Juventude»

Foi impressa, mas não distribuída, uma publicação literária, artística e de crítica, intitulada «Cadernos da Juventude», em que colaboraram, além de alguns jovens de Lisboa, os estudantes Políbio Gomes dos Santos, Manuel Filipe, Fernando Pinto Loureiro, Joaquim Namorado e, na parte artística, Fernando Namora e António José Soares.

1938

Tuna Académica

A nova direcção da Tuna Académica era formada por Danton Paixão, João Moreno Pinheiro, António Joaquim Soares, José Pinto Rodrigues e José Germano de Oliveira.

O Governo também agraciou a Tuna Académica com o grau de Comendador da Ordem de Benemerência.

Grupo cénico do «Fado»

Foi resolvido agregar à comissão organizadora do «Grupo Cénico do Fado», uma comissão de intelectuais presidida pelo Doutor Paulo Quintela.

Também actuavam no «Grupo Cénico» algumas estudantes da Faculdade de Letras, entre as quais Madalena Coelho de Almeida, da secção de Germânicas.

Excursão do Orfeon

O Orfeon Académico realizou uma excursão pelo Ribatejo, Alentejo e Algarve, cantando em dez localidades durante dez dias sucessivos.

Para ser distribuído nesta excursão foi publicado um número único do jornal «*Orfeon*», dirigido por Coriolano Ferreira e Machado Franco.

Emissor universitário

Continuavam as emissões experimentais do posto emissor instalado no Laboratório de Física da Universidade.

Conferência na A. A.

O Doutor Vieira de Almeida, fez uma conferência na A. A. e, na «*Gazeta*», dias depois, o quintanista de Medicina Salvador Arnaut afirmava que aquele Professor de Lisboa só dissera banalidades.

FEVEREIRO 1938

Comissão da Queima das Fitas

Os quartanistas eleitos para formarem a Comissão Central da Queima das Fitas foram os seguintes: — Medicina, Manuel Estrela Esteves; Direito, Adalberto Seabra; Letras, Arnaldo Miranda Barbosa; e Ciências, Manuel Carmelo Rosa.

Hóquei em patins

O grupo de hóquei da A. A. conquistou o primeiro lugar no Torneio de Preparação, ganhando uma taça de prata.

Excursão da Tuna

Continuando as suas digressões por localidades perto de Coimbra, a Tuna Académica deslocou-se a Oliveira do Bairro onde realizou uma «matinée» de beneficência.

Directora do «Grupo Cénico»

A aluna de Letras, Madalena Coelho de Almeida, foi escolhida para dirigente do «Grupo Cénico do Fado», sendo a primeira vez que uma estudante entrou na direcção de um organismo cultural académico.

Futebol académico

Na disputa do Campeonato da Liga a A. A. ganhou ao «Carcavelinhos» e ao «Académico», do Porto, tendo reaparecido a jogar o quintanista de Medicina Salviano Rui Cunha.

Homenagem a Isabelinha

Por iniciativa dos *«Fans»*, grupo de apoio aos futebolistas da A. A., foi prestada uma grandiosa homenagem ao brioso jogador dr. Gonçalves Isabelinha, que concluira o curso na Faculdade de Medicina.

Falanges de apoio

Além do grupo dos «*Fans*» e dos «*Cow-boys*» também apareceram os «*Falcões*», três falanges que apoiavam o grupo de futebol da Associação Académica.

Coimbra em Lisboa

Com a assistência do Presidente da República e de alguns Ministros, o Orfeon e a Tuna realizaram um sarau no Coliseu dos Recreios.

No Campo das Salésias e na presença do Ministro Carneiro Pacheco, o grupo de futebol da A. A. perdeu com o «Belenenses», tendo o árbitro expulsado Rui Cunha, que nunca mais desceu aos campos de futebol.

Récita de despedida

O curso do V ano médico festejou a sua despedida com a representação de «*Gotas amargas... quantum satis*», continuando uma tradição reatada no ano anterior.

A récita foi repetida na semana seguinte.

Contas deficitárias

Para cobrir o deficit com que fecharam as contas da última festa da «Queima das Fitas», um grupo de quintanistas projectava a realização de um «Baile da Micarême», mas a ideia não chegou a concretizar-se.

Conferência-concerto

A Comissão Administrativa da A. A. de que faziam parte, além de Melo e Castro, o dr. Joaquim Duarte de Oliveira, Carlos Dinis da Fonseca, José Ferreira Neves e Carlos de Sousa, promoveu uma conferência-concerto sobre música landim, na Faculdade de Letras.

Rink de patinagem

Ficou concluído o rink de patinagem construído nos terrenos ao lado do balneário do Campo de Santa Cruz, no local onde fora o campo de basquetebol.

O dinheiro para as obras foi concedido pelo Governo à Comissão Administrativa da A. A., graças aos esforços de Melo e Castro e José Fonseca e Silva.

Excursão da Tuna

A Tuna Académica deslocou-se a Ovar onde realizou mais um espectáculo de «fim de semana», mas não chegou a visitar Bragança, apesar de ter feito alguns preparativos para uma viagem a Trás-os-Montes.

Secção de Andebol

Entre outros, jogaram o andebol na A. A. os seguintes estudantes: — Cipriano, Fernando Fontinha, José Maria Antunes, António Vasconcelos, Manuel Seabra, Américo Lopes Ferreira, Carlos de Sousa, Álvaro Pinho de Almeida, Leitão Nobre, Rui Oliveira, Manuel Sousa Oliveira, Marcelo Ribeiro, Júlio Pavia, Álvaro Abreu, Costa Pereira e Zeferino Oliveira.

Espectáculo do «Fado»

A direcção do «Fado Académico» planeava a apresentação, para breve, do seu Grupo Cénico, para o que se deslocou a Lisboa um director a fim de conseguir facilidades e o patrocínio das entidades oficiais.

Grupo «Os Falcões»

Este grupo de apoio que actuava durante os jogos da A. A., reuniu-se numa ceia de confraternização.

Festivais no Jardim Botânico

Os festivais nocturnos, por ocasião da Queima das Fitas, que nos anos anteriores se efectuavam no Parque da Cidade, realizaram-se no Jardim Botânico.

Colaborou a Banda da G. N. R., de Lisboa e um grupo de estudantes representou uma paródia aos Autos de Gil Vicente de quem nesse ano se festejava o IV Centenário.

Futebol entre «novos» e «velhos»

Integrado nos festivais desportivos da Queima das Fitas, realizou-se um jogo entre a A. A. e os antigos estudantes que pertenceram ao grupo de 1928.

Orfeon em Aveiro

Ao fim da tarde de um sábado o Orfeon Académico deslocou-se a Aveiro para realizar um sarau, tendo sido apresentado pelo dr. Luís Regala.

O presidente do Orfeon, Manuel Deniz Jacinto, fez o discurso de agradecimento.

Os diversos números do acto de variedades eram apresentados por Albano Martins da Costa.

Dirigentes do C. A. D. C.

Foi eleita a nova direcção do C. A. D. C. que ficou assim constituída: — Carlos Dinis da Fonseca, José Marques da Cruz Almeida, Fernando Araújo Barros, Renato Cantista, Teodoro Fernando Mendes e Fernando Pacheco de Amorim.

Estreia do rink

No jogo de estreia do rink de patinagem o grupo da A. A. perdeu com o «Benfica» por 5-0.

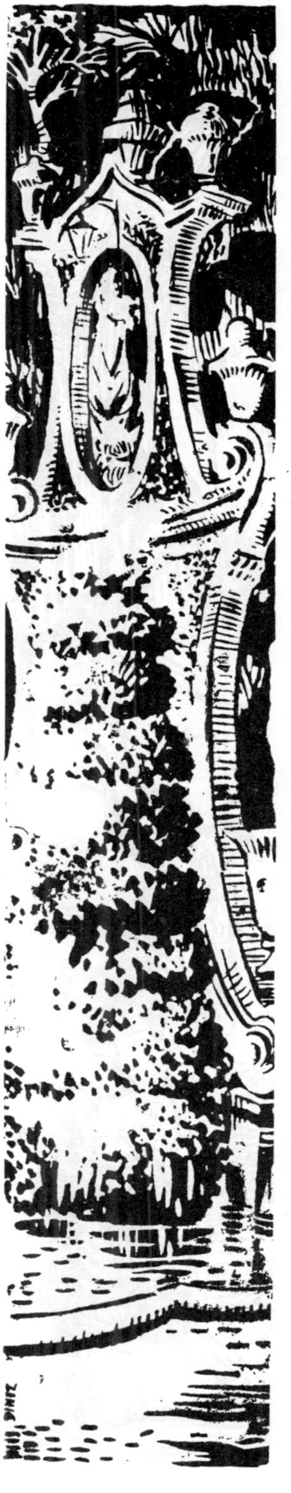

Estreia do Teatro dos Estudantes

No Teatro Avenida, perante reduzida assistência, o Grupo Cénico do «Fado» apresentou um espectáculo vicentino, sob a direcção do Doutor Paulo Quintela, Professor da Faculdade de Letras.

Foi muito aplaudido pelo escasso público e, depois, muito elogiado pela crítica dos jornais.

Futebol académico

Depois de ter ganho o jogo de desempate com o «Carcavelinhos», na Marinha Grande, o grupo da A. A. venceu o «Benfica», mas no segundo jogo, em Lisboa, não conseguiu passar à final do Campeonato de Portugal.

Para apoiar o grupo da A. A. formou-se um comboio especial que, não obstante o período de exames, seguiu quase repleto de estudantes.

República «Astória»

Antigos e actuais estudantes que viveram na República «Astória», da Rua Antero do Quental, reuniram-se numa festa de confraternização.

Récita de beneficência

Na récita de beneficência em favor dos filiados na «Mocidade Portuguesa» colaborou também o Orfeon Académico.

Vida literária

O estudante de Letras, Marmelo e Silva, publicou a novela «*Sedução*».

Manuela Porto, declamadora de Lisboa, veio a Coimbra recitar a «Ode Marítima» de Fernando Pessoa, ilustrando uma conferência do dr. João Gaspar Simões, na A. A..

Agressão a tiro

Perto do Arco do Bispo, uma senhora disparou um tiro de pistola contra um estudante de Medicina, seu antigo namorado.

O estudante apanhou um grande susto e a senhora foi julgada... e absolvida.

Passeio do Grupo Cénico

Dias depois de se ter estreado no Teatro Avenida, o Grupo Cénico do Fado Académico, acompanhado pelo Doutor Paulo Quintela, reuniu-se numa festa de confraternização, a que se seguiu um passeio ao Luso e ao Buçaco.

Partida da A. A. para Angola

O grupo de futebol da A. A. iniciou a viagem para Angola, onde disputaria alguns jogos com grupos de Luanda.

Da comitiva faziam parte, além dos jogadores de futebol, o treinador Puskas, os directores Melo e Castro e Joaquim Duarte de Oliveira, e os estudantes Henrique Anjos, Nicolau de Almeida e António Calem, jogadores de ténis.

Torneio de natação

A equipa de natação da A. A. conquistou várias taças num torneio efectuado na Piscina da Praia e em que correram, além de outros estudantes, os infantis Luís Fidalgo, António Teles, Abílio Bastos, Fernando Monteiro e Jorge Camões.

Vida dos jornais

O presidente do «Fado Académico», Jorge de Morais «Xabregas», apareceu como director num número do «*Notícias de Coimbra*».

Futebol em Luanda

O grupo de futebol que se deslocou a Angola era formado pelos seguintes jogadores: — Tibério Antunes, Cipriano, José Maria Antunes, César Machado, João Teixeira, Octaviano, Arnaldo Carneiro, Manuel da Costa, Peseta, Alberto Gomes, Nini, Nelo, Almeida e António Santos.

Campeonatos de natação

Os campeonatos nacionais de natação foram disputados na Piscina da Praia Fluvial entre equipas de Lisboa, Porto, Aveiro, Coimbra e Figueira da Foz.

Os nadadores da Associação Académica classificaram-se em segundo lugar, logo a seguir aos nadadores lisboetas.

Continuação do Grupo Cénico

A direcção do «Fado Académico» contava que fosse concedido qualquer subsídio oficial para auxiliar o seu Grupo Cénico a manter-se em actividade no próximo ano lectivo, pois o reduzido número de bilhetes vendidos para o sarau da estreia não foi de molde a encorajar os estudantes seus componentes.

Carta à Federação

Depois de alguns incidentes num jogo de futebol, a Federação suspendeu um membro da Comissão Administrativa da A. A. o que provocou uma carta dirigida à Federação Portuguesa de Futebol pelo presidente José Guilherme de Melo e Castro, cujo interessante conteúdo foi muito divulgado.

Edifício de S. Bento

Ficou vaga uma grande parte deste edifício depois do Liceu masculino se ter instalado na nova construção da Cumeada.

Numa parte vaga alojou-se o «Instituto de Coimbra», que se encontrava instalado no Paço do Arco do Bispo, desde a «Tomada da Bastilha», em 1920.

Natação na Granja

A equipa da Associação Académica deslocou-se à Piscina da Granja para disputar um torneio de natação entre nadadores de grupos representativos do Porto, Aveiro e Figueira da Foz.

A segunda volta do torneio realizou-se, depois, em Coimbra, tendo a A. A. conquistado o primeiro lugar.

Futebol em Moçambique

Enquanto se encontrava em Luanda o grupo de futebol da A. A. recebeu um convite de Moçambique para disputar alguns jogos em Lourenço Marques, com equipas locais e com equipas da Rodésia, do Transval e da África do Sul.

Contra esta equipa a A. A. disputou um jogo nocturno, vencendo por 2-1.

Recordações de Coimbra

O dr. João Eloy compilou num livro que intitulou «*Boémia Coimbrã*», as crónicas que proferiu aos microfones da Emissora Nacional sobre alguns aspectos da vida académica nos fins do século passado.

O actor Chaby Pinheiro também publicou as suas «*Memórias*», com interessantes revelações sobre récitas que se efectuaram em Coimbra.

Quintanistas de Direito

Sobraçando as suas pastas com as fitas largas, os quintanistas de Direito mostraram-se pelas ruas, em conjunto, tendo visitado a «Gazeta de Coimbra» e, reunindo-se, depois, num almoço de confraternização.

Visita à Espanha

A convite das autoridades espanholas um grupo de dez estudantes universitários visitou algumas terras de Espanha e, em Oviedo, tomou parte nas festas do 1.º aniversário da tomada desta cidade pelas tropas do General Franco.

Salão Académico em Lisboa

Alguns antigos estudantes de Coimbra radicados na capital, projectavam a realização de um certamen artístico onde expusessem trabalhos de artes plásticas antigos e actuais estudantes de Coimbra.

Os maiores entusiastas por este Salão Académico eram o médico dr. João Carlos Celestino Gomes e o advogado dr. Arlindo Vicente.

Viagem a Angola

A direcção do «Fado Académico» que se propusera organizar uma digressão por Angola não recebeu boas notícias das entidades de Luanda a quem se dirigira.

Vida literária

Depois de ter editado «*Relevos*» o poeta Fernando Namora publicou o romance «*As sete partidas do Mundo*».

Polibio Gomes dos Santos já tinha publicado o livro de versos «*As três pessoas*» e João José Cochofel publicou «*Instantes*», o seu primeiro livro de poemas.

Regresso de África

O grupo de futebol da A. A. foi recebido festivamente em Coimbra, no regresso da sua excursão por Angola e Moçambique, que demorou mais de três meses e em que disputou onze jogos.

Dirigentes do Orfeon

Foi eleita a nova direcção do Orfeon Académico, que ficou assim constituída: — M. Deniz Jacinto, Augusto Machado Franco, Coriolano Ferreira, Mário Álvares de Moura, António José Soares, Antero Sobral e José Ferreira Bastos.

Jogadores de futebol

Depois de ter concluído o curso de Medicina Rui Cunha foi alvo de grande homenagem.

O antigo jogador Bernardo Pimenta abandonou Angola e regressou a Coimbra para continuar a jogar pela A. A..

Dirigentes da Tuna

À nova direcção da Tuna Académica pertenciam João Gonçalves Jardim, Moreno Pinheiro, António Joaquim Soares, José Antunes da Cunha, Luís Carvalhal e Carlos Alberto Ribeiro.

Caricaturas

José Cruz, estudante de Letras, proferiu no C. A. D. C. uma palestra sobre «Caricaturas e caricaturados».

Vida dos jornais

O novo director do «*Notícias de Coimbra*», passou a ser o quintanista de Direito, Joaquim Pais da Silva.

Excursão da Tuna

A Tuna Académica fez uma excursão por algumas localidades do Norte, antes das férias do Natal, tendo visitado o Porto, Póvoa do Varzim, Viana do Castelo, Braga, Barcelos e Viseu.

Os fados e guitarradas voltaram a ouvir-se, em interpretações de João Gonçalves Jardim.

Comissão Administrativa

Na presidência da Comissão Administrativa da A. A. continuava José Guilherme de Melo e Castro.

Os outros dirigentes eram José Maria Antunes, Emílio Mertens, Coriolano Ferreira, Dário Martins de Almeida, Luís Garcia e João Fonseca e Silva.

Associação do Liceu

A direcção da Associação Escolar do Liceu D. João III era formada por Augusto Delgadinho, José Gouveia Monteiro, César Gomes Saraiva, João Tenreiro Teles Grilo e Américo Costa Ramalho.

Conselho Cultural da A. A.

A Comissão Administrativa da A. A., por sugestão de Coriolano Ferreira, criou um Conselho Cultural a que pertencia Fernando Namora, estudante de Medicina.

Vida literária

O dr. Octaviano do Carmo e Sá, publicou o livro «*Nos domínios de Minerva*», com algumas das crónicas insertas no jornal «O Primeiro de Janeiro», de que era assíduo colaborador.

1939

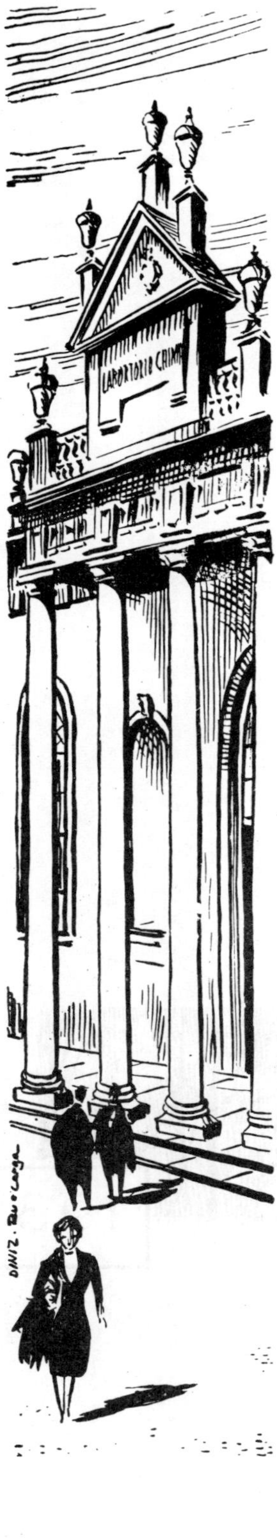

Fado Académico

Atendendo à grande importância que o Grupo Cénico do «Fado» estava a tomar, pensava-se na remodelação dos seus corpos gerentes e, até, na sua transformação num outro agrupamento autónomo, apenas dedicado às actividades dramáticas.

Sala do Império

José Guilherme de Melo e Castro, presidente da Comissão Administrativa da A. A. fez a leitura pública de uma mensagem dirigida ao Ministro da Educação em que se pedia a constituição de uma «Sala do Império», na Faculdade de Letras.

Lápide no Campo de Santa Cruz

Para homenagear o estudante Rui Cunha, grande jogador de futebol da A. A. que se acabara de licenciar em Medicina, foi descerrada uma lápide no edifício do balneário do Campo de Santa Cruz.

Doutor Paulo Quintela

Na Sala de Mineralogia, onde o Grupo Cénico do «Fado» ensaiou «*Bráz Cadunha*», de Samuel Maia, (depois substituída pelos autos vicentinos com que se estreara), os estudantes-actores homenagearam o Doutor Paulo Quintela, Professor da Faculdade de Letras e director artístico daquele agrupamento.

Vida cultural

A revista «*Sol Nascente*» — «órgão do pensamento jovem» — cujos primeiros números foram publicados no Porto, transferiu para Coimbra os seus serviços de redacção e de administração.

Excursão do Orfeon Académico

O Orfeon Académico fez uma digressão pelo Norte, cantando no Porto, Régua, Lamego, Vila Real, Mirandela e Chaves e regressando por Guimarães e Espinho onde também realizou espectáculos.

Curso jurídico em Marrocos

Um grupo de quintanistas de Direito fez uma excursão pelo Alentejo e Algarve, passando depois a Marrocos, onde se demorou alguns dias.

Comissão da Queima das Fitas

A Comissão Central da Queima das Fitas ficou assim constituída: Artur Leitão, António Alberto Madeira Machado, Elviro da Rocha Gomes e Mário dos Santos Leite, quartanistas das Faculdades de Medicina, Direito, Letras e Ciências.

«Coimbra — Terra de Amores»

A Sociedade Filantrópico-Académica editou um opúsculo com poesias de estudantes, que era vendido nos saraus organizados pela Tuna e pelo Orfeon.

Revistas culturais

Foi publicado o primeiro número de «*Altitude*», uma revista em que colaboraram Carlos de Oliveira, Coriolano Ferreira, Fernando Namora, João Cochofel e Joaquim Namorado.

Também saiu o n.º 1 de «*Síntese*», publicação científica, literária e artística dirigida por João Ramiro da Fonseca.

Exposição em Lisboa

Integrada nas festas da «Quinzena dos Estudantes de Coimbra em Lisboa» abriu na Casa das Beiras uma exposição de artes plásticas com trabalhos dos estudantes António José Soares, António Somar, Apolinário Reis Pereira, Dinis da Fonseca, Fernando Namora e José Cruz.

O «TEUC» em Lisboa

Já com o nome de «Teatro dos Estudantes» o antigo grupo cénico do «Fado Académico» apresentou-se no Teatro Nacional, em Lisboa, interpretando autos vicentinos e «Anfitriões», de Luís de Camões e exibindo-se, ainda, em Coros Falados.

Viagens da Tuna

A Tuna Académica que antes se deslocara a Aveiro, fez também uma excursão pelo Sul, actuando em Santarém e em Lisboa.

Noite Portuguesa

Numa festa de homenagem ao Doutor Eugénio de Castro, intitulada «Noite Portuguesa», o TEUC actuou no teatro da Faculdade de Letras, exibindo-se em Coros Líricos Falados e interpretando excertos de autos de Gil Vicente.

Jogos Florais Universitários

A Comissão Cultural da A. A. organizou os Jogos Florais Universitários, para poesia, ficção, ensaio e trabalhos escolares.

«Poetas de Coimbra»

A comissão organizadora da «Quinzena dos Estudantes de Coimbra em Lisboa» publicou um livro com muitas poesias de antigos estudantes, dedicadas a Coimbra.

O «TEUC» no Porto

Depois do seu grande êxito em Lisboa, o Teatro dos Estudantes deslocou-se ao Porto a convite do Clube Fenianos, tendo realizado um sarau no Teatro Rivoli.

Teatro Académico

Relembrando uma antiga sugestão do Doutor Almeida Ribeiro, foram publicados na Imprensa alguns artigos que pugnavam por um edifício próprio onde actuasse o grupo dramático dos estudantes, sugerindo-se que a Universidade deveria adquirir o Teatro Sousa Bastos.

Guarda-Mor reformado

Atingido pelo limite de idade, deixou de exercer as funções de Guarda-Mor da Universidade, o sr. António Marques Donato, que tomara posse do cargo em 1901.

Grupo «Os Arcários»

Um grupo de frequentadores assíduos da Livraria Atlântida, formado por alguns professores da Universidade, do Liceu e também por estudantes, reuniu-se numa animada festa de confraternização.

O grupo era presidido pelo Doutor Lopes de Almeida e tomou o nome de «Os Arcários», pois chamavam *arca* ao lugar onde se reuniam.

Vida literária

A revista «*Altitude*» terminou com o n.º 2 em que colaboraram, além de outros, José Neiva, Ramos de Almeida e João Costa.

Campeonato de Andebol

O grupo de andebol da A. A. venceu o Sport e o União, nos jogos a contar para o Campeonato de Coimbra.

Entre outros, pertenciam à equipa os seguintes estudantes: — Cameirão, Seabra e Costa Pinheiro; Carvalho, Resende e Ordonhas; Marcelo, Mertens, Pinho de Almeida, Manuel Oliveira, Júlio Pavia, Carlos de Sousa, Renato Ferreira e Eduardo Leitão Nobre.

Salão dos Estudantes

Integrada na festa da Queima das Fitas, houve mais um salão de artes plásticas que teve lugar na Faculdade de Letras e em que foram apresentados trabalhos de estudantes e de antigos estudantes.

«Fininhos do Litoral»

Sob a regência de Fernando Costa e com a superior direcção artística de José Esteves Alves, apresentou-se ao público, pela primeira vez, num festival da Queima das Fitas, no Parque da Cidade, o grupo académico coreográfico, musical e folclórico «Fininhos do Litoral».

Sarau da Queima das Fitas

Actuaram em conjunto, pela primeira vez, o Teatro, o Orfeon e a Tuna Académica, que preencheram as três partes do programa do Sarau da Queima das Fitas.

«Noite Francesa» e «Noite Alemã»

No teatro da Faculdade de Letras, alunos de literatura francesa e de literatura alemã, ensaiados pelos respectivos professores, interpretaram algumas cenas de peças clássicas de autores daquelas nacionalidades.

Dirigentes do C. A. D. C.

Foram eleitos os corpos gerentes do C. A. D. C. ficando a direcção assim constituída: — José Sebastião Silva Dias, José Marques Cruz Almeida, Manuel Dias da Fonseca, Álvaro Esteves Pereira, José Germano Oliveira, José Nunes de Matos e José Luciano Sollari Allegro.

«Taça de Portugal»

Depois de ter eliminado o Sporting, o grupo de futebol da A. A. venceu, na capital, o Sport Lisboa e Benfica, conquistando a 1.ª «Taça de Portugal».

O grupo, que foi apoteòticamente recebido em Coimbra, era assim formado: — Tibério, José Maria Antunes e César Machado; Portugal, Faustino e Octaviano; Manuel da Costa, Gomes, Arnaldo Carneiro, «Nini» e Bernardo Pimenta.

Novos Reitor e Vice-Reitor

Em substituição do Doutor João Duarte de Oliveira que pedira a demissão de Reitor da Universidade, tomou posse do cargo o Doutor Morais Sarmento, ficando vice-Reitor o Doutor Maximino Correia.

Campeonatos de Natação

Na piscina do Campo de Santa Cruz realizou-se um torneio escolar de natação, com vista aos campeonatos nacionais que teriam lugar em Lisboa, entre estudantes dos diversos graus do ensino.

Jornais académicos

Em comemoração da vitória do grupo de futebol da A. A. na «Taça de Portugal» foram publicados números únicos dos jornais «*Campião*» e «*A Final*».

Antes, fora também publicado o jornal «*A Cabra*», dirigido por Luciano José de Carvalho.

Regulamento do Orfeon

Foi impresso e distribuído um «Regulamento interno» do Orfeon Académico de Coimbra, redigido por uma comissão a que presidiu Augusto Machado Franco.

Distribuição dos prémios

Nos Jogos Florais Universitários ficaram premiados os seguintes estudantes: — Políbio Gomes dos Santos e João José Cochofel, em Poesia; Fernando Namora e Coriolano Ferreira, em Ficção; Magalhães Vilhena e Joaquim Namorado, em Ensaio; Afonso Queiró, João José Lobato Guimarães, Martinho Pires e António Zagalo, com Trabalhos Escolares.

Para a entrega dos prémios realizou-se uma sessão na Faculdade de Letras, durante a qual também foi homenageado o grupo de futebol da A. A..

António Nobre no Penedo

Anunciou-se que no Penedo da Saudade seria inaugurado um monumento a António Nobre, por iniciativa do Embaixador Alberto de Oliveira, que foi contemporâneo do poeta, em Coimbra.

Formatura do Castelão

Concluiu a licenciatura na Faculdade de Direito, o estudante Augusto Castelão Oliveira de Almeida, director do jornal humorístico «*O Ponney*».

Mais um jornal

Saiu mais outro jornal académico de homenagem ao grupo de futebol da A. A.. Intitulava-se «*A Victória*» e era dirigido por Cândido Frazão.

Lápide na Rua de Tomar

Na casa da Rua de Tomar onde viveu, enquanto estudante, o Doutor Egas Moniz, foi descerrada uma lápide por iniciativa dos condiscípulos deste Professor, reunidos em Coimbra para festejarem o 40.º aniversário da sua formatura.

Estudantes franceses

Um grupo de universitários franceses veio passar as férias grandes a Portugal. Da fronteira espanhola até Coimbra, os estudantes franceses fizeram o percurso sempre a pé.

Festivais de natação

Nos festivais de natação que se efectuaram na piscina da Praia Fluvial do Mondego, distinguiram-se os seguintes nadadores: — Zélio Lima, Manuel Gaspar, Luís Fidalgo, Júlio Fonseca, Carlos Figueiredo, Eduardo Caetano, Arménio Ferreira, Vladimiro Sphor e, ainda, Natália Veiga.

Os nadadores académicos ganharam os campeonatos distritais e classificaram-se em 2.º lugar nos campeonatos nacionais.

Filantrópica Académica

A Sociedade Filantrópico-Académica anunciou a constituição de uma nova categoria de sócios protectores.

Morte de um poeta

Em Ansião, na terra natal, faleceu Políbio Gomes dos Santos, estudante de Direito, que em 1938 publicara o livro «*As três pessoas*» e que nos Jogos Florais Universitários obtivera o Prémio António Nobre com o livro de poemas «*Voz que escuta*».

Cidade Universitária

Em substituição da Comissão para as Obras da Cidade Universitária que fora nomeada em Dezembro de 1934, foi escolhida outra comissão, presidida pelo Reitor Morais Sarmento e de que faziam parte os Doutores José Alberto dos Reis, Anselmo Ferraz de Carvalho e Amorim Girão, como representantes respectivamente, das Faculdades de Direito, de Ciências e de Letras.

Pátio da Universidade

Com vista à remodelação do Pátio da Universidade, deslocou-se a Coimbra o arquitecto Raul Lino, tendo ficado resolvido substituir por lajes de pedra, a calçada à portuguesa que circundava aquele recinto.

Foi prevista, também a substituição e o corte de algumas árvores.

Natação em Condeixa

Depois da sua actuação brilhante nos Campeonatos Nacionais, a equipa de natação da A. A. deslocou-se a Condeixa para uma jornada de propaganda, tendo-se exibido num torneio que teve lugar no tanque, à entrada daquela vila.

Vida do C. A. D. C.

Os sócios do C. A. D. C., a partir de Outubro, poderiam utilizar o Refeitório da nova sede, onde seriam servidas as três refeições diárias, pela quantia de duzentos e cinquenta escudos mensais.

Também foi distribuida uma circular por todos os antigos associados do Centro, com vista à organização de uma «Liga dos Amigos do C. A. D. C.».

Dirigentes do «TEUC»

Em Assembleia Geral presidida pelo Doutor Paulo Quintela foi eleita a direcção do Teatro dos Estudantes, que ficou assim constituída: — Manuel Deniz Jacinto, Abílio Ribeiro de Moura, Antero Augusto Sobral, António José Soares, Vasco Taveira, Carolina Soares e Margarida Carmona.

Oferta do Reitor

O Reitor Morais Sarmento instituiu um prémio de mil escudos, dados do seu bolso particular para que a A. A. os entregasse ao estudante que fizesse, de improviso, a melhor exposição verbal.

Busto de António Nobre

No Penedo da Saudade foi inaugurado um monumento a António Nobre em cuja base se encontram esculpidos alguns versos de outros poetas seus contemporâneos, em Coimbra. Na cerimónia, o estudante Álvaro Feijó leu «Balada de Coimbra», um inédito de José Régio.

Dirigentes da Associação Académica

Foi nomeada a nova Comissão Administrativa da A. A.. Na presidência ficou Luís Nunes da Ponte e os outros elementos eram os seguintes: — Arnaldo Miranda Barbosa, António Zagalo, Luís Garcia, José Maria Antunes, Armando Vaz Caldas e Álvaro Feijó.

Tuna Académica

A Tuna Académica projectava realizar, em Dezembro próximo, as festas comemorativas do 50.º aniversário da sua fundação.

Grupo de teatro clássico

Alguns estudantes da Faculdade de Letras projectaram organizar um grupo dramático para representar peças clássicas, de autores gregos e latinos.

Entre outros, os mais activos eram os estudantes Miguel Pinto de Meneses, Francisco Barrocas e José Videira Pires.

«Os Çalameões»

Um destacado grupo de elementos da Tuna abandonou este agrupamento e fundou outro organismo musical académico que usou o pitoresco nome de «Grupo Çalameónico Académico».

Morte de um regente

Faleceu o antigo regente da Tuna Académica Francisco Lopes de Macedo, que foi organista da Capela da Universidade e Bedel da Faculdade de Teologia e que dirigiu aquele agrupamento musical nos primeiros anos deste século.

Festas dos quintanistas

Os novos quintanistas de Direito e de Medicina, vieram para a Baixa passear, em conjunto, ostentando garbosamente as pastas com as fitas largas, ao som festivo de um gaiteiro.

Morte do Presidente do Orfeon

No dia em que completava 27 anos, faleceu o estudante de Direito, Augusto Machado Franco, que ocupava o lugar de presidente do Orfeon Académico.

Sede do C. A. D. C.

Foi inaugurada, festivamente, a nova sede do C. A. D. C. na parte superior da Couraça de Lisboa, quase na esquina com a rua do Arco da Traição.

Sarau na Biblioteca

Nos Salões Nobres da Biblioteca Geral da Universidade, o Teatro dos Estudantes realizou um serão vicentino em que foi representado o «Auto da Alma».

Chá na Reitoria

O Reitor Morais Sarmento recebeu nas instalações da Reitoria todos os elementos directivos dos vários organismos académicos a quem, gentilmente, ofereceu um chá.

A Tuna em Alcobaça

A Tuna Académica, que adiara para melhor oportunidade as festas comemorativas do cinquentenário da sua fundação, deslocou-se a Alcobaça para realizar um sarau no Refeitório do Asilo, em benefício da Associação dos Bombeiros.

Caderno de saúde

Por iniciativa do Reitor Morais Sarmento constava que os estudantes da Universidade seriam examinados por médicos, para que todos tivessem uma ficha individual de saúde.

Jornais académicos

Publicou-se «*A Desforra*», mais um número único de carácter desportivo, que foi dirigido por Joaquim Pais da Silva, estudante de Direito.

No Liceu, também saiu um jornal dactilografado, «*O Sàbiá*», dirigido por Mário Mendes.

1940

Tuna Académica

A Tuna Académica dirigida por João Jardim, Fernando Martins Pinto, Luís Carvalhal, António Duarte, José Cunha, António Leitão Marques e Camilo Rebocho Vaz, fez uma excursão pelo Alentejo e Algarve.

Conferência na A. A.

O dr. Hipólito Raposo proferiu na A. A. uma conferência sobre «A poesia épica da Restauração», tendo sido apresentado pelo membro da Comissão Administrativa Arnaldo Miranda Barbosa, estudante de Letras.

O estudante Manuel Deniz Jacinto leu as poesias integradas na conferência.

Torneio de xadrez

Num torneio internacional de xadrez em que interveio o campeão do Mundo, dr. Alekine, foi o estudante de Ciências, Armando de Aragão, o único português que conseguiu vencer o grande mestre.

Direcção da Filantrópica

Os corpos gerentes da Sociedade Filantrópica, a que presidia o Doutor Augusto Vaz Serra eram constituídos pelos estudantes Augusto Dias Arnaut, Olívio Carvalho, Elviro Gomes, Joaquim Rodrigues da Silva, Afonso Garcia, Carlos Teles Grilo, José Gouveia Monteiro e Américo Ramalho.

Jogos florais

Aproveitando o êxito do ano anterior, a Comissão Cultural da A. A. estava a organizar os II Jogos Florais Universitários.

Ruas da Alta

Por uma determinação da Câmara Municipal foram mudados os nomes das antigas ruas do Forno e do Borralho que passaram a denominar-se, respectivamente, de Mompiler e de Vicente Arnoso.

Visita do Ministro

Com vista ao plano de obras da futura Cidade Universitária, esteve em Coimbra durante alguns dias o Ministro das Obras Públicas, Engenheiro Duarte Pacheco.

Estudantes alentejanos

Um grupo de estudantes alentejanos resolveu fundar a Casa do Alentejo, para o que se constituiu uma comissão formada por Armando Nobre de Gusmão, José Freire de Andrade, José de Mira, Inácio Bragança, Hermínio Macedo e Manuel Reis Bôto.

Homenagem a Adelina

Foi homenageada Adelina Abranches, num sarau em que colaborou o Teatro dos Estudantes e em que aquela actriz contracenou com os jovens actores, nas peças vicentinas «Farsa de Inês Pereira» e «Auto da Barca do Inferno».

No Teatro Avenida foi descerrada uma lápide evocando esta segunda homenagem prestada a Adelina pela Academia de Coimbra.

Queima das Fitas

À Comissão Central da Queima das Fitas, presidida por Manuel Bartolomeu, também pertenciam Augusto Rego, José Videira Pires e Armindo de Brito.

Dirigentes do Orfeon

A direcção do Orfeon Académico era formada por José Ferreira de Carvalho, Albano Martins da Costa, Lino Augusto de Morais, Eduardo Baptista, José Ferreira Bastos, Luís Decq Mota e António Júlio Carvalho de Lemos.

Monumento a Camões

Iniciou-se uma campanha para ser erguido um monumento a Camões, escolar de Coimbra, formando-se uma comissão a que pertenciam o poeta Afonso Lopes Vieira, o Doutor António de Vasconcelos e o estudante Luís Nunes da Ponte, presidente da A. A..

Código da Praxe

O veterano Fausto Gonçalves Ventura, da Faculdade de Ciências, foi encarregado de coligir elementos para a publicação de um Código da Praxe académica.

Festas do 2.º ano médico

O curso do 2.º ano médico confraternizou alegremente numa festa que começou com um desafio de futebol e terminou com inflamados discursos em «inglês» e «alemão» proferidos durante uma bacalhoada bem regada.

Teatro em alemão

Os alunos da secção de Filologia Germânica, da Faculdade de Letras, realizaram um espectáculo em que apresentaram uma peça clássica da literatura alemã.

Conferência na A. A.

O Doutor Fernando Correia proferiu na Associação Académica uma conferência sobre «A sanidade e as responsabilidades dos universitários».

Novo Guarda-Mor

Foi nomeado o sr. António de Seiça Guedes para o cargo de Guarda-Mor da Universidade.

Pátio da Universidade

Para a remodelação do Pátio da Universidade foram derrubados alguns plátanos e substituída a calçada à portuguesa que o circundava, por um pavimento de grandes lajes rectangulares.

O Orfeon nas Beiras

O Orfeon Académico fez uma viagem pelas Beiras, tendo cantado em Viseu, Guarda, Covilhã e Castelo Branco.

Festa da Tuna

Antigos e actuais tunos festejaram o «cinquentenário» (sic) da fundação do seu agrupamento, com um sarau que teve lugar no Teatro Avenida.

Triste acontecimento

Após a viagem pelas Beiras com o Orfeon, faleceu quase repentinamente o orfeonista José Martins de Meneses, açoreano e estudante de Medicina.

No seu funeral incorporou-se quase toda a Academia, tendo o Reitor Morais Sarmento sido o portador da chave da urna.

Conferência sobre cenários

Por iniciativa do «TEUC» o Doutor Pereira Dias proferiu uma conferência na Faculdade de Letras sobre «Cenografia do Teatro de S. Carlos».

Jogos Universitários

Disputaram-se os Jogos Florais Desportivos Universitários entre estudantes de Coimbra, Porto e Lisboa, tendo a equipa coimbrã, além de outros campeonatos, ficado vencedora em futebol e andebol.

Os atletas ficaram albergados numa «Aldeia Olímpica» instalada no Jardim Botânico.

Teatro inglês e alemão

Os alunos do curso de Filologia Germânica representaram algumas cenas das peças «Júlio César», «O Mercador de Veneza» e «Fausto», no teatro da Faculdade de Letras.

Sarau da Queima das Fitas

No sarau da Queima das Fitas que teve lugar no Avenida, mais uma vez colaboraram, em conjunto, o Orfeon, a Tuna e o Teatro dos Estudantes, não tendo havido fados e guitarradas.

Obras na A. A.

Por intermédio do Ministro das Obras Públicas e graças à intervenção do Reitor Morais Sarmento, foram remodeladas as instalações sanitárias dos baixos do edifício da A. A., na rua Larga.

Ofício de agradecimento

A Câmara da Praia da Vitória — Ilha Terceira, oficiou à A. A. agradecendo-lhe «o enternecedor carinho dispensado pela gloriosa Academia» ao malogrado estudante Martins de Meneses, natural daquele concelho e que no mês anterior tinha falecido em Coimbra.

«Fininhos do Litoral»

Para comemorar o 1.º aniversário da sua estreia, realizou-se um animado almoço de confraternização entre os «Fininhos» e as «Fininhas». Aos brindes usaram da palavra José Esteves Alves, Fernando Costa e António Soares, «directores», respectivamente, dos sectores Musical, Coreográfico e Plástico.

O «TEUC» na Figueira

O Teatro dos Estudantes apresentou-se no Teatro Peninsular, da Figueira da Foz, interpretando o «Auto da Embarcação do Inferno», além de outros trechos vicentinos.

Dirigentes do C. A. D. C.

Para a direcção do C. A. D. C. foi reeleito José Sebastião da Silva Dias e escolhidos mais os seguintes estudantes: — Diogo de Paiva Brandão, Álvaro Esteves, José de Noronha Montez, José Germano de Oliveira, Manuel Azevedo Mendes e Henrique Barrilaro Ruas.

Doutoramentos em Medicina

Realizou-se a cerimónia da imposição das insígnias aos Doutores Augusto Vaz Serra e Luís Raposo, acto solene que desde 1909 se não realizava com doutores em Medicina.

Campeonatos de Natação

Nos campeonatos nacionais escolares de natação destacaram-se os nadadores de Coimbra Luís Fidalgo, Abílio Bastos, António Teles das Neves, Jorge Camões, Paulo e Joaquim Moura Relvas, Zélio Lima e Filipe Soares.

Teatro ao ar livre

Por ocasião das Festas da Rainha Santa, o Teatro dos Estudantes representou o «Auto da Embarcação do Inferno», ao ar livre, num palco erguido na ala central do Parque da Cidade.

Perdão de acto

Realizaram-se algumas assembleias da Academia, para que o Governo concedesse «perdão de acto», atendendo a que se comemoravam, em 1940, o VIII Centenário da Fundação da Nacionalidade e o III Centenário da Restauração.

Trasladação

Foi trasladada para a Praia da Vitória — Ilha Terceira, a urna funerária com os restos mortais do estudante José Martins de Meneses, falecido repentinamente, depois de uma viagem com o Orfeon.

Desportos antigos

Álvaro Abreu, aluno da Escola Agrícola e antigo jogador de futebol da A. A., projectava a regulamentação do *jogo da pela*, jogo medieval quase caído em desuso, mas que ainda se mantinha como passatempo das raparigas das aldeias de Fala e de S. Martinho do Bispo.

Vida literária

João José Cochofel, estudante de Letras, publicou «*Búzio*», um livro de poemas; e o estudante de Medicina, Fernando Namora também publicou «*Mar de Sargaços*», outro livro de versos.

Remodelação ministerial

Houve uma grande remodelação ministerial, tendo entrado para o Governo os Professores de Coimbra, Doutores Adriano Vaz Serra e Mário de Figueiredo, Professores de Direito e Manuel Lopes de Almeida, Professor de Letras.

Antigo orfeonista

Faleceu o médico dr. Uriel Salvador, que foi um grande auxiliar de António Joyce, na preparação artística do Orfeon Académico, antes da sua primeira visita a Paris, em Abril de 1911.

Coimbra nas «revistas»

Uma revista em cena num teatro do Parque Mayer, em Lisboa, tinha um quadro referente a Coimbra e à sua vida académica.

O quadro era sempre muito aplaudido, como sucedera com outras revistas que também já tinham apresentado quadros idênticos.

Campeonatos de Natação

A equipa de natação da Associação Académica continuou em destaque nos campeonatos oficiais, sobressaindo os nadadores Manuel Gaspar, Luís de Campos Fidalgo, Jorge Camões e Natália Veiga, que conquistaram vários primeiros prémios.

Vida literária

Álvaro Feijó, estudante de Direito e dirigente da A. A. publicou «*Corsário*», um livro de poemas impresso no Porto e distribuído pela Coimbra Editora.

Grande incêndio

Ardeu completamente o prédio da Couraça de Lisboa que fazia esquina com a rua do Arco da Traição, onde durante muito tempo foi uma «república» e pensão de estudantes e onde também estava instalada a redacção e administração da revista «*Sol Nascente*» que já deixara de publicar-se.

Morte do senhor Bento

Faleceu o senhor Bento, proprietário do antigo Café-restaurante Suíço, da rua de S. João, instalado no prédio onde mais tarde funcionou o posto dos C. T. T., da Alta.

Futebol académico

Num jogo particular disputado contra o «União de Coimbra», o grupo de futebol da Associação Académica derrotou aquele clube por 6-0.

Neste jogo envergou pela primeira vez a camisola da A. A. o estudante de Medicina Eduardo Lemos.

Visita Real

O Rei do Congo, Dom Pedro VII, visitou «oficialmente» a Universidade de Coimbra, sendo acolhido com grande curiosidade pelos poucos estudantes que se encontravam em Coimbra.

Cerimónias na Universidade

Constava que o Reitor Morais Sarmento projectava que fossem reatadas antigas tradições universitárias.

Além das cerimónias dos doutoramentos em Medicina, já realizadas em Junho, estava a preparar-se a festa da reabertura solene das aulas na Universidade.

Teatro na Biblioteca

Nos salões da Biblioteca Geral da Universidade realizou-se mais um serão vicentino, em que o Teatro dos Estudantes representou o «Auto da Embarcação do Inferno» e outros trechos de Gil Vicente.

Reabertura solene

Decorreu com a maior pompa a cerimónia da reabertura solene da Universidade, que teve lugar na Sala dos Capelos e a que assistiram o Cardeal Patriarca e alguns membros do Governo, na sua qualidade de Doutores de Coimbra.

Coimbra nos jornais

Causou má impressão em Coimbra um artigo publicado no jornal «O Século», sobre alguns aspectos da vida académica, na actualidade.

O artigo, da autoria do jornalista Leopoldo Nunes, continha muitas fantasias e inexactidões e foi alvo de acerbas críticas de muitos estudantes.

Novos dirigentes do «TEUC»

A nova direcção do Teatro dos Estudantes ficou assim constituída: — Antero Sobral, Vasco Taveira, Eduardo Mano, Albano Martins da Costa, Carolina Soares, Maria Augusta Marques e Maria José Santos.

«Pró-Império Colonial»

Um grupo de estudantes preparava a fundação de um «Movimento dos Núcleos Pró-Império Colonial».

Coimbra em Lisboa

Para ser visitada a Exposição do Mundo Português, foi organizada uma grande excursão a Lisboa, em que foi integrado o Orfeon, a Tuna e o «TEUC» que se apresentaram no teatro da Exposição, em Belém, em espectáculos à tarde e à noite.

Questão Casais Monteiro

Por causa de um artigo de Casais Monteiro, publicado na «Seara Nova» sobre a actuação dos organismos académicos em Lisboa, levantou-se grande celeuma entre os estudantes pois muitos se julgavam ofendidos por aquele escritor.

Coimbra nas «revistas»

Uma revista que se apresentava no Teatro Apolo, de Lisboa, também incluía um quadro referente a Coimbra e aos estudantes.

Como já vinha sucedendo em casos semelhantes, este quadro provocava sempre grandes aplausos.

Homenagem a congressistas

No Salão Nobre da Faculdade de Letras realizou-se um sarau de homenagem aos membros do Congresso da História da Actividade Científica Portuguesa, em que colaboraram o Orfeon, a Tuna e o «TEUC».

O Teatro dos Estudantes interpretou o «Auto da Alma», de Gil Vicente.

Jornal do Liceu

Um grupo de alunos do Liceu publicou um jornal copiografado e que se intitulava «*Catraio*».

Novos dirigentes da A. A.

A nova Comissão Administrativa da Associação Académica, presidida por Manuel Deniz Jacinto era formada por mais os seguintes estudantes:—Renato Cantista, Barrigas de Carvalho, Carlos Teles Grilo, Álvaro Feijó, Lino Carvalho Lima, António Costa Faro e Renato Ferreira.

Ao nomear esta comissão o Reitor Morais Sarmento teve em vista a representação das várias correntes ideológicas existentes dentro da Academia.

Comissões da Queima das Fitas

Foram eleitas, pela primeira vez, senhoras estudantes para uma Comissão da Queima das Fitas, tendo sido escolhidas as quartanistas:—Aida Aragão, Medicina; Maria da Nazaré Lobato Guimarães, Direito; Maria Eugénia Ramos, Ciências; e Mariberta Carvalhal de Abreu, Letras.

Cidade Universitária

Na Assembleia Nacional foi formulado o voto de que o Governo inscrevesse, efectivamente, no próximo orçamento, a verba necessária para se dar início às obras da Cidade Universitária de Coimbra.

Chá na Reitoria

O Reitor Morais Sarmento recebeu no Paço das Escolas os dirigentes dos vários organismos académicos, com quem trocou impressões enquanto era servido o chá.

Teatro dos Estudantes

O Teatro dos Estudantes foi agraciado com o grau de Comendador da Ordem de Instrução Pública.

1941

Dirigentes da Tuna

Na presidência da Tuna continuava João Gonçalves Jardim que era acompanhado por Constantino Esteves, José Antunes Cunha, António Leitão Pereira Marques, José Lopes Craveiro, Joaquim Carvalhal e José Aires Junot Fernandes.

Conferência na A. A.

O Doutor Maximino Correia, vice-Reitor da Universidade, proferiu na A. A. uma conferência sobre «Missões e o sentimento religioso».

A conferência, integrada na «Semana das Missões», foi presidida pelo Doutor Trindade Salgueiro, Bispo de Helenópole.

A Tuna em Tondela

A Tuna Académica deslocou-se a Tondela, tendo sido apresentada pelo antigo regente Padre António Maria Cardoso.

Associação de Licenciados

Realizou-se uma reunião de licenciados nas Faculdades de Ciências e de Letras, tendo sido eleitos para dirigentes da respectiva Associação os seguintes: — Leonel de Melo Furtado, Jorge de Morais «Xabregas», Joaquim Duarte de Oliveira, José Diogo, António Queirós Lopes, José Fonseca Barata e Virgílio Ferreira.

Coimbra em Lisboa

A Empresa do Teatro Nacional fez a reposição da peça vicentina «Auto da Embarcação do Inferno», utilizando, no Coro dos Cavaleiros, a música original de Énio Ramalho, estudante de Letras e componente do Teatro dos Estudantes.

Dirigentes do Orfeon

A nova direcção do Orfeon era assim constituída: — António Júlio Carvalho Lemos, Arlindo Sidónio Mendes, Aníbal de Oliveira, Elísio Coelho Santos, Fernando Viana Teixeira, Paulo Lisboa Mendes e Emílio Pires Praça.

Prémios dos Jogos Florais

Foram distribuídos os prémios dos Jogos Florais de 1940. Em Poesia foram premiados João Cochofel, Joaquim Namorado e Álvaro Feijó; em Prosa, couberam prémios a Fernando Namora e Coriolano Ferreira. Receberam também outros prémios, Alexandre Pessoa Vaz, Arnaldo Miranda Barbosa e Alexandre Lobato.

Viagem da Tuna Académica

A Tuna deslocou-se ao Ribatejo, Alentejo e Algarve, tendo sido surpreendida pelo grande ciclone que nessa altura varreu Portugal. Não obstante este contratempo realizou-se o sarau em Faro, mas... à luz de velas...

Nesta excursão, a Tuna realizou oito saraus em dez dias.

Sarau dos Refugiados

Um numeroso grupo de artistas estrangeiros, refugiados em Portugal por causa da guerra, efectuou um espectáculo no Teatro Avenida, cujo produto reverteu em benefício da obra de assistência dirigida pelo Doutor Bissaia Barreto.

Manuel Deniz Jacinto, presidente da A. A. fez a apresentação dos artistas.

Pedido de indulto

Reuniu a Assembleia Magna da Academia para resolver sobre o pedido de indulto para o antigo estudante Carlos Fidelino da Costa, preso político condenado à morte, em Espanha.

Para tratar deste pedido, seguiram para Lisboa os dirigentes da A. A. Lino Lima e Renato Cantista.

O Orfeon no Norte

O Orfeon Académico realizou espectáculos no Porto, Vila do Conde, Viana, Braga, Santo Tirso e Espinho.

«A Trilogia das Barcas»

O Teatro dos Estudantes levou à cena os três autos das Barcas, obra de Gil Vicente que nunca fora apresentada em conjunto.

Outros espectáculos

O Orfeon colaborou numa festa de caridade, no Ninho dos Pequeninos, e o «TEUC» também actuou num sarau de homenagem ao Grupo Dramático do Grémio Operário.

«Via Latina»

Por iniciativa da Comissão Cultural da A. A. a que pertenciam Renato Cantista, João Cochofel, Ramiro Valadão, Francisco Costa Marques e Fernando Namora, saiu o primeiro número do jornal «*Via Latina*», órgão da Associação Académica de Coimbra.

Morte de um poeta

Faleceu Álvaro Feijó, estudante de Direito, dirigente da A. A. e poeta premiado nos Jogos Florais Universitários.

Comissão da Queima das Fitas

A Comissão Central da Queima das Fitas era presidida pelo quartanista de Medicina Gonçalo de Araújo e compunha-se também por Francisco Rodrigues Martins, de Direito, Francisco Velez Grilo, de Ciências e Antonino Henriques, de Letras.

Imposição de insígnias

Deslocou-se a Coimbra uma deputação de Professores da Universidade de Oxford para impor as insígnias de Doutor *honoris causa* por aquela Universidade, ao Doutor Oliveira Salazar, Presidente do Conselho e Professor de Coimbra.

Também foram impostas as insígnias de Doutor em Letras a D. Manuel Trindade Salgueiro, Bispo de Helenópole.

Morte do Doutor Sobral Cid

Faleceu o Doutor Sobral Cid antigo Professor da Faculdade de Medicina de Coimbra.

Cartaz das festas

Começou a ser afixado por todo o país o cartaz anunciador das Festas da Queima das Fitas, que este ano foi pintado pelo «grelado» de Medicina, Gonçalo de Araújo, presidente da Comissão Central.

«Novo Cancioneiro»

Foi iniciada a colecção de poesia do «Novo Cancioneiro», com o livro «*Terra*», de Fernando Namora. Depois, foram publicados «*Sol de Agosto*», de João José Cochofel e «*Aviso à Navegação*», de Joaquim Namorado.

Récita do V ano médico

Os estudantes do V ano médico fizeram a sua festa de despedida, representando a revista «Pontas de Fogo» onde havia, além de outros, um engraçado quadro ao gosto vicentino e que se intitulava «Auto da Barca de Medicina».

O «TEUC» em Lisboa

O Teatro dos Estudantes deslocou-se a Lisboa para interpretar a «Trilogia das Barcas», no Teatro Nacional D. Maria, tendo sido apresentado pelo poeta Afonso Lopes Vieira.

Queima das Fitas

Um dos números mais sensacionais das festas da Queima das Fitas, foi o «arraial popular» no Pátio da Universidade, com a colaboração das alunas das diversas faculdades.

Numa sala da Faculdade de Letras também estava patente uma Exposição de actividades académicas.

«Não façam ondas...»

Com este título apresentou-se no Teatro Avenida uma revista académica, mas o baixo nível do espectáculo foi muito lamentado e ocasionou uma nota de protesto do presidente da A. A., Manuel Deniz Jacinto, inserta no «Diário de Coimbra».

Reunião na Sala dos Capelos

O Reitor Morais Sarmento convocou uma reunião na Sala dos Capelos que foi muito concorrida por alunos, alunas, assistentes e Professores e onde foram abordados casos referentes ao prestígio da Academia.

Dirigentes do C. A. D. C.

A nova direcção do C. A. D. C. ficou assim constituída: — José Marques Cruz Almeida, Henrique Barrilaro Ruas, Aníbal Oliveira, Renato Pereira Coelho, Eduardo Vaz Osório, Filinto Girão e António Roque.

O presidente da mesa da Assembleia Geral era Manuel Dias da Fonseca, sendo secretários Leonardo Ilhão e José Matos.

Doutoramentos em Ciências

Após a imposição das insígnias aos Doutores Abílio Fernandes, Andrade Gouveia e Almeida Santos, realizou-se também a cerimónia do doutoramento dos Doutores Alberto Xavier, Luís Beda Neto e José Antunes Serra.

Antigos estudantes

Um grupo de antigos estudantes de Coimbra radicados na capital, pensaram na organização de uma entidade que agrupasse todos os que tivessem estudado na Lusa-Atenas e que se denominaria «Casa dos Antigos Estudantes de Coimbra», em Lisboa.

A iniciativa não teve concretização.

Gesto cavalheiresco

O Reitor Morais Sarmento passeou algumas horas pela Baixa, ostensivamente, acompanhando uma aluna da Faculdade de Letras, sobre quem tinham recaído infundados boatos nascidos em ambiente hostil à Academia.

Este nobre gesto foi muito louvado.

«Pontas de Fogo»

Foi publicado o livro *«Pontas de Fogo»*, de Ramiro da Fonseca, Parada Leitão, Brito Amaral, André de Carvalho e Victor Bernal y de Rio, quintanistas de Medicina, autores da récita de despedida do seu curso.

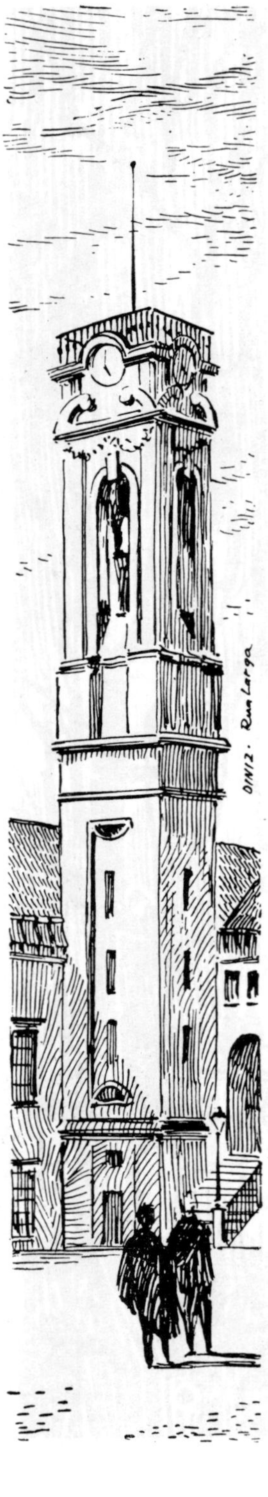

Procissão na Alta

Foi reatada a antiga tradição da festa à Senhora da Boa Morte, tendo saído da Sé Nova uma imponente procissão que percorreu algumas ruas da Alta, como nos tempos do antigo regime.

O sino grande da torre da Sé Nova também tocou neste dia de festa.

Substituição de treinador

Para substituir o treinador Lippo que foi dispensado pelos dirigentes da secção de futebol da A. A. foi escolhido o estudante Alberto Gomes, que passou a receber o vencimento atribuído àquele profissional estrangeiro.

Ensaios no «TEUC»

No teatro da Faculdade de Letras, o Prof. Gustavo Cohen, director de «Les Théophiliens», grupo dramático medieval dos estudantes de Paris, assistiu a um ensaio do Teatro dos Estudantes de Coimbra, que interpretou alguns trechos de Gil Vicente.

Uma fita sobre Coimbra

Constava que o realizador António Lopes Ribeiro andava a preparar uma fita sobre a vida dos estudantes de Coimbra, contando com a colaboração destes.

Praia Fluvial

Na inauguração da Praia Fluvial destacaram-se os nadadores da A. A. que já se vinham treinando desde a Primavera, no tanque do Campo de Santa Cruz, atrás dos balneários.

Morte do Reitor

Na sua terra natal, perto de Chaves, faleceu o Reitor da Universidade, Doutor António Luís de Morais Sarmento, Professor da Faculdade de Medicina.

De Coimbra, deslocou-se uma deputação de estudantes para tomar parte no funeral, tendo falado, à beira da sepultura, em nome da Academia, o estudante Ramiro Valadão.

Os estudantes que formavam a deputação, representavam, a Tuna, o Orfeon e o Teatro dos Estudantes.

Secção de futebol

A secção de futebol da Associação Académica era dirigida pelos antigos estudantes Carlos de Freitas ,Pedro da Rocha Santos e Luís Morna, três médicos de Coimbra que se preocuparam com as questões financeiras da secção.

Para se equilibrarem as receitas com as despesas foi criada uma «Comissão Angariadora de Fundos» que imediatamente iniciou as suas actividades.

«República dos Pardais»

Anunciou-se que a fita que António Lopes Ribeiro tencionava fazer sobre a Academia de Coimbra, teria o título de «República dos Pardais».

O argumento da fita focaria assuntos da actualidade.

Morte de dois Lentes

Além do Reitor da Universidade, também faleceram os Doutores Geraldino de Brites, Professor da Faculdade de Medicina e o Doutor António Garcia Ribeiro de Vasconcelos, sacerdote e Professor da Faculdade de Letras.

Questões do futebol

Relacionado com a situação do jogador de futebol Manuel da Costa, que actuava no primeiro grupo de futebol, houve uma questão com os dirigentes desta secção, tendo sido aceite o pedido de demissão apresentado pelos drs. Carlos Freitas, Pedro Rocha Santos e Luís Morna.

Manuel da Costa também anunciou que tencionava abandonar o futebol académico, mas Alberto Gomes continuou a ocupar o lugar de treinador.

Natação

Na Piscina da Praia Fluvial houve mais um festival de natação que se chamou «Dia das Estafetas».

Nesta espécie de provas, a équipa da Associação Académica conquistou, mais uma vez, o primeiro lugar.

«Tribuna académica»

De acordo com o director do «Diário de Coimbra», Doutor Virgílio Correia, um grupo de estudantes, tendo à frente o aluno da Faculdade de Letras Ramiro Valadão, tencionava manter naquele jornal uma secção com a epígrafe «Tribuna Académica» destinada a debater os principais problemas dos estudantes de Coimbra.

Morte de um artista

Na sua casa da Quinta do Mosteiro, perto de Arganil, faleceu o dr. Ventura da Câmara, antigo estudante de Coimbra, formado em Direito em 1892 e que se destacou como artista plástico, principalmente como escultor em marfim.

Nova Comissão Administrativa

Os novos dirigentes da Associação Académica eram os seguintes estudantes: — Ramiro Valadão, Carlos Alberto Ribeiro, Fernando Bandeira, Barrigas de Carvalho, Armando Vaz Caldas, Manuel Bartolomeu, António Costa Faro e Francisco Antunes.

Cidade Universitária

O Governo criou um organismo autónomo intitulado «Comissão Administrativa do Plano de Obras da Cidade Universitária», de que foi primeiro presidente o Doutor Maximino Correia, vice-Reitor da Universidade.

«República dos Pardais»

Esteve em Coimbra, para conferenciar com os dirigentes da A. A., o realizador cinematográfico António Lopes Ribeiro, tendo ficado assente que o argumento da fita «República dos Pardais», fosse presente a uma comissão de estudantes.

Fitados e grelados

Os quartanistas de Medicina tiveram um almoço de confraternização, passeando depois, pela Baixa, ao som de um gaiteiro. Dias depois, os quintanistas também passearam, em conjunto, as pastas com as fitas amarelas.

Os quintanistas de Ciências, vieram mais tarde, ostentando em grupo as fitas largas.

Secção de xadrez

Armando Aragão, estudante de Ciências, organizou na Associação Académica uma secção de xadrez.

Dirigentes do «TEUC»

Manuel Deniz Jacinto voltou à presidência do Teatro dos Estudantes, tendo como colaboradores na direcção, José Ferreira Neves, Jaime Valverde, Barrigas de Carvalho, Décio Rocha D'Antas, Maria José Santos e Carolina Soares.

«República dos Pardais»

Realizou-se uma grande reunião na A. A. para ouvir o realizador António Lopes Ribeiro acerca da sua projectada fita sobre a Academia de Coimbra.

Assistiu também o vice-Reitor Doutor Maximino Correia, e, no final, o estudante Fernando Namora leu algumas considerações sobre o que entendia dever ser uma fita sobre estudantes de Coimbra.

Preço das propinas

O Governo publicou um decreto sobre as propinas nos diversos cursos universitários, elevando consideràvelmente o seu custo.

A decisão ministerial provocou grande emoção entre a Academia que se reuniu em Assembleia Geral para apreciar e resolver sobre o assunto.

Recital «Novo Cancioneiro»

Apresentada por Armando Bacelar, a declamadora Manuela Porto realizou um recital no salão da Faculdade de Letras sobre poetas do «Novo Cancioneiro».

República do Kalifado

Festejou-se solenemente a reabertura da República Kalifado, sendo organizado um luzido cortejo que aguardou o «Kalifa» João Veiga Leitão, na Estação Nova, acompanhando-o, depois, até aos seus imperiais Paços.

A Tuna em Estarreja

A Tuna Académica deslocou-se a Estarreja onde realizou um sarau de Arte, tendo colaborado no acto de variedades, entre outros, José Galvão e Luciano de Carvalho.

Questão das propinas

O Doutor Mário de Figueiredo, Ministro da Educação, distribuiu uma Nota Oficiosa com intenção de provar que o custo do ensino superior era mais barato em Portugal do que no Estrangeiro.

Obras da Cidade Universitária

Após a posse da Comissão Administrativa da Cidade Universitária, foram iniciadas diligências para se proceder às primeiras expropriações de algumas casas da Alta, condenadas à demolição.

Demissão dos dirigentes da A. A.

Os dirigentes da A. A. de que era presidente Ramiro Valadão, apresentaram o seu pedido de demissão, por factos relacionados com a subida do preço das propinas.

Casa de Moçambique

Um grupo de estudantes formado por Saul Campos, Homero Branco, Armando Vaz Caldas e José Mealha, tencionava organizar uma «Casa de Moçambique em Coimbra».

Vida literária

Duarte de Montalegre, pseudónimo do estudante José de Pina Martins, publicou o livro de poemas «*A pergunta de Pilatos*».

1942

Substituição de dirigentes

Aceitaram a nomeação para componentes da Comissão Administrativa da A. A., os seguintes estudantes: — João Antunes Varela, Manuel Dias da Fonseca, Antonino Henriques, Leonardo Ilhão, António Paula Santos, Augusto Tinoco de Almeida e António Tavares de Aguiar.

Sarau de caridade

Realizou-se um sarau de beneficência em favor da «Obra do Enxoval do Recem-nascido», em que colaboraram a Tuna Académica, alguns quintanistas de Medicina e um grupo de alunas do Colégio Alexandre Herculano.

Casa de Moçambique

Reuniram os estudantes moçambicanos residentes em Coimbra, tendo ficado aprovados os Estatutos da sua Associação.

Futebol académico

O grupo de futebol da A. A. jogou um desafio amigável com o Sporting e deslocou-se a Viana para outro jogo, tendo actuado os seguintes estudantes: — Acácio, F. Lopes, César Machado; Lomba, Veloso e Octaviano; Micael, Lemos, Armando, Nini e Nana.

Revista literária

Saiu o primeiro número de «*Nova Luz*», revista académica mensal, dirigida por António Paula de Azeredo e de cujo corpo redactorial faziam parte Armando Bacelar, Ary Elias Costa, João e José Veiga Leitão, Luís Aguião, Manuel Breda Simões e Raul de Castro.

Viagem da Tuna

A Tuna Académica, dirigida por Ramiro Valadão, Rui Tasso, Joaquim Carvalhal, José Craveiro, Leitão Nobre, Fernando Cabral, José Cunha e António Leitão Marques, efectuou uma viagem a Trás-os-Montes, realizando saraus na Régua, Vila Real, Mirandela, Bragança e Chaves.

No primeiro dia desta excursão, a Tuna também actuou em Viseu.

Centenário de Antero

Foi anunciado que a nova Comissão Administrativa da Associação Académica tomara a iniciativa de promover as comemorações, em Coimbra, do Centenário de Antero do Quental.

Corpos gerentes do Orfeon

Estava em exercício a nova direcção do Orfeon Académico, formada pelos seguintes estudantes: — António Júlio Carvalho Lemos, Jorge Gouveia, Emídio Pires Praça, Américo Góis Pinheiro, Fernando Viana Teixeira, Abílio Dias Moreira e Rui de Castro Pita.

Teatro Académico

Na altura em que foi vendido em hasta pública o Teatro Sousa Bastos, mais uma vez foi sugerido que aquele edifício poderia ser destinado a teatro académico.

No entanto, os estudantes não fizeram quaisquer diligências a respeito do caso.

Confraternização do C. A. D. C.

No refeitório do C. A. D. C. realizou-se a confraternização anual dos antigos e actuais sócios.

Sarau em Leiria

O Teatro dos Estudantes, apresentado pelo Doutor Pereira Dias, director da Faculdade de Ciências, realizou um espectáculo em Leiria, tendo interpretado a «Farsa de Inês Pereira», o «Auto da Embarcação do Inferno» e outras obras vicentinas.

Viagem do Orfeon

Depois de ter cantado na festa em favor do «Lactário», o Orfeon fez uma excursão a Tomar e Alcobaça.

Estudantes em Arganil

Ramiro Valadão, presidente da Tuna Académica, proferiu uma conferência na Casa do Povo de Arganil, tendo sido apresentado por Renato Cantista.

No final da sessão, o Orfeon da Casa do Povo, regido pelo estudante Carlos Alberto Ribeiro, cantou alguns números do seu reportório.

Grupo charadista

No C. A. D. C. funcionava um grupo charadista de estudantes que publicava, com regularidade, as suas produções, numa secção do jornal «Correio de Coimbra».

O grupo denominava-se «*Grupo Charadista Puxa-Peras*».

Fita sobre Coimbra

O realizador António Lopes Ribeiro continuava interessado numa fita cinematográfica sobre Coimbra, tendo feito algumas declarações à Imprensa sobre esse assunto.

O realizador não dispensava a colaboração dos estudantes e desejava manter o título de «*República dos Pardais*».

Homenagem a Antero

Comemorando o centenário do nascimento de Antero, foi descerrada uma lápide numa casa dos Palácios Confusos onde viveu o poeta; o estudante Manuel Sousa Oliveira fez uma conferência na A. A.; na Faculdade de Letras efectuou-se um recital poético e, na Sala dos Capelos, realizou-se uma sessão solene em que cantou o Orfeon e em que discursou João Antunes Varela, presidente da Comissão Administrativa da A. A..

Comissão Central da Queima

O quartanista de Medicina, Francisco Barrigas de Carvalho, presidia à Comissão Central da Queima das Fitas, de que também faziam parte António Fernandes Machado, de Direito, António Hall Temido, de Ciências e Francisco Mendes da Luz, de Letras.

Esta Comissão convidou o Doutor Lopes de Almeida, Subsecretário da Educação para assistir aos festejos marcados para os últimos dias de Maio.

Professores de Medicina

Faleceu o Doutor Alberto Cupertino Pessoa, Professor de História da Medicina e crítico literário e artístico.

O dr. Mosinger, que veio de Marselha reger a cadeira de Anatomia Patológica, deu a primeira aula e sujeitou-se à praxe da «tourada».

Futebol académico

O grupo de futebol da A. A. perdeu com o Benfica num jogo a que assistiu o Ministro da Educação Nacional, continuando no 2.º lugar da classificação do Campeonato da I Divisão.

«Coração e futebol»

Subordinada a este assunto, o Doutor Rocha Brito proferiu uma conferência na Associação Académica, focando, principalmente, os exames cardiológicos feitos aos jogadores do primeiro grupo da A. A..

Tarde de Arte

Integrada na festa da Queima das Fitas efectuou-se no Salão Nobre da Faculdade de Letras uma «Tarde de Arte», composta por um concerto de piano, violino e canto e pela exibição do Teatro dos Estudantes que apresentou «Os quatro Irmãos», de Gil Vicente.

Conferência sobre Moçambique

O Doutor Alfredo Fernandes Martins, Professor da Faculdade de Letras, fez uma conferência na A. A. promovida pela Casa de Moçambique. Esta instituição tinha os seguintes dirigentes: — Armando Vaz Caldas, Saul Campos Mário Jorge, Homero Costa Branco, Jorge Lomba, José Mealha Costa, António Ponty Oliva e José Aires Junot.

Oquei em patins

Após alguns anos de interregno, ressurgiu na A. A. a secção de oquei em patins a que pertenciam os seguintes jogadores: — Francisco Antunes, Poiares Baptista, Abílio Bastos, Joaquim Lima, Evaristo Alves Pereira.

Revista «Vértice»

Foi publicado o primeiro número da revista «*Vértice*», que incluía colaboração de Raul Gomes, Carmo Vaz, António Sousa Freitas, Abílio Pereira da Silva e outros.

Busto de António Nobre

O busto de bronze, representando António Nobre, desapareceu do monumento erguido ao poeta, no Penedo da Saudade.

Reapareceu dias depois, sendo então revelado que fora raptado pelos estudantes Rego, Galvão, Peneda, Costa Pereira e Felisberto, para ser «homenageado» numa República do Beco da Carqueja.

António Ferro em Coimbra

Acompanhado de A. Tavares de Almeida, funcionário do S. N. I., visitou Coimbra durante alguns dias o escritor António Ferro, director daquela entidade oficial.

Foi recebido na A. A. e também assistiu a um ensaio do Teatro dos Estudantes.

Competições desportivas

Tiveram lugar os campeonatos regionais de natação, tendo-se destacado os «infantis» Paulo de Moura Relvas e Durval Mota, além de Luís Fidalgo, Adelino Lebre e Luís Conceição.

No campeonato de voleibol, ficou em primeiro lugar o grupo da A. C. E., logo seguido do grupo da A. A..

Em ping-pong os dois primeiros lugares couberam aos irmãos António e João perestrelo, do C. A. D. C..

Vida literária

Foi publicado o sétimo volume da colecção «Novo Cancioneiro».

Chamava-se «*Turismo*» e o seu autor era Carlos de Oliveira, estudante da Faculdade de Letras.

Nova direcção do C. A. D. C.

Na presidência da nova direcção do C. A. D. C., ficou Henrique Barrilaro Ruas que era acompanhado por Luís de San Payo e Mello, M. Novais Machado, José Nascimento Costa e Moreira Maia.

Morte do Doutor Ângelo

No seu Palacete da Estrela, faleceu o Doutor Ângelo da Fonseca, Professor da Faculdade de Medicina e, durante muitos anos, director dos Hospitais da Universidade.

Homenagens na A. A.

Na sala dos trofeus da Associação Académica foi homenageado o dr. José Maria Antunes, recém-formado em Medicina e capitão das equipas de futebol da A. A..

Piscina-Praia do Mondego

Realizou-se um festival de natação para inaugurar a Piscina-Praia do Mondego, destacando-se os seguintes nadadores: — António Santos, Júlio Fonseca, Luís Fidalgo, Jorge Camões e, ainda, Maria Vieira.

Vida cultural

Em edição da revista «*Estudos*», órgão do C. A. D. C., o estudante Francisco Emílio Pimentel publicou o seu trabalho «*A expressão da lusitanidade*».

Natação

Os nadadores da Associação Académica tomaram parte nos vários festivais que se realizaram na Piscina do Mondego.

Durante o festival em que colaboraram os nadadores do Clube de Alhandra, os nadadores académicos bateram seis «records» regionais.

Na Figueira da Foz, também os nadadores da A. A. conquistaram a «Taça Moura Relvas».

Cinema

Parecia que o realizador António Lopes Ribeiro estava desinteressado da fita «República dos Pardais».

Porém, um outro grupo de cineastas de Lisboa pensava na colaboração de alguns estudantes para uma fita de fundo religioso, que incluiria algumas cenas passadas em Coimbra.

Campo do Arnado

O campo de futebol do Arnado, arrendado pelo Sport Clube Conimbricense foi deixado por este clube.

O campo voltaria a ser um terreno destinado à lavoura.

Vida editorial

Numa edição da Comissão Municipal de Turismo foi publicado «*A Tricana no Folclore Coimbrão*», um opúsculo do dr. Octaviano de Sá.

A Coimbra Editora lançou mais uma edição do «*Palito Métrico*», revista e prefaciada pelo dr. Rocha Madahil.

A mesma casa editora também publicou «*Memórias de um estudante de Direito*», da autoria do dr. Rafael Salinas Calado.

Cidade Universitária

Estava patente em Lisboa, na sede da comissão das Obras da Cidade Universitária, o Plano Geral de Remodelação e Ampliação das Instalações da Universidade de Coimbra, para que o público de Lisboa tomasse conhecimento da área abrangida pelas obras, em Coimbra.

Campeonato de natação

Num tanque dos Jardins do Palácio de Cristal, no Porto, disputaram-se os campeonatos nacionais de natação, em que os nadadores da A. A. obtiveram brilhantes classificações.

Proibição de fotografar

Por determinação da P. V. D. E. e tendo em vista questões de segurança derivadas da guerra mundial, foi proibido o uso de máquinas fotográficas, o que impediu que muitas pessoas ficassem com imagens das casas da Alta condenadas à demolição.

Secção de futebol

Começaram os treinos da secção de futebol da A. A. como preparação para os campeonatos que se avizinhavam.

Faleceu em Coimbra o sr. Acácio Silva, figura muito relacionada nos meios futebolíscos académicos e que tinha sido funcionário da secretaria da secção de futebol da A. A..

Fim da Praia Fluvial

Arrastada por uma impetuosa cheia do Mondego que repentinamente surgiu, foram destroçadas as instalações da piscina da praia e arrastadas até ao Choupal e campos de Montemor.

Reabertura solene

Com a habitual solenidade realizou-se na Sala dos Capelos a reabertura da Universidade. A «Oração de Sapiência» foi proferida pelo Doutor Mário Silva, Professor de Física, que dissertou sobre «O elogio da Ciência».

Confraternização académica

Os cursos do IV ano de Letras confraternizaram com os quintanistas da mesma Faculdade, num animado chá dançante.

Os quartanistas de Direito, empunhando as pastas com o «grelo», tiveram um almoço de confraternização e passearam pela Baixa, acompanhados por «caloiros» que tocavam vários instrumentos.

Dirigentes de futebol

Os dirigentes das secções de futebol da A. A. e do União de Coimbra, disputaram um jogo amigável, que terminou por um empate.

Livreiro falecido

Faleceu o antigo livreiro editor Francisco França Amado a quem se deve o grande incremento das edições coimbrãs desde os fins do séc. XIX até 1919, data em que trespassou a sua livraria para outra, transformada depois na Livraria «Atlântida».

Dirigentes do Orfeon

A nova direcção do Orfeon Académico ficou assim constituída: — José Dias de Sousa e Silva, Manuel Simões Julião, Francisco Paulo Mendes da Luz, Daniel Gomes de Pinho, Eduardo Estêvão Correia Guedes, José Maria de Almeida e Joaquim Rosado Carmelo Rosa.

Recepção ao Kalifa

Respeitando um costume iniciado no ano anterior, os estudantes da «República do Kalifado» organizaram uma imponente recepção ao «Kalifa-Mor» desfilando um luzido cortejo a acompanhar a alta personalidadede, desde a Estação Nova até à Alta.

Festa do V ano médico

Depois de um almoço de confraternização que teve lugar no restaurante da Sociedade Filantrópica, na A. A., o curso do V ano médico veio até à Baixa, empunhando todos os quintanistas as suas pastas com as fitas amarelas.

«Juventude e Educação»

Em separata da revista «Estudos» foi publicado o opúsculo «*Juventude e Educação*» da autoria de Duarte de Montalegre, pseudónimo do estudante José Pina Martins.

«Notícias Humorístico»

Foi anunciada a publicação de um jornal humorístico, que seria suplemento do «Notícias de Coimbra». Os colaboradores seriam os estudantes Helder Rodrigues, Rui Castilho, Araujo Abreu e Fernando Lobato Guimarães.

Concessão de um donativo

O Comendador Paulo Peixoto da Fonseca, há muitos anos radicado no Brasil, fez um donativo de vinte contos brasileiros, em certificados de Dívida Pública, destinados à obra de assistência e filantropia dos estudantes de Coimbra.

Chá de caridade

O curso do V ano médico organizou um chá dançante, no salão da FNAT, cujo produto líquido se destinava a auxiliar a obra do «Enxoval do Recém-nascido», que funcionava junto da Maternidade.

Morte de um Professor

Faleceu o Doutor João Marques dos Santos, Professor de Anatomia Patológica que, além de cientista eram também poeta inspirado, autor de vários livros de versos e de um roteiro de Coimbra.

Grupo de futebol

Contràriamente ao que fora anunciado o grupo de futebol da A. A. não se deslocou às Ilhas da Madeira e dos Açores.

Comissão administrativa

João de M. Antunes Varela continuava na presidência da A. A. e tinha a colaboração de Joaquim Bastos, Tarujo de Almeida, Alberto Miranda, Francisco Antunes, Elísio Rainha e António J. Mendes de Almeida.

1943

Dirigentes do T. E. U. C.

Foi eleita a nova direcção do Teatro dos Estudantes, tendo ficado na presidência Antero Sobral, estudante de Direito. Os restantes componentes da direcção eram os seguintes: — Albano Martins da Costa, Barrigas de Carvalho, Jorge Peixoto, Arquimedes da Silva Santos, Carolina Soares e Maria José Santos.

Doutor Teixeira Bastos

Em Lisboa, onde desde há anos residia, faleceu o Doutor Henrique Teixeira Bastos, professor jubilado da Faculdade de Ciências, que muito estudou a actividade circum-escolar dos estudantes, tendo publicado alguns trabalhos sobre a história dos organismos académicos.

Subsídio aos organismos

O Governo concedeu um subsídio de 60 mil escudos, destinados à Associação Académica, Orfeon, Tuna, Filantrópica e Teatro dos Estudantes.

Técnico de atletismo

O técnico e jornalista lisboeta, Alberto de Freitas, foi contratado para orientador da equipa de atletismo da Associação Académica.

«Poesia Nova»

Foi distribuído em Coimbra um manifesto pelos estudantes Duarte de Montalegre e Amândio César, defendendo uma nova corrente poética que intitulavam da «Poesia Nova».

A este movimento também pertencia Miguel Trigueiros, poeta de Lisboa.

Museu Académico

Mais uma vez a Imprensa se referia à necessidade de se fundar em Coimbra um Museu Académico.

Desta vez o alvitre apareceu no «*Diário de Notícias*» pela pena de Rocha Júnior, seu delegado em Coimbra.

Cidade Universitária

Pelo Governo foi votada a verba de 10 mil contos destinada às obras da Cidade Universitária, constando que dentro de poucos meses se iniciariam as demolições de algumas casas da Alta.

A Tuna nas Beiras

A Tuna Académica fez uma excursão pelas Beiras, visitando Guarda, Covilhã e Castelo Branco.

O Orfeon no Norte

O Orfeon Académico depois de se ter exibido no salão da FNAT, deslocou-se ao Norte, actuando em Espinho, Porto e Viana do Castelo.

Como oradores seguiram nesta excursão o presidente do Orfeon Sousa e Silva e João Antunes Varela, presidente da A. A..

Voleibol académico

O grupo de voleibol da A. A. era constituído pelos seguintes jogadores: — José Maria Torcado, Sebastião Mourão, Eduardo Campos, Abílio Bastos, Jorge Camões, António Moreira e Rui Lameiras.

Filial na Guarda

Na cidade da Guarda organizou-se uma filial da Associação Académica, constituída, principalmente, por alunos do Liceu.

República «Ras-te-Parta»

Foi organizada mais uma «república» que teve a sua sede na rua dos Estudos e que adoptou um nome evocativo da Etiópia. Os seus primeiros componentes foram os seguintes estudantes: — Alexandre Cabral Campelo, Manuel Lencastre Silva, António Faria Pimentel, José Paulo Lencastre, António Sousa Cardoso, Francisco Gião, Mário Vasconcelos Trêpa e Mário Lopes da Cruz.

Exposição de caricaturas

Num dos salões do «Tiro e Sport» promoveram uma exposição de caricaturas os estudantes Fernando Lobato Guimarães e Mário Braga.

Queima das Fitas

A Comissão Central da Queima das Fitas constituída por Oldemiro Figueiredo, Nuno Cruz, Lobão Ferreira e Manuel Breda Simões, escolheu o cartaz da autoria de António José Soares.

Torneio de ténis

Para disputa de uma taça formaram-se equipas de ténis em cada faculldde.

A Tuna no Norte

Depois da sua excursão pelas Beiras, a Tuna Académica foi tocar ao Porto, Braga e Póvoa de Varzim.

Novo campo de basquete

Em Santa Cruz, junto ao tanque e ao rinque de patinagem, foi inaugurado um campo de basquete.

Novo Reitor

O Doutor Maximino Correia tomou posse do seu novo cargo de Reitor da Universidade, funções que já vinha exercendo na sua qualidade de vice-Reitor.

No acto da posse, efectuado na Sala dos Capelos, também usou da palavra João Antunes Varela, presidente da A. A.

Teatro dos Estudantes

O T. E. U. C. deslocou-se a Condeixa, tendo António José Soares proferido uma palestra sobre teatro vicentino. Fez a apresentação o dr. Fernando Namora, médico naquela vila.

Semanas depois, a convite do S. N. I., o «Teatro dos Estudantes» apresentou-se no Nacional, de Lisboa.

Primeiras demolições

As demolições das casas da Alta começaram pelas da rua das Parreiras, entre a fachada posterior da Faculdade de Letras e a rua da Trindade, tendo sido vedado ao trânsito a rua de Entre-Colégios, ladeada pelo edifício da Universidade.

Outro passeio da Tuna

A Tuna Académica deslocou-se a Leiria, tendo feito a apresentação o dr. António Madeira Machado, que anos antes fora presidente duma agitada Assembleia Magna da Academia.

Vida literária

Na Coimbra Editora iniciou-se a Colecção «Novos Prosadores», com o romance «*Fogo na Noite Escura*», de Fernando Namora.

Duarte de Montalegre também publicou «*Angústia*», num livro de poemas saído pela Editora «Nós», de Braga.

Dirigentes do C. A. D. C.

A nova direcção do C. A. D. C., presidida por Jorge Cid Proença, compunha-se de mais os seguintes estudantes: — António Lufinha, Albano de Melo, José Araújo Novo, Carlos Zamith, António Frutuoso Melo, Leopoldo Cunha Matos e José Almeida e Sousa.

Grupo «Os Gazogénios»

Reatando uma antiga tradição, da formação de grupos de paródia a certos conjuntos musicais, foi organizado o grupo de «Os Gazogénios» de que eram principais animadores Francisco Domingues e Rui Castilho.

«Amor de Perdição»

No Pátio da Universidade e escadas da Via Latina, foram filmadas cenas para a fita «Amor de Perdição» realizada por Lopes Ribeiro, que teve a colaboração de alguns componentes do T. E. U. C..

Jornal da Queima das Fitas

A Comissão Central da Queima das Fitas, publicou um número único de um jornal comemorativo dos festejos.

Futebol académico

Um jogo de futebol entre os grupos da A. A. e do Benfica despertou grande entusiasmo, tendo a venda dos bilhetes, no campo de Santa Cruz, atingido a verba de 37 contos, a maior receita conseguida até à data.

Vida literária

Na Colecção «Novos Prosadores» foi publicado «*Casa na Duna*» um romance de Carlos de Oliveira que era a sua primeira obra em prosa.

Isenção de propinas

Foi publicada a relação dos estudantes beneficiados com isenção e redução de propinas, de acordo com o novo regime decretado no ano anterior.

«Voz de Coimbra»

A Emissora Nacional começou a irradiar um novo programa, dirigido por Francisco Mata, que se intitulava «Voz de Coimbra» e que respeitava a vários aspectos da vida universitária.

Oquei em patins

Depois das obras de remodelação do rinque de patinagem, a equipa da Associação Académica era constituída pelos seguintes jogadores: — Fernando de Almeida, Francisco Antunes, Abílio Bastos, Pedroso Lima, António Cardoso, Barata Pereira e Beltrão Baptista.

Museu Académico

Continuava a campanha da Imprensa no sentido de ser instituído em Coimbra um Museu Académico.

A Comissão Administrativa da A. A. mostrava interesse em tomar essa iniciativa, chegando o constar que o seu presidente João Antunes Varela iria constituir uma comissão organizadora.

Filial em Tondela

Na vila de Tondela estava constituída mais uma filial da Associação Académica, que funcionava junto do Colégio Tomás Ribeiro e que iria inscrever-se no campeonato de futebol de Viseu.

A esta filial da A. A. foi atribuído o n.º 8.

Mais demolições

Além dos prédios da rua das Parreiras, na Alta, também começaram a ser demolidos alguns edifícios do lado norte da rua da Trindade.

Formatura de «veteranos»

Concluiram a sua formatura em Medicina, dois conhecidos «veteranos» da Academia: Rui Tasso de Figueiedo, que contava 16 matrículas na Universidade e Manuel Bartolomeu que contava apenas 14 matrículas.

Coimbra no cinema

Foi estreada em Coimbra a fita «Fátima Terra de Fé», uma obra de Brum do Canto que incluía muitas cenas passadas na Universidade e noutros lugares de Coimbra.

Festival no Mondego

No 1.º Festival de Natação efectuado na Piscina Praia Fluvial, a equipa da A. A. era constituída pelos seguintes nadadores: — Manuel Gaspar, Adelino Lebre, Luís Fidalgo, Celestino e Filipe Soares, Floro Lobo, Paulo Moura Relvas, Júlio Fonseca e Natália Veiga.

Também foi disputado um jogo de waterpolo entre equipas de novos e antigos nadadores académicos.

Curso de Férias

Ercília Pinto, matriculada no Curso de Férias da Faculdade de Letras, publicou o opúsculo «*Coimbra e os Estudantes*» palestra que proferiu para os seus colegas daquele curso.

Secretário da Univesidade

O dr. João de Almeida, secretário da Universidade, deixou este cargo transferindo-se para Lisboa onde iria desempenhar funções no Ministério da Educação.

O «Bagé» afundado

Vítima de um bombardeamento, afundou-se no Atlântico o paquete brasileiro «Bagé» onde a Tuna Académica seguiu para o Brasil, na sua excursão de 1925.

Atletismo académico

A equipa da A. A., o primeiro conjunto da província, era formado por Abreu Lima, Plínio Patrão, Helder Sousa, Zélio Lima, Renato Santos, António Travanca, Manuel e Jorge Camões.

Igreja de S. Pedro

Começou a ser demolida a Igreja de São Pedro, em frente da fachada nascente da Faculdade de Letras.

A escadaria desta Faculdade também principiou a ser desmanchada.

Professor de inglês

Abandonou Coimbra por ter sido nomeado para outro lugar do British Council, o dr. Leonard Downes que desde 1937 era Professor de Inglês na Universidade.

Campeões de 1943

Os grupos da Associação Académica de Pingue-pongue ganharam o Torneio de Preparação e o Campeonato de Reservas, ficando campeão de 1.as categorias o grupo do C. A. D. C.. Em voleibol a A. A. venceu o campeonato de todas as categorias.

Piscina do Mondego

Desencadeou-se um grande temporal tendo uma grande bátega de água produzido uma cheia no Mondego que inutilizou a Piscina da Praia Fluvial, arrastando-a até aos campos da Figueira.

Novo presidente

Para substituir João Antunes Varela, presidente da Associação Académica, que iria ser nomeado assistente da Faculdade de Direito, falava-se em Manuel Tarujo de Almeida, quintanista da mesma Faculdade.

Alameda de Camões

O terreiro em frente da Faculdade de Letras que dava para a rua do Cosme e onde estava o monumento a Luís de Camões, foi tapado com um tapume, por causa das obras da Cidade Universitária.

Por esta ocasião começou a falar-se na transferência daquele monumento, tendo sido nomeada uma comissão para escolher um novo local.

Album da «Taça»

O estudante de Medicina Alberto Miranda andava a preparar um «Album» com recordações do grupo da A. A. que ganhou a «Taça de Portugal», em 1939.

Vida literária

Virgílio Ferreira, estudante da Faculdade de Letras que já tinha publicado «*Sobre o humorismo de Eça de Queirós*» também escreveu o romance «*O caminho fica longe*», que foi impresso em Lisboa, mas que não chegou a ser distribuído em público.

Reabertura da Universidade

Com a solenidade dos últimos anos realizou-se a cerimónia da reabertura da Universidade, tendo a «Oração de Sapiência» sido proferida pelo Doutor Rebelo Gonçalves, Professor da Faculdade de Letras.

Novo secretário

O dr. António Pimentel de Sousa foi nomeado secretário da Universidade.

Mais demolições

Continuou a demolição de algumas casas da parte norte da rua da Trindade, entre a rua do Borralho e a rua do Forno.

No quarteirão entre a rua de São Pedro e a rua de Entre Colégios seria construído o edifício destinado ao Arquivo da Universidade, o qual ocuparia o local onde esteve a rua das Parreiras.

Novos grelados

No sábado posterior à reabertura da Universidade, deitaram grelo os quartanistas de Direito e, no sábado seguinte, os quartanistas de Ciências.

Futebol académico

O grupo de futebol da A. A. venceu o do União por 6-3, tendo actuado os seguintes jogadores: — Vasco Ferreira, Francisco Lopes e Mário Reis; Sousa Oliveira, Aristides e Octaviano; António Maria, Nana, Lemos, Nini e Joaquim João.

Vida literária

Foi distribuído «*Vaga Alta*», um livro de poemas de Amândio César, estudante da Faculdade de Letras.

Dirigentes da Tuna

Foram eleitos os novos corpos gerentes da Tuna Académica, tendo a direcção ficado assim constituída: — Eduardo Leitão Nobre, Aurélio dos Reis, Carlos Santos Reis, Armando Garrido Gomes Carvalho, Armando Homem e Mário Santos Carvalho.

Incêndio no Governo Civil

Deflagrou um violento incêndio no edifício do Governo Civil, que ocupava toda a parte nascente da rua dos Lóios e que ia do Largo da Feira até à rua Larga, mesmo em frente da Associação Académica.

Estreia de «Amor de Perdição»

Foi estreada em Coimbra esta fita de António Lopes Ribeiro onde actuaram, nas cenas filmadas na Universidade, alguns elementos do «Teatro dos Estudantes».

Estudantes com gorro

Talvez por influência do «Amor de Perdição» começaram a aparecer alguns estudantes usando o carapuço igual ao dos que figuravam naquela fita.

Comemorações da «Bastilha»

Para festejar mais um aniversário da «Tomada da Bastilha», a Comissão da A. A. mandou descerrar uma lápide evocativa.

Dirigentes do T. E. U. C.

Deniz Jacinto voltou à presidência do T. E. U. C. tendo como colaboradores Arquimedes Silva Santos, Barrigas de Carvalho, Rui Feijó, Jorge Peixoto, Maria José Santos e Emília Coelho.

Dirigentes académicos

A nova Comissão Administrativa da A. A. ficou assim formada: — Manuel Tarujo de Almeida, José Gonçalves de Proença, António Mendes de Almeida, Carlos Ramos Pereira, Dário de Almeida, Arménio Cardo, Américo Ramalho e Júlio Mendes Belo.

Grupo Luso-italiano

Depois da capitulação do regime italiano verificado tempos antes, formou-se um grupo académico que proclamava a sua confiança no futuro da cultura italiana.

Concurso teatral

O «Teatro dos Estudantes» organizou um concurso de peças de teatro a que podiam concorrer os universitários portugueses.

Concerto de violino

Francisco Silveira, estudante de Medicina, músico e destacado elemento da Tuna Académica, efectuou um concerto de violino na União de Grémios.

Dirigentes do Orfeon

Foi eleita a nova direcção do Orfeon Académico, presidida por Manuel Sobral Torres e de que também faziam parte Manuel Julião, Américo Góis Pinheiro, Joaquim Carmelo Rosa, Álvaro Martins, João de Almeida e José Trindade Simões.

A Mesa da Assembleia era presidida por Abílio Moreira e o Conselho Fiscal por Luís Braga Temido.

Vida cultural

Recomeçou a publicação do jornal «Via Latina» e transferiu-se para a Praça da República n.º 14 a Livraria Gonçalves que estivera em dois locais da rua de São João.

1944

Estudantes de Angola

No salão nobre da A. A. reuniram-se os estudantes naturais de Angola ou ali residentes, para designarem o delegado de Coimbra à Casa dos Estudantes de Angola, com sede em Lisboa.

Foi escolhido para esta função o estudante Gastão de Lemos Pereira.

Mais demolições

Começaram a ser demolidas as casas do quarteirão compreendido entre a rua das Cozinhas, a rua do Cosme, a rua do Norte e respectiva travessa até à rua das Covas.

Morte de um Professor

Faleceu o Doutor Agostinho de Campos, Professor da Faculdade de Letras.

Baile de estudantes

Para angariação de receitas para as festas da Queima das Fitas realizou-se no salão da FNAT, uma matinée dançante promovida pela Comissão do Baile a que pertenciam Fernando Costa Rato, Júlio Gomes dos Santos, Manuel Brandão e António Coelho Santos.

Exposição no C. A. D. C.

Por ocasião da III Semana de Estudos da Juventude Universitária Católica em que intervieram além de estudantes espanhóis, estudantes de Lisboa e do Porto, o C. A. D. C. montou uma exposição evocativa.

Mais uma excursão da Tuna

A Tuna Académica, que elegeu Francisco Silveira para vice-presidente da direcção, organizou mais um passeio, tendo tocado em Pombal, Tomar, Ponte de Sôr e Abrantes.

Edifício do Governo Civil

Começou a ser demolido este edifício que, meses antes, fora destruído por um incêndio.

Casa de Eugénio de Castro

Pertencia ao Doutor Eugénio de Castro a casa brasonada da rua do Cosme, que foi a última a ser demolida nesta rua da Alta.

Sobre a demolição da sua casa, o poeta escreveu um soneto, mais tarde publicado no livro «*Últimos versos*».

Morte de um estudante

Poucos dias antes de completar 21 anos faleceu Carlos Zamith, estudante de Medicina, filho de um professor desta Faculdade e activo dirigente do C. A. D. C.. A sua morte causou grande consternação em Coimbra.

Excursão do Orfeon

Depois de se ter exibido na FNAT, num sarau a favor do Centro Social Familiar, o Orfeon Académico deslocou-se a Viseu, onde actuou em benefício do Jardim-Escola, seguindo depois para Gouveia. Nesta localidade, ao contrário do que fora prometido, s estudantes não tiveram baile depois do sarau e vaguearam pelas ruas até de madrugada.

Concerto musical

Promovido pela A. A., efectuou-se na Faculdade de Letras um concerto de harpa e canto. Em dado momento, o concerto foi interrompido pelo som estranho de um harmónio, tocado por um dos assistentes.

Comissão da Queima das Fitas

Pertenciam à Comissão Central da Queima os estudantes Rodrigo Santiago, Henrique Beirão, João Perestrelo e Eduardo Caetano.

Edifício da A. A.

Constando que seria demolido o edifício da rua Larga onde se localizavam as sedes dos vários organismos académicos foi revelado que as novas instalações da A. A., Orfeon, Tuna e Teatro seriam transferidas para o edifiico de São Bento, junto aos Arcos do Jardim.

Farda nova

O Senhor Francisco, porteiro da A. A., depois de dezasseis anos de bom e efectivo serviço, iria ter direito a uma farda nova, para a qual contribuiram, além da Comissão Administrativa, as «repúblicas» dos Kágados, Ras-te-Parta, Baco, Lactário dos Paradoxos e Tyrones.

Feira dos Lázaros

Não obstante as demolições ainda não terem chegado ao Largo do Castelo, já se notava que a Feira dos Lázaros ia perdendo interesse, não chamando à Alta o povo de Coimbra que ali costumava afluir para comprar guloseimas, bolas de elástico, bonecos e «passarinhos».

Boletim do «Teatro dos Estudantes»

O «Teatro dos Estudantes» publicou um Boletim, com colaboração de Professores, actuais componentes e antigos estudantes.

Campo interditado

Depois de um jogo com o Benfica a Federação de Futebol interditou o campo de Santa Cruz. O Doutor Maximino Correia, Reitor da Universidade, telegrafou ao Ministro manifestando desgosto e protestando contra a decisão.

Morte de um antigo Lente

Faleceu o Doutor Bernardino Machado, antigo Professor da Universidade de Coimbra e destacada figura política que foi Presidente da República.

Morte do «Sacramento»

António do Sacramento, antigo marceneiro que nos últimos anos se tornara uma típica figura da Alta, discutindo com os estudantes «altos problemas» de matemática, foi encontrado numa vala do Mondego, perto da Ereira, algumas semanas depois de ter desaparecido de Coimbra.

Conferência na A. A.

António Tinoco, director do «Diário Popular» veio proferir uma conferência na A. A. focando o tema «Ideal da Juventude».

Desporto académico

Um grupo de jogadores de ténis da A. A. disputou um torneio com os estudantes do Instituto Superior Técnico, tendo saído vencedora a equipa lisboeta. A equipa de pingue-pongue foi à Figueira da Foz e obteve o primeiro lugar no campeonato distrital.

Gráfica de Coimbra

Esta tipografia e casa editora abandonou as suas instalações do Largo da Feira e passou a ocupar um edifício anexo ao Seminário.

Vida literária

Na Colecção «Novos Prosadores» foi publicado o romance de Virgílio Ferreira «*Onde tudo foi morrendo*».

Também foi publicada a 2.ª edição de «*Casa na Duna*», romance de Carlos de Oliveira, saído poucos meses antes.

Gongresso ultramarino

Organizado pela Casa de Moçambique em Coimbra, estava a ser preparado o «Primeiro Congresso Académico de Estudos Coloniais».

Outra estreia do T. E. U. C.

Depois de ter ensaiado na Faculdade de Letras, o T. E. U. C. estreou no Avenida o «Grande Teatro do Mundo», de Calderon de la Barca, na versão portuguesa de Paulo Quintela, Deniz Jacinto e Arquimedes Santos.

Mudança do «Pirata»

A Leitaria do Joaquim Inácio que estava na rua Larga, esquina para a rua de São João, transferiu-se para a rua dos Estudos.

Futebol académico

Num jogo desempate realizado em Lisboa entre a A. A. e o Vitória de Setúbal, o grupo académico ganhou e passou às meias-finais. Dias depois, a Federação de Futebol louvou os estudantes, pelo desportivismo que revelaram ante a rudeza setubalense.

Concerto de violino

Na Faculdade de Letras e com o patrocínio da A. A. e da Sociedade Filantrópica, o estudante Francisco Silveira realizou um concerto de violino.

Vida literária

Nos Jogos Florais da Queima das Fitas foi premiado o livro «*Voz que escuta*», obra póstuma do poeta Políbio Gomes dos Santos.

Também foi publicado o opúsculo «*Lenda de Coimbra*», um trabalho da autoria do alemão Kurt Saafeld.

Morte de Virgílio Correia

Quase repentinamente, faleceu o Doutor Virgílio Correia, Professor da Faculdade de Letras, director do Museu Machado de Castro e do «Diário de Coimbra».

Demolições da Rua Larga

O primeiro prédio da rua Larga sacrificado às obras da Cidade Universitária, era o que fazia esquina com a rua de São Pedro e em cujo rés-do-chão estava o Café Lusitano, mais conhecido pelo «Jesuíta».

Reuniões de curso

Por causa das dificuldades de transportes relacionadas com a guerra, os habituais organizadores das reuniões de curso estavam a verificar a quase impossibilidade de se realizarem, este ano, as costumadas festas de confraternização.

Finalistas do Liceu

Os alunos do 7.º ano do Liceu D. João III organizaram uma festa de despedida, representando uma peça de teatro e exibindo-se noutros números recreativos, no palco do ginásio daquele estabelecimento de ensino.

Dirigentes do futebol

Manuel Reis Botto, estudante de Medicina aceitou um lugar que lhe foi oferecido como dirigente da secção de futebol da Associação Académica.

Curso jurídico de 1874

Em Lisboa, na Igreja de São Domingos, foi rezada uma missa sufragando a alma dos professores e estudantes do curso jurídico de 1874.

A esta cerimónia religiosa apenas assistiu um sobrevivente daquele curso, o dr. José Maria Henriques, que contava 94 anos.

Curso jurídico de 1913

Numa reunião do curso jurídico de 1913, o estudante Joaquim Carmelo Rosa, cantou uma engraçada canção alusiva às demolições da Alta.

Piscina da Praia

Na piscina fluvial do Mondego, este ano montada pela FNAT, realizou-se um festival de natação que foi ganho pela equipa da A. A. constituída por Paulo Moura Relvas, Manuel Gaspar, Romãozinho, Júlio Fonseca e outros.

«Correio» da Alta

Por causa da demolição das casas da rua de São João, as instalações do «Correio» da Alta, que estavam na casa do antigo café Suísso, de que foi proprietário o Sr. Bento, foram transferidas, novamente, para a rua dos Estudos.

Estudantes ultramarinos

Constava que em Lisboa estava a ser organizada a «Casa dos Estudantes da Índia». No entanto, pouco tempo depois, fundou-se a «Casa dos Estudantes do Império», que mais tarde também instalaria uma delegação em Coimbra.

AGOSTO 1944

Morte de Eugénio de Castro

Faleceu o Doutor Eugénio de Castro, poeta e Professor da Faculdade de Letras, que há meses vivia no Penedo da Saudade, pois a sua casa da rua do Cosme, por detrás do monumento a Camões, estava para ser demolida.

Obras na Sala dos Capelos

Aproveitando o tempo de férias grandes, a Sala dos Capelos estava a sofrer grandes obras de beneficiação que deveriam concluir-se nos princípios de Outubro, com vista à cerimónia da reabertura solene da Universidade.

Rua de São João

Terminaram as demolições de todos os edifícios da rua de São João que ligava a rua Larga com o Largo do Museu Machado de Castro e que chegava ao Arco do Bispo.

Futebol académico

A secção de futebol da A. A. lutava com muitas dificuldades que transpareciam numa entrevista concedida a um jornal de Coimbra.

Estátua apeada

A grande estátua de São João Evangelista que encimava a fachada voltada para a Sé Nova, do edifício do Governo Civil, foi apeada do seu alto lugar e transportada para um bairro de Celas.

Vida literária

Álvaro Abreu, regente agrícola e antigo guarda-redes do grupo de futebol da A. A. publicou um livro de poemas que denominou com o título de «*Intervalo*».

Morte de um desportista

Faleceu o dr. Manuel Sérgio Pereira, natural de Mato Grosso, Brasil, Juiz Inspector dos Tribunais de Trabalho e que em 1912 pertencera a um dos primeiros grupos de futebol da Associação Académica.

Cheia do Mondego

Repentinamente, o Mondego engrossou o volume das suas águas, ocasionando que se desmantelasse a praia fluvial e que, mais uma vez, se rompesse a barragem e o gradeamento da piscina fosse arrastado até ao Choupal.

Demolição do Castelo

Começou a demolição das poucas paredes e outras construções que restavam do castelo medieval de Coimbra, junto ao Hospital dos Lázaros.

A Sociedade de Defesa e Propaganda, procurando defender as históricas ruinas, expediu telegramas às entidades oficiais, no sentido de serem conservadas.

Casa de Eugénio de Castro

Após a morte do Doutor Eugénio de Castro, começou a demolição da casa da rua do Cosme onde o poeta sempre vivera.

Obras do Largo da Feira

Grande parte do entulho do antigo edifiico do Governo Civil, começou a servir para o alteamento do Largo da Feira, que viria a provocar o desaparecimento de alguns degraus da grande escadaria da Sé Nova.

Reabertura da Universidade

A Universidade reabriu solenemente, tendo a Oração de Sapiência sido proferida pelo Doutor Paulo Merêa.

Livraria remodelada

A Livraria Atlântida foi completamente remodelada, tendo alguns empregados superiores da Coimbra Editora abandonado esta casa e entrado como sócios da nova organização.

Dirigentes académicos

Foi publicada a portaria de nomeação da nova Comissão Administrativa da Associação Académica a que presidia Arménio Cardo e que era formada por mais os seguintes estudantes: — Manuel dos Reis Botto, Augusto Soares Coimbra, Augusto Amorim Afonso, Dário Martins de Almeida, Carlos Ramos Pereira, António Xavier de Sá e Jaime Redondo.

Imposição de insígnias

Os novos quartanistas de Direito, juntamente com os quintanistas de Medicina e de Letras, festejaram alegremente o primeiro dia em que ostentaram as suas pastas com os grelos ou as fitas.

Cidade Universitária

Começaram os trabalhos da construção da Escadaria Monumental e das fundações do novo edifício para a Faculdade de Letras.

Vda literária

Mário Braga, estudante da Faculdade de Letras, publicou um livro de contos intitulado «*Nevoeiro*».

Dirigentes do C. A. D. C.

Depois de Manuel Ramos Lopes ter pedido escusa e de Arménio Cardo não ter sido empossado, foi escolhido José do Nascimento Costa para presidente do C. A. D. C.. Os restantes elementos da direcção eram Francisco Neto de Carvalho, Luís Ferrand de Almeida, Francisco Cordeiro Laranjo, António Viegas de Carvalho, Orlando de Carvalho, José de Almeida e Sousa e Dário Almeida Santos.

Recepção do «Kalifa»

A «república» do Kalifado organizou, mais uma vez, uma triunfal recepção ao seu Kalifa-Mor, que foi aguardado na Estação Nova por luzido séquito e que o acompanhou aos seus paços, na rua da Matemática.

Dirigentes do Orfeon

Foi reeleito presidente do Orfeon o estudante de Letras Manuel Sobral Torres que tinha como colaboradores Laurentino Araújo, Luís Temido, José Nunes Barata, Manuel Silva Pereira, Mário Trepa e Fernando Nascimento Ferreira.

Festas da «Bastilha»

Para comemorar a tradicional data da «Tomada da Bastilha», a Comissão da A. A. promoveu um chá dançante no ginásio do Liceu D. João III.

«O Primeiro de Janeiro»

Este diário do Porto abriu a sua delegação num edifício da rua Ferreira Borges.

Vida literária

Na Colecção «Novos Prosadores» saiu mais um romance de Carlos de Oliveira intitulado «*Alcateia*».

Conselho de Veteranos

Sob a presidência do *Dux* Barrigas de Carvalho, o Conselho de Veteranos não reconheceu como estudante o novo presidente da Comissão da A. A.. Esta decisão foi respeitada pelo Reitor que suspendeu Arménio Cardo das suas funções, e que aceitou a demissão dos restantes membros da Comissão Administrativa.

Comissão directiva

Conferènciaram com o Reitor Doutor Maximino Correia delegados da Tuna, do Teatro e do Orfeon, a respeito de novos dirigentes da A. A., sendo vontade do Reitor que a presidência fosse entregue a Sobral Torres.

Depois, em Assembleia Magna, foi ratificada a escolha de uma comissão directiva formada por estudantes das várias Faculdades e dos organismos académicos.

Esta comissão era presidida por Francisco Zenha, quartanista de Direito.

«Estudantes do Império»

Num edifício do Penedo da Saudade foi inaugurada a Delegação de Coimbra da «Casa dos Estudantes do Império».

Dirigentes da Tuna

Foi eleita a nova direcção da Tuna Académica, que ficou assim formada: — Aurélio dos Reis, Vasco Tito da Cunha, Mário Santos Carvalho, António Tavares de Melo, Carlos Santos Reis e Carlos Santos Freitas.

Futebol académico

Para disputa do Campeonato Nacional de Futebol, deslocou-se pela primeira vez a Coimbra o grupo do «Estoril-Praia» que empatou o jogo disputado com a Associação Académica.

1945

1945 JANEIRO

Dirigentes do T. E. U. C.

À nova direcção do «Teatro dos Estudantes», presidida por Arquimedes da Silva Santos, também pertenciam Rui Feijó, Vasco Teixeira de Queirós, Turíbio de Matos, Francisco Barrigas de Carvalho, Maria Antónia Dionísio e Maria da Luz Silva Pereira.

Dirigentes académicos

À nova comissão directiva da A. A. a que presidia Francisco Zenha, também pertenciam Barrigas de Carvalho, Joaquim Carmelo Rosa, Armando Pinto de Abreu, Manuel Camões Costa, Laurentino Araújo, Arquimedes Silva Santos, Aurélio dos Reis e Augusto Amorim Afonso, os quatro primeiros como representantes das Faculdades e os últimos representando as secções desportivas e os três organismos autónomos.

Baile dos caloiros

Em benefício da obra social «Socorro de Inverno», um grupo de «caloiros» planeou organizar um baile no ginásio do Liceu.

Porém, o baile realizou-se, mas não foi organizado pelos «caloiros».

Excursão da Tuna

A Tuna Académica promoveu mais um passeio às Caldas da Rainha, Torres Vedras e Santarém.

Vida literária

Foram postos à venda os livros «*Ilha Doida*», de Joaquim Ferrer e «*Fogo no Mar*», de João Falcato, ambos estudantes da Faculdade de Letras.

Professor jubilado

Proferiu a sua última lição o Doutor João Duarte de Oliveira, Professor da Faculdade de Medicina e que, em Maio de 1939, deixara o cargo de Reitor da Universidade.

Secção de cinema

Na revista «Estudos», do C. A. D. C., começou a publicar-se, regularmente, uma secção de crítica cinematográfica dirigida por Rui Miller e José Carlos Amado.

Farmácias da Alta

A Farmácia Cruz e Costa do Largo da Feira, que antes fora do dr. Deniz, transferiu-se para Montarroio. Na Alta, ficou apenas a funcionar a Farmácia do Castelo, dirigida por Francisco Pinharanda, pois também já desaparecera a Farmácia Pereira, da rua Larga, que fora a antiga Farmácia José Sobral.

Sarau académico

Para festejar a inauguração da delegação da «Casa dos Estudantes do Império», efectuou-se um sarau, no Avenida, em que, além da Tuna, do Orfeon e do Teatro, também colaboraram muitos estudantes ultramarinos, com números das suas províncias.

«Futebol para o serão»

Com este título o dr. Armando Sampaio, antigo dirigente académico e valioso desportista, publicou um livro de «memórias» dos seus tempos de Coimbra.

Vida literária

Amândio César publicou mais uma colecção de poemas que intitulou «*Batuque de Guerra*». O livro foi editado em Lisboa e recebeu um prémio do S. N. I..

Delegados do Senado

Numa Assembleia Magna da Academia foi resolvido que a A. A. diligenciasse junto do Governo no sentido de aos estudantes ser de novo concedido o direito de estarem representados no Senado e na Assembleia da Universidade.

Na mesma Assembleia foi também deliberado organizar um Congresso Académico de todas as Universidades portuguesas.

Comissão da Queima das Fitas

A Comissão Central da Queima das Fitas, era formada por Alcides Bizarro, Álvaro Neves, Aires Biscaia e Joaquim Carmelo Rosa.

Saraus do T. E. U. C.

No pequeno teatro da Faculdade de Letras o T. E. U. C. organizou um espectáculo vicentino dedicado aos alunos da Secção de Letras dos cursos liceais.

No Avenida, em benefício do «Enxoval do Recém-nascido», também o T. E. U. C. se apresentou com «O Grande Teatro do Mundo».

Ténis académico

A equipa de ténis da A. A., formada por Vasco Nunes da Ponte, Mário Braga, Raul Oliveira e Luís Elias Casanova, perdeu o torneio que disputou com o grupo do I. S. T..

Fita sobre Coimbra

Mais uma vez foi ventilada a hipótese de ser realizada uma fita cinematográfica sobre motivos académicos de Coimbra, verificando-se boa expectativa pois constava que o realizador seria Jorge Brum do Canto.

Porém, veio a descobrir-se que a tal fita seria mais uma de Armando Miranda.

Orfeon Académico

Após o seu regresso da Galiza, onde realizou saraus em Vigo, Santiago de Compostela e Tuy, o Orfeon Académico foi agraciado pela Câmara Municipal de Coimbra com a «Medalha de Ouro» da cidade.

Para ser distribuído durante a excursão o Orfeon publicou um número do jornal «*Orfeon*».

Visita do Ministro

O Doutor Caeiro da Mata, antigo Professor de Direito e Ministro da Educação, visitou Coimbra nesta qualidade, tendo percorrido as instalações da A. A..

Aproveitando a sua estadia em Coimbra foi-lhe entregue uma petição assinada por delegados de cada Faculdade e dos organismos académicos, no sentido de os estudantes também estarem representados no Senado Universitário.

Homenagem ao T. E. U. C.

Na sua sede da rua da Ilha, o antigo «Grémio Operário» homenageou o Teatro dos Estudantes numa festa em que ambos os grupos actuaram.

Morte de um Lente

Faleceu o Doutor Francisco Costa Lobo, Professor da Faculdade de Ciências e Director do Observatório Astronómico.

Antigos orfeonistas

Estava a ser preparada uma reunião de antigos orfeonistas, tanto do tempo de António Joyce como de Elias de Aguiar, para ser festejado o 65.º aniversário da fundação do primeiro Orfeon Académico, regido por João Arroio.

Conferência na A. A.

O dr. Guilherme de Oliveira proferiu uma conferência na A. A. sobre «Ensino científico».

Também fez uma conferência o Doutor Hernâni Cidade e, dias depois, concluiu-se este ciclo de conferências com a do dr. António de Macedo, na Faculdade de Letras, a respeito «Da Academia do meu tempo aos estudantes de amanhã».

Grelados de Farmácia

Atendendo uma petição que lhe foi dirigida, o Conselho de Veteranos autorizou que os estudantes do 3.º ano de Farmácia pudessem usar grelo roxo, nas suas pastas.

Pátio do Liceu

Começou a ser removido o gradeamento de ferro que, por mais de quinze anos, cercava uma parte do recinto fronteiro ao Liceu José Falcão, aos Arcos do Jardim.

O T. E. U. C. no Norte

O Teatro dos Estudantes representou no Porto «O Grande Teatro do Mundo» e, em Braga repetiu o espectáculo, no Teatro-Circo.

Assembleia Magna

Ao tomar conhecimento da demissão imposta à comissão directiva da A. A., a Assembleia Magna da Academia votou uma moção de desconfiança a todas as direcções futuras não livremente eleitas.

Reunião de orfeonistas

Um numeroso grupo de antigos orfeonistas esteve reunido para comemorar o 65.º aniversário da fundação do Orfeon Académico.

Em Sessão Solene, a Câmara Municipal fez a entrega ao presidente do Orfeon, da medalha de Ouro da Cidade.

Novos dirigentes do C. A. D. C.

Luís Vaz de São Payo e Mello foi escolhido para presidente do C. A. D. C. sendo a direcção formada por mais os seguintes estudantes: — Manuel Pereira Carvalho, Carlos dos Santos Reis, José Augusto Conceição, Geraldo Coelho, José António Braga da Cruz, Fernando Trindade Lopes e Jorge Biscaia.

Novo vice-Reitor

O Doutor José Carlos Moreira tomou posse do cargo de vice-Reitor da Universidade.

A. A. em Amarante

O grupo de futebol da A. A. deslocou-se a Amarante para colaborar no programa desportivo das Festas de S. Gonçalo.

Ribatejo em Coimbra

Um grupo de estudantes, impulsionado por Mateus de Sousa, aluno de Medicina, reuniu na A. A. a fim de fundarem em Coimbra a «Casa do Ribatejo».

Recital de Villaret

Com o patrocínio do Teatro dos Estudantes, o actor João Vilaret deslocou-se a Coimbra, tendo efectuado recitais de poesia no Avenida e no teatro da Faculdade de Letras.

Vida cultural

Foram postos à venda os seguintes livros: — «*A Escola de Viena*», por Egídio Namorado; «*Malícia de Amor*», contos de Francisco Carneiro; e «*Coimbra de Capa e Batina*», II volume, de Carminé Nobre.

A Sociedade de Defesa e Propaganda de Coimbra também publicou a conferência do dr. Sousa Costa sobre «*O episódio académico dos Divodignos*».

Comissão Administrativa

Aceitaram pertencer à Comissão Administrativa da A. A. os seguintes alunos: — Manuel Rebelo da Silva, Evaristo Marques, Nicolau Gonçalves, João Daniel Marques Mendes, Manuel Martins Vicente, Júlio dos Reis Torgal e Augusto Soares Coimbra.

«Preto é, Galinha o fez»

Durante algumas semanas não esteve no lugar que lhe competia, a pequena placa do portão central do Jardim Botânico, indicativa de que fora executada pelo serralheiro Galinha, de Coimbra.

Sabendo do caso, o Reitor Doutor Maximino Correia ordenou que a placa voltasse para o seu respectivo lugar.

Festival de natação

Foi, novamente, montada uma piscina de madeira, no areal do rio Mondego, tendo havido alguns festivais de natação a que concorreu a equipa da Associação Académica. Entre outros, destacaram-se os seguintes nadadores: — Paulo Moura Relvas, Manuel Magalhães, Amândio Rebelo, Jerónimo Simões, Júlio Fonseca, Manuel Gaspar, António Santos, José Lobo e Maria Vieira.

Vida literária

Sob a designação «*Altura*» foi publicada a 1.ª série de poesias de Maia Vilaça, Carlos Macedo, Gomes Andrade, Manuel Vicente, Noel de Arriaga, Silva Maia e Duarte Montalegre. Este, também publicou o ensaio «*Cristo no pensamento moderno*», editado por «Nós», de Braga, e, ainda, «*Ensaio sobre o Parnasianismo brasileiro*».

Nova Biblioteca Geral

Foi anunciado que o antigo edifício da Faculdade de Letras, seria destinado à nova Biblioteca Geral.

Reforma dos Estudos Jurídicos

O Ministro da Educação, Doutor Caeiro da Mata, assinou um decreto alterando o regime de exames na Faculdade de Direito e suprimindo o grau de bacharel, podendo fazer exames de licenciatura os alunos aprovados no 4.º ano, independentemente da classificação obtida.

Piscina Fluvial

Por causa da grande estiagem que desde há meses se verificava, havia uma certa dificuldade em manter com o nível de água necessário a piscina do rio Mondego.

Os nadadores da Associação Académica interromperam os treinos e não se organizaram festivais de natação.

Treinador de futebol

Depois de ter sido posta a correr a notícia de que o novo treinador da Associação Académica seria uma individualidade espanhola, começou a dirigir os treinos, em Santa Cruz, o antigo jogador do Vitória de Setúbal, sr. Eduardo Augusto.

Vida literária

Apareceu um livro de 12 contos, da autoria de Amândio César, que tinha o título de «*Sub-Solo*» e que foi publicado em Lisboa.

Duarte de Montalegre também publicou a segunda edição de «*Angústia*».

Obras na Sala dos Capelos

Continuavam com grande incremento as obras na Sala dos Capelos, estando a proceder-se à remodelação de todo o pavimento que ficaria revestido de tijoleiras, ao gosto do séc. XVII.

Castigos suspensos

A Federação de Futebol suspendeu todos os castigos impostos aos jogadores da Associação Académica.

No entanto, apesar deste benefício, o grupo de futebol da A. A. perdeu o jogo disputado com o União de Coimbra.

Coimbra no Estoril

A convite do Desportivo do Estoril, deslocou-se àquela estância um grupo de estudantes de Coimbra que actuaram num movimentado acto de variedades com fados e guitarradas por Napoleão Amorim, João Bagão, José Maria Amaral, Ribeiro Gomes e Aurélio Reis.

A apresentação era de António Pica, colaborando também Joaquim Albino, Arménio Frazão e Francisco Domingues.

Amigos do futebol

Continuava a organização de um grupo de simpatizantes do futebol a que foi dado o nome de Liga dos Amigos da A. A.. Um dos primeiros antigos estudantes a conceder o seu apoio, foi o Doutor Oliveira Salazar.

O jornal de Lisboa «Diário Popular», também ofereceu doze equipas negras ao grupo de futebol da A. A..

Reunião de licenciados

Reuniu-se um numeroso grupo de recém-licenciados nas Faculdades de Letras e de Ciências, com vista ao estudo da situação que se lhes deparava, quanto ao seu ingresso no magistério liceal.

Reabertura da Universidade

Com toda a solenidade, procedeu-se à cerimónia da reabertura das aulas na Universidade. A habitual «Oração de Sapiência», na Sala dos Capelos, foi proferida pelo Doutor Almeida Ribeiro, Professor e Director do Instituto de Medicina Legal.

Momento político

Os estudantes democratas representados por Manuel Breda Simões, Jaime Redondo, Arquimedes Silva Santos, Joaquim Manuel Silva, Álvaro Seiça Neves, Eugénio Breda Malheiro, José Teixeira do Vale e Alcides Matos Bizarro, pediram autorização para uma reunião a fim de estudarem a atitude a definir perante o momento político português.

O pedido foi indeferido.

Quinto ano médico

Os quintanistas de Medicina deitaram as fitas em conjunto e vieram para a Baixa, com muita alegria, ao som de um gaiteiro e do estralejar dos foguetes.

Dirigentes do T. E. U. C.

A nova direcção do T. E. U. C. era formada por Manuel de Melo, Turíbio de Matos, Joaquim Lopes da Silva, José Maria Martins, Vasco Queirós, Maria Antónia Dionísio e Maria Helena Vieira.

Estreia de jogadores

Num jogo de futebol contra a Naval, estrearam-se na A. A. os jogadores Jorge Santos e António Bentes.

Assembleia Magna

Convocada pelo Conselho de Veteranos, realizou-se uma Assembleia Magna da Academia que, por esmagadora maioria, considerou incompatível com a dignidade académica qualquer processo de designação dos corpos gerentes da A. A. que não fosse o de eleição livre, para o que se deveria regressar ao regime estatutário anterior a 1937.

Questão académica

Por causa da questão académica foram publicados muitos artigos em jornais e revistas, distribuindo-se, também, vários folhetos editados por Henrique Beirão e Barrigas de Carvalho, H. Barrilaro Ruas, Francisco Zenha, José Germano de Oliveira, Evaristo Marques, etc..

Festa dos grelados

Os quartanistas de Direito, Letras, Ciências e Farmácia, vieram para a Baixa, em cortejo, ostentando o grelo nas suas pastas.

Teatro dos Estudantes

Para representar «O Grande Teatro do Mundo», o T. E. U. C. deslocou-se a Leiria e no dia seguinte actuou em Vieira de Leiria.

Dirigentes do Orfeon

A direcção do Orfeon era formada por Luís Braga Temido, Frederico Baptista, Vasco Eloy, Albino Folhadela, Hall Temido, Alberto Machado Rosa e Fernando Nascimento Ferreira.

Vida literária

Carlos de Oliveira publicou o poema «*Mãe Pobre*» e João Cochofel o livro «*Descoberta*».

Os alunos do Liceu também publicaram a revista «*Mensagem*», com a colaboração de alguns professores e dedicada ao centenário de Eça de Queirós.

Dirigentes da Tuna

A nova direcção da Tuna Académica, a que presidia Alcides Matos Bizarro, ficou constituída por mais os seguintes estudantes: — Carlos Santos Reis, Vasco Tito da Cunha, Carlos Alberto Freitas, António Tavares de Melo, Armando Gomes de Sá e Laurindo José da Costa.

Na presidência da Assembleia Geral ficou Armando Garrido Gomes de Carvalho.

Homenagem aos futebolistas

O grupo de futebol da Associação Académica ganhou o campeonato regional e foi homenageado com um banquete, por alguns estudantes e antigos estudantes.

A série de brindes foi encerrada por Amorim Afonso, director da secção desportiva da A. A..

Conselho dos organismos

Os dirigentes do Orfeon Académico, da Tuna Académica e do Teatro dos Estudantes, organizaram um agrupamento com delegados destes três organismos autónomos da Academia e que se denominou «Conselho dos Organismos Académicos».

Vida literária

O médico dr. Albino Ruiz de Sousa publicou «*Estudante Bragante*», um livro de memórias dos seus tempos de Coimbra.

Mário Sacramento escreveu um livro de ensaios sobre Eça de Queirós, que intitulou «*Uma estética de ironia*».

Fernando Namora, já a exercer clínica, também escreveu «*Casa da Malta*», outro romance da colecção «Novos Prosadores».

1946

Conferências da A. A.

A Comissão Administrativa da A. A. convidou o Doutor Costa Pimpão, Professor da Faculdade de Letras, a proferir uma conferência na sua Faculdade sobre «As ideias de Eça».

Homenagem ao poeta

O poeta Eugénio de Castro, que falecera recentemente, foi homenageado no Instituto de Coimbra, com uma sessão solene em que colaborou o Orfeon Académico.

Morte de Afonso Lopes Vieira

Faleceu o poeta Afonso Lopes Vieira, antigo estudante da geração do «Centenário da Sebenta» e grande amigo das tradições coimbrãs.

Morosidade das obras

A morosidade com que estava a proceder-se às obras da Cidade Universitária e o desleixo em arrumar os materiais das demolições, causavam grandes prejuízos à vida citadina e aos transportes da Alta, com todas as ruas cheias de entulho.

Quatro estátuas

Constava que o escultor Barata Feio fora encarregado de executar os modelos de quatro figuras monumentais, simbolizando a História, a Filosofia, a Eloquência e a Poesia, destinadas à fachada principal da nova Faculdade de Letras, cujas paredes estavam levantadas.

Conferência em Lisboa

Orlando de Carvalho, estudante de Direito, foi convidado a proferir uma conferência em Lisbôa sobre «Virtude e Humanismo».

Sessão de estudo no C. A. D. C.

Numa sessão de estudo realizada no C. A. D. C. e em que Fernão Pacheco de Castro dissertou sobre «Aspectos práticos da questão social», houve animado debate com a intervenção de Orlando de Carvalho, Tinoco de Faria, Araújo Novo, Filinto Osório, Mário Pacheco, Marques Pereira, Henrique Branco, Dário de Almeida, Carlos Amado e Eduardo Soveral.

Homenagem a João Arroio

O Instituto de Música promoveu uma sessão de homenagem a João Arroio, fundador e regente do primeiro Orfeon Académico de Coimbra.

Saraus do T. E. U. C.

O Teatro dos Estudantes deslocou-se a Viseu e à Pampilhosa para efectuar serões vicentinos.

Comissão eleitoral

Os estudantes Aires Biscaia, Alberto Prado e Castro, António Lufinha, Barrigas de Carvalho, João Falcato e Joaquim Sá Couto, como representantes das duas correntes da Academia, foram incumbidos da elaboração de um regulamento eleitoral para as desejadas eleições da A. A..

Esta comissão foi constituída mediante um acordo estabelecido entre o Conselho de Veteranos e o Reitor da Universidade.

Excursão da Tuna

A Tuna Académica realizou mais uma excursão ao Alentejo e Algarve.

Actividade da A. A.

No Salão da Faculdade de Letras efectuou-se um recital de piano e de declamação, promovido pela Comissão Administrativa da A. A., e em que intervieram Eurico Tomás de Lima e Manuela Couto Viana.

No entanto, a assistência mostrou-se muito inquieta, desatenta e barulhenta... e o recital não chegou ao fim...

«Eleições livres»

Os estudantes Alberto de Prado e Castro, António Rodrigues Lufinha e Joaquim de Sá Couto publicaram um folheto de 8 páginas intitulado «Para um regime de eleições livres» em que defendiam, essencialmente, o critério de que a direcção da A. A. deveria ser formada por representantes de cada uma das Faculdades, escolhidos em eleições separadas.

Sarau dos Estudantes do Império

A «Casa dos Estudantes do Império» promoveu outro sarau no Teatro Avenida, com a colaboração da Tuna Académica, do Orfeon e do Teatro dos Estudantes.

No acto de variedades, além de outros números, houve experiências de telepatia por Cunha Marques e Furtado Pires e a representação da paródia «Inês de Castro» em que intervieram Oliveira e Sá, A. Folhadela e Marques da Silva.

Queima das Fitas

A Comissão Central da Queima das Fitas era formada pelos seguintes estudantes: — Miguel Fonseca Barata, José Rodrigues Pereira, Fernando Correia Araújo, António Homem de Pinho e António José Moura Velez.

O T. E. U. C. no Alentejo

Depois de se ter apresentado em Santarém onde levou à cena um serão vicentino, o Teatro dos Estudantes realizou dois espectáculos em Évora, a convite da «Fundação da Casa de Bragança», interpretando «O Grande Teatro do Mundo».

A Tuna no Porto

Deslocou-se ao Porto a Tuna Académica de Coimbra, tendo realizado um sarau no Coliseu, destinando-se o produto líquido à «Casa do Gaiato», dirigida pelo Padre Américo.

Homenagem a um Professor

O Professor Michel Mosinger que recentemente fora nomeado doutor «honoris causa» pela Universidade de Coimbra, foi homenageado pelos seus alunos do 3.º ano médico.

«Capas Negras»

Constava que já iam muito adiantados os trabalhos de filmagem de uma fita sobre motivos de Coimbra que se intitularia «Capas Negras» e que teria diálogos, versos e canções de várias individualidades lisboetas e também de alguns estudantes de Coimbra.

Questão académica

A Academia estava dividida em duas correntes opostas quanto ao processo eleitoral que deveria presidir à escolha dos novos dirigentes da Associação Académica.

Porém, todos os estudantes desejavam que terminasse o regime das comissões nomeadas pelo Governo.

Secção de futebol

Os sócios da secção de futebol da A. A. reuniram-se em Assembleia Geral, tendo sido aprovada uma proposta do dr. Deniz Jacinto, no sentido da secção ser orientada por uma direcção formada por estudantes e antigos estudantes.

Os três estudantes escolhidos foram Jerónimo Coutinho, Manuel Camões e António Teles das Neves.

Luta pré-eleitoral

Antes do plebiscito marcado para decidir qual o processo das eleições para os corpos gerentes da A. A. foram publicados folhetos sobre a questão. Um, assinado por Alberto Prado e Castro, António Lufinha e Joaquim Sá Couto e outro subscrito por Barrigas de Carvalho, Aires Biscaia e João Falcato.

No plebiscito votaram mais de mil e seiscentos estudantes, tendo vencido o sistema proposto pelos três últimos preconizando a votação directa de toda a Academia, e não a escolha de representantes por cada Faculdade.

Queima das Fitas

A Verbena e a Tarde de Arte, marcadas para o Jardim Botânico, foram transferidas para o Liceu D. João III, por causa da chuva.

Eleições suspensas

Depois de os estudantes católicos terem publicado manifestos em que se mostravam divididos quanto ao apoio que deveriam prestar às duas listas de estudantes indigitados para dirigirem a A. A., as eleições foram suspensas, por ordem superior.

Dirigentes do C. A. D. C.

A nova direcção do C. A. D. C. ficou assim constituída: — Manuel Pereira de Carvalho, António Caetano de Carvalho, Mário Fernando Afonso, Martinho do Rosário, José Cavalheiro, Vasco de Meneses, Basílio Lebre e Joaquim Simões Pereira.

Ao dirigirem-se ao Seminário para apresentarem cumprimentos ao Sr. Bispo-Conde, os novos dirigentes e os antigos procederam, no Jardim Botânico, à tradicional «entrega das chaves».

Vida teatral

Arquimedes da Silva Santos, estudante de Medicina e antigo dirigente do T. E. U. C era o director do Grupo Dramático do Ateneu de Coimbra, onde ensaiou alguns quadros vicentinos que foram representados, ao ar livre, no Castelo de Montemor.

Festa no Liceu

Os cursos do 7.º ano do Liceu D. João III celebraram a sua festa de despedida com uma representação teatral em que interpretaram «D. Beltrão de Figueiroa», uma peça de Júlio Dantas.

Futebol académico

Em benefício do Instituto Maternal jogaram no Campo de Santa Cruz os grupos de futebol da A. A. e do Belenenses, que empataram por 2-2.

Teatro Sousa Bastos

Depois de estar encerrado por alguns anos reabriu, novamente, para espectáculos cinematográficos, o cine-teatro Sousa Bastos.

Estádio Universitário

A Comissão Administrativa da A. A. apreciou o projecto que lhe foi apresentado para a construção do Estádio Universitário nos terrenos da Ínsua de S. Bento, a montante do Parque da Cidade.

Aviação sem motor

Estava aberta a inscrição para estudantes universitários que desejassem tirar o curso de aviação sem motor, num centro aeronáutico de Lisboa.

Morte do Padre Paulo

Faleceu o dr. Paulo de Evaristo Alves, formado na Faculdade de Direito, antigo regente da Tuna Académica e elemento de destaque na organização e execução do movimento académico da «Tomada da Bastilha».

Fita «Capas Negras»

Começaram a aparecer sinais de desconfiança acerca da fita que Armando Miranda estava a filmar sobre a vida académica de Coimbra e algumas pessoas da cidade vieram afirmar, pùblicamente, que não intervieram na sua realização.

Vida literária

Duarte Montalegre editou mais um livro de poesia intitulado «*Cântico*» e que saiu na colecção «Poesia Nova», de Lisboa.

Treinador escossês

Por esta época já se falava muito na necessidade de ser contratado um treinador estrangeiro, chegando a correr a notícia de que viria para Coimbra um futebolista escossês.

Castelo de Coimbra

Em face das demolições de toda a zona do Largo do Castelo, que incluiam algumas paredes pertencentes às fortificações medievais coimbrãs, a Sociedade de Defesa e Propaganda telegrafou aos deputados eleitos pelo círculo, no sentido de providenciarem para que fossem respeitados os restos das ruínas do Castelo de Coimbra.

Teatro radiofónico

O estudante de Direito, Rui Vieira Miller, sócio do C. A. D. C. e colaborador de «Estudos» foi premiado num concurso do S. N. I. com a sua peça intitulada «Entre mim e Eu», destinada a ser radiodifundida.

Piscina do Mondego

Por dificuldades de vária ordem não foi construída neste verão a piscina fluvial da praia do Mondego, onde se realizavam provas de natação desde 1935.

Cursos universitários

Por ter sido proibida a inscrição de estudantes em mais do que um curso universitário, deixou de existir a possibilidade de se verem quintanistas ostentando nas suas pastas as fitas de várias cores.

Da A. A. para o União

Um antigo jogador de futebol da A. A. chamado Ângelo, pediu a sua transferência para o União de Coimbra, tendo o facto causado muita estranheza nos meios académicos.

Campeonatos de natação

Os campeonatos nacionais de natação foram organizados na moderna piscina do Luso, junto ao Grande Hotel, pois não havia Piscina do Mondego.

Nos campeonatos escolares, realizados em Lisboa, a equipa de Coimbra era composta por Júlio da Fonseca, António Santos, Apolino Teixeira e Rui de Almeida.

Mortos ilustres

Faleceu o dr. Izidro Aranha, antigo estudante de Coimbra, nascido no Brasil, e que foi o auxiliar de António Joyce na organização do Orfeon Académico.

Também faleceu Francisco Martins, valioso elemento da equipa de natação da A. A. e colaborador de vários jornais e revistas literárias.

Saudação à romana

Estava a ser muito notado que a organização oficial «Mocidade Portuguesa» continuasse a utilizar a saudação do braço levantado que fora copiada das organizações congéneres fascista e nazista, desaparecidas da Itália e da Alemanha, há mais de um ano.

Novo treinador

Em vez do treinador escossês que se esperava, começou a preparar a equipa de futebol da Associação Académica, o antigo jogador Sportinguista, licenciado em Direito pela Faculdade de Lisboa, dr. Abrantes Mendes.

Fita do «Fogo no Mar»

João Falcato anunciou que o seu livro «*Fogo no Mar*», seria adaptado a uma fita cinematográfica.

Estádio e piscina

Entraram em grande actividade as obras de terraplanagem do local onde ficaria o Esdio Municipal do Calhabé, prevendo-se também que seria aberta uma Piscina no topo norte do recinto.

Quartanistas de Direito

Os grelados da Faculdade de Direito foram os primeiros a aparecer com as suas pastas festejando o acontecimento com uma mobilização geral de caloiros e uma serenata no Largo da Sé Velha.

Grupo «Amigos de Coimbra»

Alguns antigos estudantes e outras pessoas naturais de Coimbra, projectavam fundar um agrupamento cultural e de propaganda que se intitulava «Amigos de Coimbra».

Novo treinador

Foi escolhido para orientador técnico do grupo de futebol da Associação Académica, o jogador húngaro Alexandre Peics.

Basquete académico

Entre os jogadores dos grupos de basquete da Associação Académica contavam-se os seguintes: Fragoso, Godinho, Cerveira, Valejo, Brás dos Santos, Milton e os irmãos Serra e Moura.

Vida literária

Sob a direcção de Manuel Breda Simões, foi publicado «*Confronto*», cadernos antológicos de arte e literatura.

Imposição de insígnias

Os grelados de Letras, festejaram a imposição das insígnias oferecendo um «chá» às suas colegas de curso. Dias depois, foram os quintanistas de Medicina e os grelados de Farmácia que celebraram a imposição das insígnias, seguidos dos quintanistas de Letras e, mais tarde, dos de Ciências.

O curso do V ano jurídico, festejou o «S. Martinho» com um magusto, perto da Lousã, a que também assistiram os Doutores Beleza dos Santos e Cabral Moncada.

Dirigentes da Tuna

Alcides Matos Bizarro foi eleito presidente da Tuna Académica, sendo a restante direcção formada por Carlos Santos Freitas, João Menano, António Prado e Castro, Carlos Figueiredo Júnior e Luís Alexandre.

Académica-União

O grupo de futebol da A. A. não ganhou o campeonato distrital deixando-se vencer pelo União de Coimbra. Os jogadores eram os seguintes: — Jacques, António Maria e Mário Reis; Eduardo Santos, Lomba e Brás; Micael, Azeredo, Garção, Leite e Bentes.

Dirigentes do Orfeon

À nova direcção do Orfeon, presidida por Araújo Novo, pertenciam mais os seguintes estudantes: — António Carvalho Hipólito, Francisco Poupinha das Neves, Joaquim Bento das Neves, Vasco Eloy e Mário Luís Mendes.

Coimbra em Lisboa

O dr. João Valério fez uma conferência sobre motivos coimbrãos, a convite da «Casa de Coimbra», em Lisboa.

Morte do antigo Reitor

Na sua casa do Penedo da Saudade, faleceu o Doutor João Duarte de Oliveira, professor jubilado da Faculdade de Medicina e antigo Reitor da Universidade.

Conselho dos organismos

A convite do Conselho dos Organismos académicos formado pela Tuna, Orfeon e Teatro, o dr. Aarão de Lacerda proferiu uma conferência sobre Goya. O conferente foi apresentado por Vasco Teixeira de Queirós.

Dirigentes do T. E. U. C.

A nova direcção do Teatro dos Estudantes, presidida por Manuel Joaquim de Melo, era formada por mais os seguintes estudantes: — Vasco Teixeira de Queirós, Armando Lúcio Vidal, Luís Simões do Valle, José Correia Alves, Maria Helena Vieira e Maria Fernanda Pereira.

Estádio Universitário

O Governo resolveu expropriar a Ínsua dos Bentos (a montante do Parque da Cidade) com vista à construção do Estádio Universitário.

«Pagode Xinês»

Numa casa da Ladeira de S. José foi inaugurada uma nova «república» a que foi posto o nome de «Pagode Xinês».

Revista monárquica

Foi publicada «*Mensagem*», quinzenário cultural monárquico dirigido por Caetano de Melo Beirão, Amândio César, Carlos Amado, Luís de Quadros e em que também colaboravam alguns professores.

Morte do antigo Reitor

Na sua casa de P[illegible] da Saudade, faleceu o Doutor João [illegible] de Oliveira, professor jubilado da [illegible] de Medicina e antigo Reitor da Universidade.

Conselho dos organismos

A convite do Conselho dos Organismos académicos formado pela Tuna, Orfeon e Teatro, o dr. Aarão de [illegible] proferiu uma conferência sôbre [illegible]. O conferente foi apresentado por Vasco [illegible] de Queiroz.

Dirigentes do T. E. U. C.

A nova direcção do Teatro dos Estudantes, presidida por Manuel [illegible] de Melo, era formada por mais os seguintes estudantes: — Vasco Teixeira de Queiroz, Armando Lucas Vidal, Luís Simões [illegible] Correia Alves, Maria Helena [illegible] e Fernanda Pereira.

Estádio Universitário

O Govêrno resolveu [illegible] a Insua dos Bentos e [illegible] da Cidade com vista à construção do Estádio Universitário.

Pagode Xinês

Numa casa da [illegible] de S. José foi inaugurada uma nova [illegible] que foi posto o nome de «Pagode [illegible]».

Revista monárquica

Foi publicada «[illegible]», semanário cultural monárquico dirigido por [illegible] Caetano de Melo Beirão, Amândio [illegible] Carlos Amaral, Luís de Cuadros e em que também colaboravam alguns professores.

1947

Sistema eleitoral

Desprezando o plebiscito do ano anterior em que os estudantes escolheram o sistema da votação geral e directa, o Ministro da Educação determinou que os dirigentes da A. A. fossem escolhidos pelas cinco Faculdades, pelos organismos académicos e pelas secções desportivas.

Mortos ilustres

No mesmo dia faleceram dois antigos estudantes de Coimbra que eram dois grandes amigos e duas figuras destacadas na vida cultural de Coimbra: — o pintor Fausto Gonçalves e o poeta Alípio Rama.

Serenata de Coimbra

O Emissor Regional transmitiu a segunda «Serenata de Coimbra», um programa apresentado por Guimarães Amora e em que colaboravam os cantores Jorge Gouveia e Dias Gomes «Nani» além de José Amaral e Tavares de Melo.

Baile dos caloiros

No Liceu D. João III e a favor do Asilo da Infância Desvalida, um grupo de caloiros organizou pela terceira vez o seu tradicional baile, em que interveio o conjunto macaense «Ondina e Ruby».

Estádio Universitário

Começaram a aparecer rumores de que o Estádio Universitário já se não poderia construir na Ínsua de S. Bento, a montante do Parque da Cidade, por dificuldades levantadas pelos Caminhos de Ferro e pelos proprietários das moradias que ladeiam a linha.

Novos dirigentes

Após dez anos sem eleições os estudantes escolheram em assembleias eleitorais os dirigentes da A. A. que ficou assim constituída: — Augusto Amorim Afonso, Medicina; António Carmona e Lima, Direito; António Homem de Pinho, Letras; dr. Luís Mendonça Albuquerque, Ciências; Aniceto António Martins, Farmácia; Vasco Teixeira de Queirós, pelos organismos culturais e Manuel Camões, pelas secções desportivas.

Serão do C. A. D. C.

A revista «Estudos» promoveu um serão de arte, na Faculdade de Letras, com a colaboração de uma pianista e de uma cantora e em que recitaram os estudantes Orlando Carvalho, Martinho do Rosário, Barros Lopes e Jorge Biscaia.

Cinema cultural

Organizou-se um «Círculo de Cultura Cinematográfica» que patrocinou uma matinée no Tivoli e que se propunha reexibir obras primas do cinema, fazer conferências e montar uma biblioteca.

Fita «Capas Negras»

Constava que já tinham terminado as filmagens da fita «Capas Negras» com cenas montadas no estúdio de Lisboa.

Comissão da Queima das Fitas

A Comissão Central da Queima das Fitas era formada por Gastão de Lemos Pereira, Frederico Lopes, Manuel de Melo, Basílio de Mesquita e António Aniceto Martins

Recepção ao «Kalifa»

A «República do Kalifado» recebeu festivamente o seu «Kalifa-Mor» que chegou à Estação Nova acompanhado de grande séquito. Formou-se um extenso cortejo que atravessou a Baixa subindo, vagarosamente, até à rua da Matemática, onde estavam instalados os seus «reais paços».

Bodas de prata da «Estudos»

O C. A. D. C. comemorou, festivamente, o 25.º aniversário da fundação da revista «Estudos».

Do programa constava uma exposição evocativa, organizada pelo estudante de Medicina Francisco Cordeiro Laranjo.

Secção de futebol

Foi remodelada a secção de futebol que ficou a ser dirigida pelos estudantes de Medicina Jerónimo Coutinho, Guimarães Amora e António Teles das Neves e também por José Martins Gaiolas, estudante de Letras.

Substituição de director

Tendo o dr. Luís Albuquerque sido nomeado assistente da Faculdade de Ciências, deixou de ser director da A. A. não obstante manter a sua qualidade de estudante.

Cultura cinematográfica

O «Círculo de Cultura Cinematográfica» promoveu a sua primeira matinée, exibindo no Tivoli a fita «João Ninguém». No início da sessão falou o estudante Rui Grácio.

Orfeon na Espanha

O Orfeon Académico deslocou-se a Espanha, tendo cantado em Salamanca e Madrid. Como representante do Reitor seguiu na excursão o Doutor Afonso Queiró, sendo orador oficial o dr. Antunes Varela, assistente da Faculdade de Direito.

Solidariedade académica

Tendo sido preso pela polícia de Braga o estudante Francisco Zenha, antigo presidente da A. A., que fora demitido por ordem governamental, a Academia reuniu em Assembleia Magna, tendo decretado luto académico.

Secção de campismo

Uma das primeiras actividades da secção de Campismo da A.A. foi organizar um acampamento perto do convento de S. Marcos.

«Teatro Moderno de Lisboa»

Os estudantes da Faculdade de Letras de Lisboa organizaram um grupo de teatro moderno e deslocaram-se a Coimbra onde representaram «Mar», de Miguel Torga e «Doido e a Morte», de Raul Brandão.

No final do espectáculo os estudantes lisboetas foram recebidos na «República Lactário dos Paradoxos», instalada na A. C. E..

Emissões radiofónicas

Do Laboratório de Fonética foi transmitido o «Auto da Alma», peça vicentina interpretada pelo Teatro dos Estudantes.

Esta transmissão radiofónica foi gravada e emitida pelo Emissor Regional de Coimbra.

«Assalto» à A. A.

Um grupo de estudantes que se manifestara contra o «luto» de solidariedade para com Francisco Zenha, assaltou a A. A. e retirou a bandeira preta que estava colocada a meia-adriça.

Foi também distribuído um manifesto assinado por cerca de 400 estudantes em que se proclamava que a prisão fora apenas por motivos políticos.

Fita «Capas Negras»

Como era de calcular, a estreia da fita «Capas Negras» produziu grandes manifestações de protesto no Cinema Tivoli e, também, nos cafés e nos jornais.

Poucos dias depois o Ministro da Educação Nacional proibia a exibição da fita em Coimbra.

Festas da «Queima»

No baile da «Queima das Fitas» actuou uma orquestra feminina, vinda da Inglaterra. Nos Jogos Florais, o «Prémio Antero do Quental» foi atribuído a Maria Angélica Andressen de Castro Henriques e o «Prémio Eça de Queirós» a Alberto Luís.

Plaquette dos grelados

Os estudantes do III Ano Médico que iriam buscar grelo no dia da Queima das Fitas, publicaram uma «plaquette» com versos alusivos a cada um dos componentes do curso.

Peça radiofónica

A revista «Estudos» publicou «*Encruzilhada*», uma peça radiofónica de Rui Vieira Miller, estudante de Direito.

Teatro moderno pelo T. E. U. C.

O Teatro dos Estudantes representou pela primeira vez obras de teatro moderno, levando à cena, no Avenida, «Terra Firme», de Miguel Torga e «Rei Imaginário», de Raul Brandão.

Na primeira peça destacaram-se Barrigas de Carvalho, Maria Améla Vieira, Helena Nunes e Ana Maria Biscaia e, na segunda, o dr. Deniz Jacinto.

Torneio de xadrês

A secção de xadrês da A. A. promoveu um torneio entre estudantes, tendo ficado em 1.º lugar Fernando Forte seguido de Eugénio Monteiro e António Augusto Campos Neves.

Dirigentes do C. A. D. C.

A nova direcção do C. A. D. C. ficou assim constituída: — Mário Augusto Afonso, Walter Medeiros, Mário João Sarmento, Jorge Alves Martins, Jorge Biscaia, Herlander Freitas e José Azeredo Keating.

«Fogueira» no Castelo

No largo formado entre a rua dos Estudos e a rua do Marco da Feira, houve uma animada «fogueira», promovida pelo Joaquim Pirata, que pouco tempo antes transferira para este lugar a sua leitaria da rua Larga.

Homenagem a Camões

Na Imprensa agitava-se a ideia de que o Monumento a Camões deveria ser colocado no Pátio da Universidade no lugar destinado a D. João III, ao mesmo tempo que se lamentava o encobrimento da lápide que, na Sala dos Capelos, homenageava o grande épico.

Tertúlia Académica

Foi divulgado que, em S. Paulo — Brasil, fora organizado um agrupamento de antigos estudantes de Coimbra, de que eram principais animadores os drs. Divaldo Freitas, Domingos Ramos Paiva, Lucas Junot e os irmãos Marcelino Júnior, há muitos anos radicados em Santos.

Escadaria Monumental

Foram assentes os primeiros degraus da escadaria monumental que ligava o fundo das antigas escadas do Liceu, com o meio da Ladeira do Castelo, onde começaria a chamada Praça D. Dinis.

Conferência sobre teatro

O crítico e ensaista teatral, Comandante Eduardo Scarlatti, que viera a Coimbra assistir à representação de teatro moderno efectuada pelo T. E. U. C., proferiu na Faculdade de Letras uma conferência sobre «O sentido do Teatro».

«Serenata de Coimbra»

O Emissor Regional transmitiu mais uma «serenata», em que cantaram A. Camacho, Ângelo Araújo e Dias Gomes «Nani».

Gíria dos estudantes

A tese de licenciatura de Amílcar Ferreira de Castro, estudante de românicas intitulava-se «*A gíria dos Estudantes de Coimbra*».

Conclusão de curso

Na Faculdade de Letras concluiram a licenciatura os escritores Carlos de Oliveira, João Falcato, Mário Braga e Raul Gomes.

AGOSTO 1947

Arco do Castelo

Começou a ser demolido o Arco do Castelo que ligava o Hospital da Universidade ao chamado Hospital dos Lázaros e que fora construído, em 1755, depois do grande terramoto, com o fim de segurar o elevado cunhal do edifício de S. Jerónimo.

Piscina do Mondego

Construiu-se, novamente, a piscina fluvial, tendo a equipa de natação da A. A. mantido a supremacia sobre todos os outros grupos que disputavam os torneios.

Jogadores de futebol

Por causa da equipa de futebol da A. A. ter ficado em antepenúltimo lugar no Campeonato Nacional e, consequentemente, ficar em risco de baixar à II Divisão, foi muito agitada a questão do «profissionalismo» dos jogadores académicos.

Porém, os dirigentes da secção vieram pùblicamente declarar que continuaria a ser respeitada a orientação tradicional.

Saudação romana

Esta saudação de braço levantado, usada pelas milícias nazis e fascistas e também imposta nos jogos desportivos oficiais de Portugal, deixou de ser obrigatória nos jogos de futebol.

Viagem do T. E. U. C.

O Teatro dos Estudantes iniciou diligências para realizar uma excursão pelas ilhas da Madeira e dos Açores, apresentando teatro moderno e autos vicentinos.

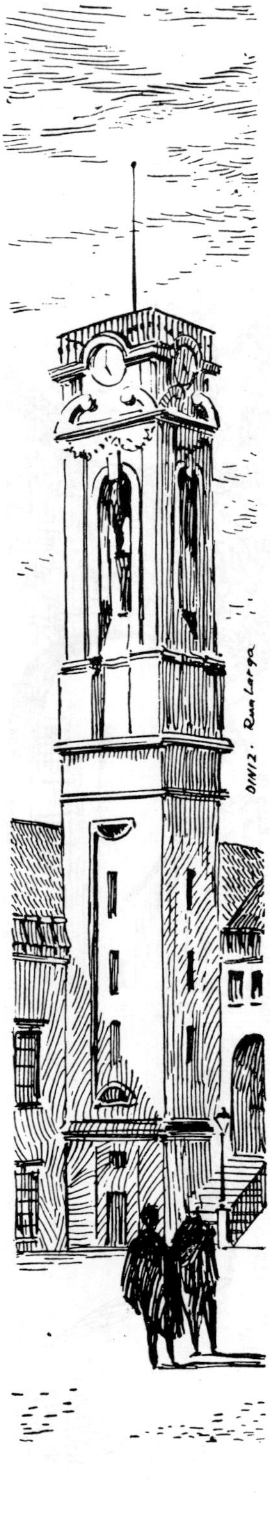

Festival de natação

No festival triangular de natação disputado na Piscina do Mondego entre a Associação Académica, o Beira-Mar, de Aveiro, e o Ginásio Clube Figueirense, o 1.º lugar foi atribuído à equipa dos estudantes.

Morte de Professores

Na Curia, onde se encontrava a veranear, faleceu, repentinamente, o Dr. Aarão de Lacerda, Professor de História de Arte da Faculdade de Letras, que pouco tempo antes tomara posse deste lugar.

Também faleceu o antigo professor de Latim do Liceu José Falcão, dr. Adriano Augusto Gomes, muito conhecido pelo nome de «Moca».

Sociedade Filantrópica

As instalações da Sociedade Filantrópico-Académica foram transferidas da rua Larga para o edifício de S. Pedro, na Universidade, onde seriam melhor desempenhadas as suas funções de procuradoria universitária.

Meia-Milha de Aveiro

Alguns nadadores da A. A. deslocoram-se a Aveiro, onde disputaram, em competição com cerca de quarenta nadadores do centro e do norte, a clássica corrida da meia-milha. A equipa da A. A. classificou-se em segundo lugar.

De novo «Capas Negras»

Contràriamente ao que fora determinado oficialmente, o empresário do Tivoli exibiu, de novo, em Coimbra, a fita «Capas Negras».

Emissões sonoras

O Orfeon Académico instalou uma aparelhagem de emissões sonoras, na Associação Académica, transmitindo música gravada, palestras e noticiário.

Futebol em Salamanca

O grupo de futebol da A. A. deslocou-se a Salamanca onde disputou um jogo com o «Unión Desportivo».

O grupo espanhol venceu por 5-4, tendo os golos de Coimbra sido marcados por Bentes-2, por Garção e Aníbal.

Deslocaram-se a Espanha mais os seguintes jogadores: — Prates, Branco e Brás; Eduardo Santos, Aristides e Azeredo; Melo, Pacheco Nobre e Nana.

Arquivo da Universidade

Completaram-se as obras de construção do novo Arquivo da Universidade, o primeiro edifício concluído dentro do plano da Cidade Universitária.

O Arquivo ficou a ocupar o antigo quarteirão compreendido entre as ruas da Trindade, de S. Pedro, das Parreiras e de Entre-Colégios.

Imposição de insígnias

Deitaram fitas, em conjunto, os quintanistas de Direito e de Ciências.

Dias depois o curso do IV ano de Direito festejou a imposição das insígnias com um almoço de confraternização, uma serenata na Sé Velha e um grande cortejo para que foram mobilizados todos os caloiros, muitos dos quais tocavam estranhos instrumentos.

Teatro dos Estudantes

A nova direcção do Teatro dos Estudantes ficou assim constituída: — Francisco Barrigas de Carvalho, José Correia Alves, Luís Cardoso do Valle, Joaquim Santos Simões, Maria Angélica de Castro Henriques, Clarisse Lickfold Moreira e Fernando Rebelo.

Imposição de insígnias

Os fitados e grelados de Letras organizaram um desfile de modelos com saias curtas e compridas e os de Ciências um «cortejo de oferendas».

O curso do IV ano médico, também celebrou o dia da imposição do grelo, «inaugurando» a Escadaria Monumental e publicando um folheto humorístico com o relato do acontecimento.

Café Arcádia

Na Calçada, entre a Livraria Cunha e a Farmácia Vilaça, foram inauguradas as novas instalações do novo Café Arcádia, que herdou o nome e o lugar de um outro café que ali existiu, à volta de 1930.

Serenata de Coimbra

O Emissor Regional continuava a irradiar o programa «Serenata de Coimbra», tendo a colaboração de Augusto Camacho e Anarolino Fernandes, além de José Maria Amaral, Aurélio Reis, Carvalho Homem e Tavares de Melo.

Estudantes do Império

A delegação de Coimbra da Casa dos Estudantes do Império organizou uma Tarde de Arte, dedicada à «Poesia Negra».

Recitaram poemas os estudantes Carlos Wallenstein e Orlando de Albuquerque.

Dirigentes da Tuna

À nova direcção da Tuna, presidida por Carlos Santos Freitas, pertenciam também Armando Garrido, Mário Santos Carvalho, Alberto Nóvoa, Francisco Jorge Carvalho e Sérgio Parreira.

Vida teatral

O Teatro dos Estudantes deslocou-se a Aveiro onde apresentou um programa vicentino com os três autos das Barcas.

Dias depois, voltou a representar em Coimbra o mesmo espectáculo de teatro moderno que estreara em Junho.

Dirigentes do Orfeon

Foi eleita a nova direcção do Orfeon Académico, que ficou assim constituída: — Joaquim Bento das Neves, João Monsanto da Fonseca, Fernando Braga de Almeida, Vasco Ramos Eloy e Florêncio Neto de Carvalho.

Serenata de Coimbra

Neste programa da Estação Regional da E. N. também colaboravam os cantores Alexandre Herculano e Alcides Santos, sendo a locução de Guimarães Amora.

Grupo de xadrês

O grupo de xadrês da A. A., batendo o grupo da Lousã, classificou-se para disputar no Porto o Campeonato do Norte de Portugal.

Morte de um livreiro

Faleceu Joaquim de Oliveira, sócio gerente da Livraria Arcádia, que antes fora conhecido pelo «Joaquim da Atlântida».

1948

Morte do dr. Castelão

Faleceu em Alpiarça, onde exercia a advocacia, o dr. Augusto Castelão de Almeida, um dos grandes boémios de Coimbra das gerações à volta de 1935 componente da R. R. Ribatejana e director de «O Ponney».

Futebol académico

Depois de uma Assembleia Magna em que a Academia resolveu não aceitar a colaboração oferecida por antigos estudantes, estes convocaram uma reunião com vista a evitar que o grupo de futebol baixasse para a II Divisão do Campeonato Nacional.

Torneio de Xadrês

No Salão da Faculdade de Letras, «mestre» Francisco Lupi disputou uma partida simultânea com quarenta estudantes, tendo perdido com Fernando Grilo, João Ribeiro, Jorge Babo e Ferreira da Silva.

Música coral

Com o patrocínio do Orfeon Académico, a «Agrupación Coral de Pamplona» efectuou, no Teatro Sousa Bastos, um concerto de música orfeónica.

A Tuna na Figueira

A Tuna Académica deslocou-se à Figueira da Foz para realizar um sarau no Teatro Parque-Cine, tendo feito a apresentação o dr. Aires Biscaia.

Emissões do Orfeon

O Orfeon abriu concurso para locutores e assistentes de programas das suas emissões sonoras.

Excursão da Tuna

Imediatamente após o regresso da Figueira da Foz, a Tuna seguiu em excursão pelo Norte, visitando Póvoa de Varzim, Vila Real, Lamego e Amarante. Nesta localidade o discurso de apresentação foi proferido pelo poeta Teixeira de Pascoais.

Novos Estatutos

Realizaram-se no Salão da Faculdade de Letras várias Assembleias Magnas da Academia, para discussão e aprovação dos novos Estatutos da A. A. levantando-se acesa controvérsia a respeito da qualidade de estudante universitário trazer implícita (ou não) a qualidade de sócio.

Conselhos dos Organismos

O Conselho dos Organismos Académicos (Teatro, Orfeon e Tuna) propunha-se desenvolver grande actividade cultural, que foi recomeçada com a conferência de João de Freitas Branco sobre «Formas musicais».

A esta conferência assistiu o vice-Reitor, tendo o conferente sido apresentado por Fernando Rebelo.

Casas da Alta

A fim de se evitarem maiores perturbações foi suspensa a ordem que mandava despejar as casas da Alta que estavam condenadas à demolição.

Imprensa Académica

Saiu o n.º 1 de «*Meridiano*», um jornal da Delegação da Casa dos Estudantes do Império, e foi publicado mais um número da «*Via Latina*», orgão da A. A. que dispunha agora de um elenco mais extenso de colaboradores.

Teatro dos Estudantes

O T. E. U. C. deslocou-se a Viana do Castelo, Guimarães e Aveiro, representando uma pequena peça de teatro moderno e alguns excertos de Gil Vicente.

Aprovação dos Estatutos

A Academia aprovou, em plesbiscito, os novos Estatutos da A. A. incluindo o artigo que apenas fazia depender a qualidade de sócio da situação de estudante universitário.

Dias depois, o Governo determinou algumas alterações, incluindo a que só considerava sócio o estudante que se inscrevesse como tal.

Orfeon na Marinha Grande

No regresso de uma excursão à Marinha Grande onde foi integrado no Orfeon Académico, teve um acidente dentro da camioneta o estudante José Eugénio Padilha. Chegado ao Hospital faleceu poucas horas depois.

Este lamentável desastre causou grande consternação na Academia e em toda a cidade.

República dos Galifões

Numa casa da parte superior da Couraça dos Apóstolos foi inaugurada mais uma «república» que adoptou o nome dos «Galifões».

Nova sede da A. A.

Numa conferência de Imprensa o Reitor Doutor Maximino Correia anunciou que a sede da A. A. deixaria o edifício da Rua Larga e seria transferida para o antigo Colégio dos Grilos, na Rua da Ilha.

Acrescentou, no entanto, que mais tarde os organismos académicos deveriam dispor de sede própria, pois o edifício dos Grilos se destinava a outro fim.

Mais demolições

Iniciaram-se as demolições de vários prédios do Largo de S. João, Rua do Rego de Água, Rua dos Loios e do Arco do Bispo.

Orfeon em Lisboa

Em benefício da Obra do Socorro Social, o Orfeon Académico realizou um sarau no Palácio dos Desportos, em Lisboa, tendo assistido vários membros do Governo.

Na viagem de regresso, o Orfeon parou em Pombal onde efectuou outro espectáculo.

Secção de Cinema

A secção de Cinema da A. A. tencionava intensificar a sua actividade, dispondo já de um aparelho de projecção de fitas cinematográficas de 35 milimetros.

Futebol de Juniores

O grupo de Juniores da A. A. disputou, mais uma vez, o jogo da final de futebol, mas não conseguiu ficar campeão.

Comissão da Queima

A Comissão Central da Queima das Fitas era formada pelos quartanistas Jerónimo Coutinho, José Lopes Ramos, Francisco Teixeira de Queirós, Rodrigo Teixeira de Abreu e Alcides Cardoso Teixeira.

Vida Literária

Na Gráfica de Coimbra foi impresso «*O meu caminho é este*», um livro da «Poesia Nova», escrito por Castro Gil.

Viagem do T. E. U. C.

O Teatro dos Estudantes deslocou-se a Leiria e à Figueira da Foz para realizar dois espectáculos de teatro moderno.

Eleições do C. A. D. C.

Foram eleitos os nossos corpos gerentes do C. A. D. C., tendo a direcção ficado assim constituida: — Francisco Cordeiro Laranjo, José Cavalheiro, Herlander Freitas, Nuno Santos Ferreira, Joaquim Seabra Lopes, Antonino Mancelos e Silva e Mário Bigotte Chorão.

Cortejo da Queima

Contrariando uma antiga tradição, o cortejo da Queima das Fitas não se realizou no dia 27 de Maio. Foi antecipado para 24 de Maio, terça-feira, para que não colidisse com a procissão do Corpo de Deus, marcada para o dia 27.

Um número original desta «Queima» foi a Exposição Internacional de actividades académicas.

Futebol académico

O grupo de futebol da A. A. ficou em último lugar no campeonato nacional, devendo baixar para a II divisão.

Torneio de Xadrês

Num torneio organizado na A. A. ficaram nos primeiros lugares os estudantes Jaime Patrício, Abel Castro Dinis e Fernando Severo Almeida.

Integrado na Tarde Desportiva da Queima da Fitas, também se efectuou um jogo internacional de futebol de que saiu vencedor o grupo universitário de Louvain.

Fita «Hilário»

Os organismos académicos mostraram-se contrários à realização da fita «Hilário», sobre a vida dos estudantes de Coimbra, por ter sido revelado que seria realizada pela mesma pessoa que fizera a fita das «*Capas Negras*».

Vida do T. E. U. C.

Os componentes do Teatro dos Estudantes ofereceram as insígnias doutorais ao seu director artístico, Doutor Paulo Quintela.

Para comemorar o primeiro decénio da vida do organismo, a direcção do T. E. U. C. publicou um opúsculo com extractos das críticas feitas aos seus espectáculos.

«Fininhos do Litoral»

Este grupo académico que renasceu na anterior Queima das Fitas, voltou a exibir-se nas festas do Pátio da Inquisição, em benefício da Casa dos Pobres.

Antigos Estudantes

Faleceu, repentinamente, num café da Baixa, o Juiz dr. António Joaquim Burgo, que viera a Coimbra assistir à sua reunião de curso.

Poucos dias antes também fora atropelado mortalmente por um automóvel o médico dr. Agostinho Cabral que viera a Coimbra assistir à Queima das Fitas.

Rua Larga

Já estavam demolidos alguns prédios da rua Larga e levantada a linha do eléctrico.

Proeza Aeronáutica

Um biplano passou, por duas vezes, por baixo da Ponte de Santa Clara.

Regresso à I divisão

Muitas personalidades e entidades de Coimbra e do centro do país, começaram a pugnar no sentido de ser alterado o regulamento do campeonato de futebol de forma a que o grupo da A. A. permanecesse entre os clubes da 1.ª divisão.

Monumento a Camões

Uma enorme grua das obras da cidade universitária caiu sobre o monumento a Camões, despedaçando a coluna encimada pela coroa de bronze.

Turma 1.ª-B — 1923

Festejaram as «Bodas de Prata» da sua entrada para o Liceu José Falcão, os alunos que pertenceram à turma 1.ª-B, de 1923, a que pertencia Salvador Dias Arnaut, além de muitos outros.

Vida desportiva

No campo de Santa Cruz recomeçaram os jogos de oquei em patins tendo o grupo da A. A. vencido o grupo da Parede. Pela A. A. jogaram: F. de Almeida, Isac Barata, José Baptista, Jorge Monteiro, Meneses e Couceiro.

Num jogo de futebol integrado nas Festas da Rainha Santa, o Benfica empatou com a A. A.

Vida literária

O dr. Jorge de Seabra publicou o livro com as suas memórias de estudante e que intitulou *«Coimbra Académica do meu tempo — 1913-1918»*.

Orquestra Ligeira

Foi abrilhantar uma festa realizada no Casino do Grande Hotel do Luso um conjunto académico que veio a chamar-se «Orquesta Ligeira Académica» e da qual fizeram parte: — Manuel Golegã Botica, António Tito, António Cunha, João Braga de Faria, Fernando Nogueira, Mário Diniz e Nuno Sena Fernandes, além de Manuel Branquinho, Alcides Santos e Almeida Santos, dos fados e guitarradas.

Aparelhagem de cinema

Foi entregue ao Presidente da A. A., Augusto Amorim Afonso, a aparelhagem de projecção cinematográfica de fitas de 35 milimetros, oferecida aos estudantes por intermédio do Reitor da Universidade.

Curtas metragens

A Companhia Tobis Portuguesa tencionava produzir algumas curtas metragens sobre aspectos da vida académica de Coimbra, sendo a planificação e super-visão dos estudantes José Carlos Amado e Guimarães Amora.

Futebol na II divisão

Não foram atendidos os pedidos para alteração do Regulamento dos Campeonatos de Futebol e o grupo da A. A. teria que disputar o campeonato da 2.ª divisão.

Fim da Rua Larga

Foram demolidas as últimas casas de rua Larga, mas continuava de pé o edifício da Associação Académica.

Ensino médico

Foi publicado o decreto que reformou o ensino nas Faculdades de Medicna, elevando o curso para seis anos, e fazendo-o seguir de um estágio de 10 meses e da apresentação de uma tese de licenciatura.

Casas da Alta

A Comissão das Obras da Cidade Universitária concedeu facilidades à A. A. no sentido de que as casas da Alta pudessem ser utilizadas pelos estudantes, a preços módicos.

Estudantes do Império

Um numeroso grupo de estudantes de Lisboa, filiados na Casa dos Estudantes do Império, fez uma excursão a Coimbra confraternizando com os seus colegas desta cidade e disputando algumas provas desportivas.

Jogo de futebol

Antes do início do campeonato da 2.ª divisão, o grupo de futebol disputou um encontro particular em Castelo Branco, ganhando à Associação Desportiva. Pelos estudantes alinharam: — Capela, Branco e Diogo; Brás, Castela e Azeredo; Atáz, Garção, Couceiro, Leite e Bentes.

Leão recolhido

Foi guardado no Pátio da Inquisição, pelos serviços de limpeza da Câmara, o leão de bronze que estava no pedestal do monumento a Camões. Os mesmos serviços também guardaram um cofre encontrado na base do Monumento e que continha algumas moedas e um rolo de papel com uma inscrição ilegível.

Primeiras inaugurações

Com a assistência de dois Ministros foram inauguradas as novas instalações do Arquivo da Universidade e o edifício do «Instituto» na rua da Ilha.

Dirigentes da C. E. I.

A delegação de Coimbra da «Casa dos Estudantes do Império» elegeu a nova direcção que ficou assim constituida: — Carlos Veiga Pereira, Orlando Albuquerque, Agostinho Neto, Fernando Castro Fontes e Nilo Henriques.

A mesa da Assembleia Geral era presidida por Victor Casaca e o Conselho Fiscal por Manuel João T. Carneiro.

Liceu feminino

Os dois Ministros que estavam em Coimbra, também inauguraram o novo edifício do Liceu Feminino, no Calhabé, perto do Estádio Municipal e da Piscina concluida no mês anterior.

Grelados de Direito

O primeiro curso de quartanistas que fez a sua festa de imposição do grelo, foi o curso de Direito, ainda no mês de Outubro.

Teatro na Biblioteca

Na Biblioteca Geral, em comemoração do IV Centenário de Suarez, o T. E. U. C. representou o «Auto da Alma», de Gil Vicente.

Imprensa Académica

Foi publicado o primeiro número de «*O Pagode*», jornal de Alfredo Camacho e que se dizia patrocinar um programa de festas em favor do grupo de futebol da A. A.

Imposição de insígnias

Os diversos cursos de quartanistas e quintanistas fizeram as suas festas de imposição de insígnias em dias diferentes, à excepção de IV ano médico que organizou uma «simbiose médico-farmacêutica».

Dirigentes do T. E. U. C.

Foi eleita a nova direcção do «Teatro dos Estudantes» que ficou assim constituída: — Joaquim Santos Simões, Gumercindo Correia, Mário Vilaça, Manuel Ruivo Martins, Ana Maria Biscaia, Clarisse L. Moreira e Emílio Coroa.

Dirigentes da Tuna

À nova direcção da Tuna Académica pertenciam os seguintes estudantes: — Carlos Santos Freitas, António Prado e Castro, Alberto Sampaio Nóvoa, Viriato Namora, António Cunha Cidadão e Mário Simões Taborda.

Dirigentes académicos

Reuniu a Academia por causa da exposição a enviar ao Ministro sobre as alterações que impôs aos novos Estatutos da A. A. Foram também escolhidos os estudantes Deodato Coutinho, Francisco Teixeira de Queirós e José Correia Alves, para completarem a comissão directiva da A. A., então reduzida a Amorim Afonso e Manuel Camões Costa.

Imprensa Académica

Foi publicado o número único de «*Mensagem Angolana*», editado pela Casa dos Estudantes do Império.

Direcção do Orfeon

Da nova direcção do Orfeon Académico, presidida por Mário Luís Mendes, faziam parte Mário Cura Mariano, António Vicente Coimbra, Francisco Araújo e Sá, Fernando Braga de Almeida e José Teixeira Maranhas.

Conselho das Repúblicas

Com a presença do dr. Amorim Afonso, presidente da A. A. e recem-formado em Medicina, reuniram-se na República dos Kágados os representantes de todas as «repúblicas» com o fim de estabelecerem um «Conselho» e assinarem o «Tratado de Amizade e Aliança».

Homenagem ao Dr. Anselmo

O Teatro dos Estudantes e o Doutor Paulo Quintela deslocaram-se à Sala de Minerologia onde foram cumprimentar o Doutor Anselmo Ferraz de Carvalho, atingido pelo limite de idade.

Esta homenagem foi devida ao facto daquela Sala ter sido cedida por aquele Professor, para os primeiros ensaios do Teatro dos Estudantes, em 1938.

Grupo de Xadrês

Projectava-se a formação de um «Grupo de Xadrês de Coimbra» cuja sede era no Café «A Brasileira».

Viagem ao Funchal

Para tomar parte nas festas do Fim-do-Ano, na Ilha da Madeira, partiu para o Funchal a Tuna Académica, a convite da Casa da Madeira.

1949

Secção de Cinema

A secção de cinema da A. A. promoveu, no Ginásio do C. A. D. C. uma sessão cinematográfica em que foi projectada a fita «Regresso da Babilónia».

Luta Política

Por causa da campanha eleitoral para a presidência da República, de que eram candidatos Norton de Matos e Oscar Carmona foram publicados alguns manifestos políticos pelos estudantes de ambas as facções.

Amplificação sonora

O sistema de amplificação sonora do Orfeon era dirigido por Pedro Camacho Vieira e nele também colaboravam os irmãos Briosa e Gala, Emílio Coroa, Orlando Albuquerque, Orlando Pinto e Mário Cura Mariano.

Assembleias Magnas

Numa Assembleia Magna foi resolvido protestar junto do Governo por causa das alterações que impôs aos Estatutos e, depois foi aceite a demissão da Comissão directiva sendo escolhidos os estudantes Maurício João de Almeida, Alberto Vilaça, Francisco Tinoco de Faria e Joaquim Santos Simões para formarem a nova comissão directiva e eleitoral.

Futebol no Estádio

Inaugurou-se o Estádio do Calhabé com um jogo-treino entre a A. A. e a provável selecção nacional de futebol.

Vida Literária

Os alunos da Escola do Magistério Primário, publicaram um jornal mensal intitulado «*Rumo*».

FEVEREIRO 1949

Conselho de Veteranos

O Conselho de Veteranos determinou que se mantivesse a antiga tradição do cortejo da Queima das Fitas ser sempre no dia 27 de Maio e que não fosse consentida a realização de mais «bailes de caloiros».

Também foi fixado que só pudessem usar insígnias os estudantes que em Coimbra as tivessem recebido.

Comissão Eleitoral

Foi constituida uma comissão eleitoral de que faziam parte Alberto Vilaça, Joaquim Santos Simões, José Correia Alves e Maurício João de Almeida e que pugnava por que todos os estudantes se inscrevessem na A. A. a fim de obterem a qualidade de sócio e o direito de voto.

Esta Comissão também apresentou um relatório ao Sr. Reitor, referindo a insuficiência do Palácio dos Grilos como sede de todos os organismos académicos.

Excursão do Orfeon

O Orfeon Académico fez uma excursão pelo Norte do país, cantando em Aveiro e em Vila Real.

Futebol Internacional

O primeiro grupo da A. A. enfrentou, no Campo de Santa Cruz, o grupo do «First, de Viena» que ganhou folgadamente aos estudantes por 8-1.

Queima das Fitas

A Comissão Central da Queima das Fitas ficou constituida pelos seguintes quartanistas: — António José Robalo Cordeiro, Augusto Leite de Faria, Alberto Briosa e Gala, Fernando Teixeira de Matos e Florentino Costa Rodrigues.

Recepção ao Kalifa

Reatando uma tradição, foi organizado o cortejo de recepção ao Kalifa, que se instalou nos seus Reais Paços e onde, à meia-noite, foi servido um «Amoníaco de honra».

Café Tropical

Numa esquina da Praça da República com a rua Alexandre Herculano, abriu o Café Tropical, dirigido por Mário de Vasconcelos que durante vários anos explorara o bar da Associação Académica.

Estudantes da Madeira

Os estudantes madeirenses projectaram a instituição de uma «Casa dos Estudantes da Madeira», formando-se uma comissão constituida por Álvaro Camacho, João Henriques Pereira, António Sidónio Sousa, António Jardim e Rui Faria Pereira.

Nova Faculdade

Foi tornada pública a maquete do edifício para a nova Faculdade de Letras, a construir nos quarteirões entre as ruas de S. João, das Covas, do Norte e rua Larga, abrangendo também as ruas do Cosme e das Cozinhas que desapareceriam.

Eleições adiadas

Com o fundamento de que havia erros e lapsos nos cadernos eleitorais foram adiadas as eleições para a escolha da Direcção e mesa da Assembleia Geral da A. A.

Letras e Ciências

Reuniram-se os estudantes destas duas Faculdades para apreciarem a proposta de lei sobre o ensino particular.

Dirigentes Académicos

Foi eleita a primeira direcção da A. A., de harmonia com os Estatutos do ano anterior ficando na direcção Fernando Rebelo, Mário Luís Mendes, José Lopes Ramos, José Correia Alves, Alberto Valejo, Jerónimo Coutinho e Artur Costa Antunes.

A mesa da Assembleia Geral era presidida por Manuel Camões Costa, sendo secretários José Lopes Ramos e Carlos Freitas.

O «T. E. U. C.» nas Ilhas

O Teatro dos Estudantes fez uma excursão pelas Ilhas da Madeira e dos Açores, representando teatro vicentino e teatro moderno.

Cortejo da Queima

A pedido da Comissão Central da Queimas das Fitas, o Conselho de Veteranos autorizou, a título excepcional, que o cortejo fosse marcado para terça-feira, 24 de Maio, em vez do dia tradicional de 27 de Maio.

Récita do V ano médico

O curso do V ano médico despediu-se, no Avenida, com a peça «Clister de Bom-Humor», reatando uma tradição interrompida.

Poucos dias depois vinte e seis alunos deste curso sairam em excursão para Paris, sendo acompanhados pelos Professores Doutores Antunes de Azevedo e Espírito Santo.

Clube de Cinema

Estava em formação um Clube de Cinema que organizou a primeira tarde cultural no Tivoli, com a fita «Carnet de Baile», apresentada por Rui Barbosa.

Correio da Alta

A estação dos «correios» foi obrigada a deixar a rua dos Estudos, vindo albergar-se no edifício de S. Bento, onde durante muitos anos foi a Secretaria do Liceu.

Dirigentes do C. A. D. C.

Na nova direcção do C. A. D. C. ficou José Lopes Cavalheiro, na presidência e, nos outros lugares, Herlander Freitas, João António Vaz Tomé, Antonino de Mancellos Silva, Alberto Rezende Pires, Mário Bigotte Chorão e Tomás Oliveira Dias.

Exposição internacional

No edifício de S. Bento realizou-se a II Exposição Internacional de actividades Académicas, número integrado no programa das festas da Queima das Fitas. Na exposição foi exibida, pela primeira vez em Coimbra, a maquete da Cidade Universitária.

Questão do alojamento

Para discussão do problema dos alojamentos dos estudantes, privados da maior parte das casas da Alta, quase todas demolidas, houve uma Assembleia Magna da Academia, presidida por Joaquim Micael.

Campeonato de Futebol

Por ter havido suborno de jogadores no desafio entre dois clubes da 2.ª divisão cujos jogos foram anulados, a subida da A. A. ao Campeonato da 1.ª divisão ficou muito facilitada.

Eleições da A. A.

Realizou-se novo acto eleitoral para escolha dos dirigentes da A. A. para o ano lectivo que se iniciaria em Outubro.

Incidente com um cantor

Por causa do uso abusivo da «capa e batina», feito pelo actor-cantor Alberto Ribeiro, houve um pequeno incidente com este intérprete que actuou na fita «Capas Negras».

Eleições no Futebol

Nas eleições, em que votaram apenas sócios da secção que também fossem sócios da A. A., foram escolhidos os seguintes dirigentes: — Joaquim Grilo Ferraz, José Lopes Ramos, José Palmeiro Costa, Manuel Camões Costa e Nicolau Messias.

Estudantes do Império

Dos novos corpos gerentes da delegação da Casa dos Estudantes do Império faziam parte Acácio Meireles da Cruz, José António Cruz, Fernando Costa Campos, Eduardo Francisco Castelo-Branco e Carlos Pratt de Melo Vieira.

Andebol

O grupo de Andebol da A. A. jogou com a selecção de Paris, tendo perdido por 5-9.

Subida à I Divisão

O grupo de futebol da A. A. retomou o seu lugar no Campeonato da 1.ª Divisão, tendo sido recebido entusiàsticamente em Coimbra, no regresso do Algarve onde venceu o «Portimonense».

Orfeon Académico

O Orfeon Académico andava a preparar-se para fazer uma viagem às Províncias de África, nas próximas férias grandes.

Campeão de Basquete

O grupo de basquetebol da A. A. venceu o «Vasco da Gama», no Porto, conquistando, sem derrotas, o campeonato de Portugal.

Do grupo faziam parte Paulo Cardoso, Godinho, Aníbal, Araújo, Travanca, Valejo e os irmãos Serra e Moura.

«Preso» para o acto

Um estudante de Direito que, durante vários anos, fez boas provas escritas, mas que não aparecia nas orais, foi «preso» por um Polícia que o fez comparecer perante o júri de examinadores, seguindo para a Universidade, de automóvel.

O estudante foi aprovado com regular classificação.

Piscina do Estádio

Continuaram os festivais na Piscina do Estádio do Calhabé, mas a concorrência e o entusiasmo eram muito menores do que no tempo da piscina do rio Mondego.

Casas e ruas da Alta

Começou a ser demolida a casa da esquina entre a rua do Cotovelo e a rua de S. Jerónimo, em cujo rés-do-chão esteve, por muitos anos, a estação dos «correios» da Alta.

A rua Larga e o antigo Largo do Castelo também começaram a ser rebaixados, nalguns pontos cerca de três metros.

Atletismo

A equipe da A. A. constituida por Cardete Correia, Wilson, Guimarães e Pimentel, conquistou o título de campeão nacional na estafeta de 4×100.

O Orfeon na África

No vapor «João Belo» partiu o Orfeon Académico para uma excursão pelas províncias de Angola e Monçambique, tendo sido acompanhado pelo Doutor Afonso Queiró e pelo dr. Urbano Duarte, do C. A. D. C.

Antes do dia do embarque, o Orfeon Académico cantou na Feira Popular e no Coliseu dos Recreios.

Mudança para os Grilos

Nos meados deste mês iniciou-se a transferência das instalações das secretarias dos diversos organismo académicos e das diversas secções da A. A., do edifício da Rua Larga para o novo edifício universitário conhecido pelo Colégo dos Grilos.

Escola da Feira

Para regularização do Largo da Feira, frente à Igreja da Sé Nova, começou a ser demolido o edifício da Escola, situado entre a rua das Colchas e a rua do Rego de Água.

Mudanças nos cafés

O «Nicola» encerrou, para obras, e a Leitaria do Raul, que tinha portas para a rua Larga e para o Largo do Castelo, transferiu-se para perto da Maternidade.

Convites para viagens

O grupo de futebol da Associação Académica recebeu convite para fazer jogos na Turquia, constando também que o grupo de basquetebol se preparava para disputar alguns jogos em Angola e Moçambique.

Morte da «Bastilha»

Começou a demolição do edifício da Rua Larga onde tiveram a sua sede, todos os organismos académicos e que, desde 25 de Novembro de 1920 começou a ser conhecido pela «Bastilha» por nesse dia ter sido «tomado» ao «Instituto» que ocupava o primeiro andar.

Novo café dos «Teóricos»

O encerramento do café Nicola, onde se reuniam os aficionados do futebol académico, originou que a chamada «Sala dos Capelos da bola» se transferisse para o Café Arcádia.

Viagens do Futebol

O grupo de futebol da A. A. deslocou-se a Lamego e a Cantanhede, para disputar alguns jogos onde foram experimentados novos elementos que alinhariam durante os campeonatos.

No entanto, Castela e Macedo só no mês seguinte obteriam a sua transferência para a Associação Académica.

Nova Revista

O dr. Guimarães Amora, que se destacara enquanto estudante como produtor de programas radiofónicos, projectava a publicação de uma revista mensal que se intitularia *«Distrito de Coimbra»*.

Monumento no Páteo

Foram abertas as fundações para a estátua de D. João III, a levantar no centro do Páteo da Universidade.

Abertura da Universidade

Na Sala dos Capelos e na presença do Doutor Pires de Lima, Ministro da Educação, o Reitor revelou que fora pedido um subsídio para que o T. E. U. C. pudesse comemorar, condignamente, o Centenário de Goethe, levando à cena o «*Fausto*», para o que chegou a fazer alguns ensaios.

Ruiu o «Pirata»

Depois de ter abandonado a Rua Larga, a leitaria do «Pirata» sofreu grandes estragos por ter ruído o prédio da rua dos Estudos, onde se instalara.

General Franco

Esteve em Coimbra para receber as insígnias de «doutor honoris causa», da Faculdade de Direito, o senhor general Franco, Chefe do Estado espanhol.

Festivais de Natação

Na nova piscina do Estádio Municipal do Calhabé, a equipe de natação da A. A. mantinha a sua supremacia. Num torneio disputado entre os clubes de Coimbra, os estudantes conquistaram o primeiro lugar.

Fita sobre Coimbra

Os cineastas Perdigão Queiroga e Piedade Ferrão mostraram muito interesse em realizar uma fita que tivesse a colaboração da Academia de Coimbra.

«Cidade Nova»

Foi publicada esta revista de ideologia monárquica, de que era director José Carlos Amado, estudante de Letras.

Dirigentes Académicos

Tomaram posse os dirigentes da A. A. eleitos no último dia de Maio, pertencendo à direcção os seguintes: — Fernando Rebelo, Joaquim Micael, José Emílio Andrade, Jorge Biscaia, Victor Matos, Alberto Valejo e Joaquim Santos Simões.

Serenata à «Bastilha»

Nas festas comemorativas do aniversário da «Tomada da Bastilha», houve uma serenata às altas paredes do edifício da Rua Larga que ainda se mantinham de pé.

Depois, na nova sede dos Grilos, decorreu o «Congresso da Castanha» e um animado baile.

Imposição de Insígnias

Nas festas da imposição de insígnias ocorridas na primeira quinzena, foi muito notado o aparecimento de uma estudante universitária envergando «capa e batina».

Dirigentes da Tuna

À nova direcção da Tuna pertenciam António Prado e Castro, Carlos Santos Freitas, Viriato Namora, Júlio Serra e Silva, Jorge Collus e Rui de Moura.

O presidente da Assembleia Geral era Armando Garrido Gomes de Carvalho.

Regresso do Orfeon

Depois de uma longa viagem por Angola e Moçambique que demorou três meses, o Orfeon regressou a Coimbra, sendo recebido festivamente.

Dirigentes do T. E. U. C.

Foi eleita a nova direcção do T. E. U. C. que ficou assim formada: — Joaquim Santos Simões, Gumercindo Correia, Emílio Coroa, Manuel Ruivo Martins, Clarisse Lickfold Moreira, Mário Vilaça e Maria do Carmo Azeredo.

Futebolista médico

Concluiu a sua formatura na Faculdade de Medicina o jogador de futebol Joaquim Branco que continuou a dar toda a colaboração à sua equipa.

Dirigentes do Orfeon

Após o regresso da grande viagem à África, a direcção do Orfeon ficou assim constituída: — Fernando Braga de Almeida, Mário Luís Mendes, Manuel Pereira de Oliveira, Alberto Torres Feio, José Manuel Maranhas e António Aires dos Reis.

Fim da Rua Larga

Acabaram as demolições dos últimos edifícios da Rua Larga:

— O edifício do Colégio de S. Boaventura, onde era o instituto de Antropologia e o edifício do Colégio de S. Paulo, onde foi a Associação Académica.

Conselho Cultural

Foi escolhido o Conselho Cultural da A. A. de que faziam parte Vasco Eloy, António Almeida Santos, Gonçalo Melo e Silva, Alberto Vilaça, e Fernando Guimarães, este, mais tarde, substituido por José António Matos Godinho.

SAUDADES DE COIMBRA
1934–1949

SEGUNDA PARTE

ASSOCIAÇÃO ACADÉMICA

Logo nos princípios de 1934, a direcção da Associação Académica, como legítima representante de todos os estudantes de Coimbra, teve que enfrentar um problema difícil que se lhe deparou, por motivos de solidariedade académica.

Foi o caso de ter surgido em Coimbra, nos primeiros dias de Fevereiro desse ano, uma trintena de estudantes espanhóis, que pareciam da Tuna Universitária de Valladolid e aos quais, depois de lhes ter facultado o salão Nobre dos Paços da Rua Larga para uma reunião de emergência, lhes proporcionou a possibilidade de ficarem aboletados nas "repúblicas" já que "nuestros hermanos" não dispunham de dinheiro para a hospedagem, nem havia tempo para a organização de um sarau que lhes proporcionasse alguns "fundos".

Era então presidente da A. A. o estudante de Direito António Ferrer Correia e foi, nesta qualidade, que também fez parte da Comissão de Honra do Baile do "Fado" que, afinal, não se realizou.

O "bar" e a sala do refeitório da A. A. ficavam no rés-do-chão e cada mês se notava uma redução de frequência, depois que abrira, também na Rua Larga, o Café Lusitano — «Jesuíta» — mesmo na frente do «Joaquim Pirata».

Também nesse Verão do ano de 1934 foi cavado a golpes de enxada, atrás do balneário de Santa Cruz o tanque para exercícios de natação e que seria o centro de uma nova secção desportiva da A. A. das mais prestigiosas para a Academia de Coimbra. Nos trabalhos iniciais

merece destaque José Fernando Saraiva, da direcção da A. A. a quem estava confiada a orientação geral de todas as actividades desportivas.

Foi este ambiente dinâmico e empreendedor que acolheu o inesperado Decreto sobre o movimento associativo estudantil, em Novembro de 1934. Uma certa expectativa — e até agitação — se instalou na Academia de Coimbra pois os inquéritos que pressupunha pareciam contrários ao espírito autonómico tradicional.

Porém, as eleições realizaram-se, como nos anos anteriores, tendo ficado na Direcção da A. A., além de outros, António de Sousa e António Leitão, na mesa da Assembleia Geral Fernão Rosa Gomes e no Conselho Fiscal António Ferrer Correia.

Nas primeiras semanas de 1935 o grupo de futebol ganhou o torneio de Coimbra, cotando-se como representante da cidade no campeonato da 1.ª Liga, mas perdendo na competição com grupos do Porto e de Lisboa.

Notava-se certo entusiasmo na Academia, mas a recepção festiva proporcionada ao aviador Humberto Cruz e mecânico Lobato suplantou a emoção dos jogos de futebol.

Mais tarde — Março de 1935 — além de emoção houve até indignação, numa acalorada Assembleia em que foi verberada a infeliz atitude de um dirigente do Orfeon, nas suas declarações à imprensa do Porto, sobre o comportamento de um grupo portista de futebol e da maneira como fora acolhido em Coimbra.

Tudo foi esquecido. E não se deve também esquecer que outros desportos animavam a Academia da época, tais como o pingue-pongue e o hoquei em patins, que não obstante não se praticarem em Santa Cruz, tinham muitos praticantes na Academia.

Foi também nesse ano — Abril — que na frontaria da A. A. foi descerrada uma lápida, por iniciativa do jornal "Coimbra" lembrando os estudantes mortos na Grande Guerra tendo falado o director daquele jornal, Jorge de Morais (Xabregas), e Ramos de Almeida, pela direcção da A. A.

Em atletismo, nesse ano de 1935, a equipa da A. A. conquistou os campeonatos de júniores e seniores tendo também vencido o campeonato de natação, o primeiro disputado na Praia Fluvial.

E, no fim do ano, foram as eleições para os novos corpos gerentes. Para presidente da direcção, foi escolhido Ernesto de Andrade, além de Ivo Cortesão e outros, ficando a presidir à Mesa da Assembleia Geral António de Sousa e ao Conselho Fiscal Carlos Leça.

Foram estes Corpos Gerentes que, em Novembro de 1936 publicaram um "Relatório" sobre a sua acção e sobre os seus desígnios associativos, precisamente quando se estava próximo da suspensão das eleições académicas, o que veio a acontecer semanas depois.

Quando tudo dava a entender que venceria a lista «republicana» presidida por Eduardo Correia, o Governo da ditadura proibiu a eleição e nomeou, em portaria publicada no "Diário do Governo" a primeira Comissão Administrativa da Associação Académica.

Suspenso o acto eleitoral os membros da Comissão a que presidia Miller Guerra tomaram posse dos cargos na presença do Reitor Duarte de Oliveira. O estudante de Direito António Garcia, colaborador desta comissão e também dirigente do C.A.D.C viria a sair meses depois, ao ter ingressado na vida monástica como elemento da Companhia de Jesus.

Foi também nesse ano de 1937 que, pela primeira vez, em Coimbra, se celebrou a «Consagração dos Quintanistas Católicos», por altura da Queima das Fitas. E, nesta Queima das Fitas, foi o primeiro baile no Ginásio do Liceu D. João

III, dedicado aos estudantes brasileiros que nessa época visitaram Coimbra.

E antes de findar o ano, era de novo nomeada em Portaria Oficial outra Comissão Administrativa a que presidiu José Guilherme Melo e Castro.

Nesta época foi construído o ring de patinagem no lugar onde estava um campo de basquetebol, o que demonstrou um poder económico que não estava nas tradições da Associação Académica.

Foi também neste ano da 2.ª Comissão Administrativa que a A. A. foi agraciada com a Comenda da Ordem de Santiago e Espada.

O dinamismo dos dirigentes e as disponibilidades económicas da Associação, possibilitaram a realização de uma longa série de conferências no Salão Nobre.

Também foi neste Verão de 1938 que o grupo de futebol académico (com alguns tenistas) foi a Angola e Moçambique, disputar jogos com grupos locais.

A Comissão Administrativa para o novo ano continuou com o mesmo presidente, Melo e Castro, entrando, de novo, José Maria Antunes, Coriolano Ferreira e outros.

Em princípios de 1939 foi descerrada uma lápide, nos balneários de Santa Cruz, evocando Rui Cunha, recentemente formado em Medicina, sendo também dirigida «mensagem» ao Ministro Mário de Figueiredo, para que se instalasse na Faculdade de Letras uma «Sala do Império».

A política da Comissão Administrativa seguia a do Governo da ditadura e nada mudou com a presidência de Nunes da Ponte. Este, constituiu na A. A. uma secção de «antigos estudantes» mas que não vingou apesar do número razoável de inscrições.

Em princípios de 1940 foi regorganizado o refeitório, agora gerido pela Sociedade Filantrópica, tendo o Governo concedido à Associação Académica uma verba de 10.500$00, para o conserto das retretes. É que as «falcoadas» após a nomeação das Comissões Administrativas, repetiam-se a todos os momentos. Chamavam-se então «falcoadas» (a lembrar o nome do sr. Falcão, empregado do C.A.D.C.) a todas as acções contra o património da Associação, quer fossem danos voluntários nas retretes, quer fosse a fuga ao pagamento dos tempos do bilhar... ou aos rasgões feitos nos panos deste...

Na Queima das Fitas desse ano de 1940, houve, no Jardim Botânico, o Aldeamento Olímpico e, em Junho, começou a falar-se num «perdão de acto», por causa das festas dos Centenários.

O boato perturbou o estudo, mas não se passou disso...

E, em Dezembro, havia nova Comissão Administrativa, agora presidida por M. Deniz Jacinto e que incluía outros nomes reconhecidos como adversários do Governo da ditadura.

É que as autoridades académicas, tendo à frente o novo Reitor Morais Sarmento, reconheceram que a reconciliação era essencial ao progresso... e assim se justificava a representação na Comissão Administrativa, das mais opostas correntes ideológicas da Academia...

Em Janeiro de 1941, durante a distribuição dos prémios dos Jogos Florais Académicos, logo se notou este novo panorama ideológico, que foi sublinhado na Assembleia Geral sobre o pedido de indulto de pena de morte, decretada na Espanha franquista para um antigo estudante de Coimbra. Em Março saiu o primeiro número da «Via Latina» aquando da morte de Álvaro Feijó, membro dessa Comissão Administrativa. E, em Maio, decorreu na Sala dos Capelos, uma reunião geral de estudantes, convocada pelo próprio Reitor Morais Sarmento, o que bem

demonstra o novo espírito dos dirigentes académicos.

O presidente da nova Comissão Administrativa para 1941-42 foi o estudante de Letras Ramiro Valadão.

Os novos dirigentes chegaram a ser nomeados e a tomar posse. Mas a publicação de um decreto que determinava a elevação das propinas, levou o presidente a falar com o Ministro e, dias depois, a pedir a demissão do cargo, no que foi acompanhado pelos restantes dirigentes. Convocou uma Assembleia para explicar à Academia «porque viera e porque se iria embora» e no fim de 1941 já não havia Comissão Administrativa...

A nova Comissão Administrativa, presidida por Antunes Varela, tomou posse em Janeiro de 1942 e desse tempo foi a homenagem a Antero de Quental, com descerramento de lápide na casa de Coimbra onde viveu, com uma conferência-recital na Associação Académica e uma sessão solene na Sala dos Capelos.

O mesmo Antunes Varela presidiu à Comissão Administrativa do ano seguinte, tendo conseguido em Janeiro de 1943, uma dotação de 60 contos para os quatro organismos académicos da época: Teatro, Tuna, Orfeon e Filantrópica.

O novo Reitor Maximino Correia viria a revelar que a nova sede da Associação ficaria no edifício de S. Bento, mas no ano de 1944, com Tarujo de Almeida na presidência da Comissão Administrativa, não foi confirmada a ideia. Nem o novo presidente da Comissão Administrativa Arménio Cardo, nomeado em Portaria do *Diário do Governo*, em Outubro de 1944, com fotografia na imprensa local e muita publicidade, conseguiu satisfazer os anseios académicos de uma nova sede.

O que conseguiu foi atirar contra ele a Academia inteira.

Em Assembleia Magna de Dezembro de 1944, presidida pelo «Dux Veteranorum» Barrigas de Carvalho, a Academia tomou conhecimento de que todos os elementos da Comissão Administrativa, à excepção de Arménio Cardo, tinham pedido a sua demissão, negando solidariedade ao seu presidente.

Ainda em Dezembro, em reunião histórica com o Reitor Maximino Correia, o mesmo «Dux» e representantes dos organismos estudantis, ficou assente que os dirigentes académicos deveriam representar as diversas Faculdades e as várias secções desportivas, o que na verdade viria a acontecer.

Era conhecido que o Reitor Maximino Correia desejaria indicar o estudante Sobral Torres para a presidência, mas, em reunião Magna da Academia foi escolhida a nova Comissão, com delegados dos organismos académicos, das Faculdades e Escola de Farmácia, sendo indicado Salgado Zenha para presidente.

Ao regressar a Coimbra, vindo de Madrid, o Reitor conformou-se com a decisão e ficou descansado ao saber que o novo presidente era filho de um antigo estudante muito bem conhecido.

Os novos dirigentes (que foram chamados «comissão directiva», por se distinguirem das «comissões administrativas» exclusivamente nomeadas pelo Governo) diligenciaram para que os estudantes voltassem a ter representação no Senado e na Assembleia da Universidade, sendo este assunto o mais focado aquando da visita a Coimbra do novo Ministro Doutor Caeiro da Mata.

Mas esta Comissão de Salgado Zenha, veio a ser demitida por Portaria do fim de Maio. E, não obstante uma Assembleia Geral da Academia ter votado uma moção de desconfiança a todos os dirigentes académicos não livremente eleitos, o certo é que, no fim de Junho desse ano de 1945, tomava posse a nova Comissão Admi-

nistrativa presidida por Manuel Rebelo da Silva, subsidiado da Sociedade Filantrópica.

Em Outubro e Novembro desse ano, por entre grande agitação política, estudantes de várias ideologias publicam folhetos sobre a questão académica, tendo o Conselho de Veteranos tornado pública a sua decisão de «considerar incompatível com a dignidade e a soberania académicas qualquer processo de designação dos corpos gerentes da A. A. C. que não seja o de eleição livre. Para tal, deverá a A. A. regressar ao regime estatutário vigente antes de serem proibidas as eleições na A. A.».

Foi nestas circunstâncias que os grupos culturais da Academia — Teatro, Orfeon e Tuna — constituiram o que chamaram o «Conselho dos Organismos Académicos».

Pouco depois, em Fevereiro de 1946, começou a ser elaborada, por representantes das principais correntes ideológicas da Academia, um novo Regulamento eleitoral da Associação Académica que tinha a colaboração do Reitor, como delegado oficial do Governo da Ditadura.

Discutiu-se sobre a vantagem do voto directo e geral e sobre o sistema do voto indirecto ou por Faculdade tendo o plebiscito organizado considerado aceite o voto directo, defendido pela facção oposta à que defendia o Governo da Ditadura.

...Mas o Governo proibiu as eleições...

Era no mês de Maio. E os estudantes decretaram o «luto académico» mesmo em vésperas de Queima das Fitas.

O Governo de Lisboa vinha lembrar a construção de um Estádio Universitário, na Ínsua para sul do Parque, junto à cerca de S. Bento, tendo a planta dos terrenos sido aprovada pelo Ministério das Obras Públicas.

Em princípios de 1947, continuava a intervenção do Governo no método de eleição e numa Assembleia da Academia foi até defendido pelo estudante João Proença o critério oficial, por significar um método de representação corporativa.

Realizadas as eleições em 26 de Fevereiro, obtiveram maior número de votos, os estudantes dr. Luís Albuquerque, Augusto Amorim Afonso, António Carmona e Lima, António Homem de Pinho, Aniceto António Martins além de Vasco Queirós e de Manuel Camões, pelos organismos culturais e secções desportivas.

Esta direcção chegou a tomar posse. Porém, em fins de Abril, pelo facto da P.I.D.E. ter prendido, em Braga, o antigo dirigente Salgado Zenha, a Academia, em Assembleia Geral, decretou o luto académico com a bandeira da A. A. a meia-haste.

Foi então assaltada a sede da Rua Larga e retirada a bandeira do mastro...

Entretanto sentia-se a necessidade da remodelação dos Estatutos da Associação Académica, decorrendo a primeira Assembleia, para o efeito no Salão da Faculdade de Letras, em Fevereiro de 1948, na qual se aprovaram 120 artigos, não obstante a discordância de alguns estudantes.

As obras da cidade universitária continuavam em bom ritmo e o Reitor afirmou, perante representantes dos organismos académicos, que a nova sede da A. A. iria para o Palácio dos Grilos, provisoriamente, devendo o estádio ficar na Ínsua dos Bentos, a sul do Parque da Cidade.

E, em Março, são plebiscitados os novos Estatutos da A. A. contando-se 814 votos a favor e apenas 58 votos contra, em branco, inutilizados e abstenções.

Porém, em Julho, o Governo decretou alterações profundas nos Estatutos aprovados, nomeadamente o de exigir inscrição voluntária aos estudantes universitários que pretendessem ser sócios da A. A.. Com esta imposição governamental os novos Estatutos foram aprovados.

Novas alterações foram decretadas no fim do ano, nomeadamente quanto à substituição de membros demitidos o que provocaria um violento protesto da Assembleia Magna.

Em Janeiro de 1949, nova Assembleia, esta com vista às novas eleições e para assegurar a vida administrativa da A. A. até à publicação dos novos Estatutos.

As eleições foram decididas em Fevereiro e em Abril realizaram-se, tendo sido eleitos Fernando Rebelo, Mário Luís Mendes, José Lopes Ramos, José Correia Alves, Alberto Valejo, Jerónimo Coutinho e Artur Antunes.

Entretanto, começara a demolição dos prédios da Rua Larga e, por outro lado, os novos Estatutos impunham eleições que se efectuaram no princípio do ano lectivo. E, assim, para a nova sede, no Palácio dos Grilos, foram eleitos os seguintes estudantes como directores da A. A.: Fernando Rebelo, Joaquim Micael, José Emílio Andrade, Jorge Biscaia, Victor Matos e Sá, Alberto Valejo e Joaquim Santos Simões.

CONFLITOS & QUESTÕES

Movimento contra as troupes

Em Novembro de 1934, iniciou-se em Coimbra uma aguerrida questão entre «bichos» do Liceu e caloiros, por um lado e estudantes dos anos adiantados, por outro lado, pois as regras da praxe possibilitavam organizar «troupes» para cortarem o cabelo aos mais atrasados no estudo.

A questão andava latente, quanto a «bichos» do Liceu José Falcão — e Colégios — e os outros estudantes que frequentavam a Universidade após o primeiro ano, e que as regras da praxe académica em vigor, permitiam a formação de «troupes» para cortarem o cabelo a «bichos» e caloiros, após o toque da «cabra» ao pôr do Sol.

Foi contra este antigo hábito das «troupes» mantido pelas regras da praxe académica que os interessados apelidavam de obsoleta que se formou um movimento entre alunos do Liceu — principalmente do José Falcão, ainda que também os houvesse do Liceu Júlio Henriques — no sentido de se manifestarem contra a violenta «praxe» académica que os inferiorizava.

Nos meados de Novembro de 1934, desenrolou-se uma manifestação de protesto contra as «troupes», mas, no dia seguinte, houve tremenda pancadaria na Baixa, principalmente na velha rua da Calçada até à rua Visconde da Luz, em que foram intervenientes uma dúzia de «bichos» dos Liceus e estudantes universitários, armados de mocas e colheres, formando «troupe».

No dia seguinte, ao mesmo tempo que era tornado público um «Manifesto» impresso e distribuído pela cidade, uma Comissão de bichos do Liceu, responsabilizava-se por tal «Manifesto» que assinou e distribuiu.

Os «bichos» do Liceu, que formavam a chamada Comissão para a abolição das «troupes» eram os seguintes: Joffre Amaral Nogueira, Gustavo Peres Brandão, Domingues Rodrigues Gomes, Alberto Prado e Castro e José Sousa Franco.

Chegou a decorrer, uma reunião de Pais de alunos, mas o certo é que as troupes continuaram, não obstante a reacção dos «bichos» daquele tempo.

Para ilustrar melhor o que era o espírito inconformista dos alunos do Liceu daqueles tempos refira-se que o «bicho» José António Carmona, desrespeitou gravemente o seu professor Albano Fernandes, tendo, por isso, respondido em Tribunal, sendo condenado, mas em pena leve.

Bronca com o Orfeon

Em Março de 1935, o Orfeon Académico apresentou-se no Teatro Sá da Bandeira do Porto, mas o público portista não estava satisfeito com o acolhimento prestado à sua claque, no anterior jogo de Janeiro entre o F. C. do Porto e a A. Académica, para o campeonato de futebol da I Liga.

Os estudantes do Orfeon, apresentando-se no Sá da Bandeira expunham-se à desforra não lhes tendo valido as expressões amistosas, mal interpretadas, proferidas pelo seu presidente, o quintanista de Direito Joaquim da Cunha Andrade.

Em Coimbra, logo a seguir ao sarau do Porto, houve Assembleia Magna da Academia, em que foi escalpelisado esse «presidente» que concedeu à imprensa do Norte uma entrevista «traiçoeira».

O inicial presidente da Assembleia foi o estudante de Direito Alberto Madeira Machado, mas após os primeiros momentos logo foi substituído por uma Mesa de que faziam parte Francisco Correia, Álvaro da Fonseca e Ernestino Rodrigues.

A Assembleia Magna em que, entre outros, falou Ramos de Almeida, decidiu não tomar conhecimento das palavras do presidente do Orfeon ...e o Orfeon continuou a sua digressão pelo Norte, visitando Braga, Viana do Castelo e Ponte de Lima.

Tudo parecia esquecido e, ainda nesse mês de Março, o Futebol Clube do Porto voltou a Coimbra para jogar no mesmo campeonato da Liga.

O campo de Santa Cruz teve uma enchente, mas no fim do jogo houve correrias pelas ruas.

Contada a receita, verificou-se a vultuosa importância arrecadada de 14 mil escudos.

Proibição de eleições

Em Novembro de 1936 quando tudo se preparava para mais uma disputa eleitoral entre estudantes para dirigentes da Associação Académica, o Governo da Ditadura proibiu as eleições.

E, além da proibição, nomeou logo uma Comissão Administrativa formada quase apenas por estudantes que constavam da lista chamada dos elementos direitistas.

Não obstante esta proibição de eleições para a Associação Académica, continuavam marcadas as outras eleições de estudantes para representantes da Academia ao Senado Universitário e à Assembleia Geral da Universidade.

Porém, estas eleições, também não se efectuaram.

A primeira Comissão Administrativa nomeada pelo Governo da Ditadura, era assim formada: João Miller Guerra, José Melo e Castro, Joaquim Duarte de Oliveira Salviano Rui Cunha, Alexandre Pessoa Vaz, Joaquim Sá Carneiro de Almeida, José Brito Barbosa.

A lista «republicana» que não chegou a disputar as eleições eram presidida por Eduardo da Silva Correia.

Não obstante terem sido suspensas as eleições para a Associação Académica e nada mais se tivesse preparado para a escolha dos representantes da Academia ao Senado e à Assembleia Geral da Universidade, continuavam a decorrer com a habitual normalidade as eleições no Orfeon e na Tuna Académica.

Sarau Vicentino no Páteo da Universidade

Integrada nas comemorações do IV centenário de Gil Vicente foi marcada para o Páteo da Universidade uma récita com excertos do fun-

dador do teatro português interpretados pela Companhia do Teatro Nacional.

A récita foi marcada para o dia 14 de Junho de 1937, servindo de palco a escadaria dos Gerais e Via Latina.

Os lugares para os estudantes seriam em pé, pois as cadeiras à frente estavam totalmente ocupadas por entidades oficiais, seus familiares e por outras pessoas gradas da cidade.

Os numerosos estudantes que entraram para o Páteo da Universidade, com a esperança de assistirem à récita, sentiram-se defraudados, pois não podiam ouvir nem admirar o magnífico sarau vicentino que fora anunciado.

Sentindo que as instalações universitárias eram mais dos estudantes que da assistência bem instalada, a Academia começou a gritar «*Isto é nosso*», «*isto é nosso*», «*isto é nosso*», com vaias e imprecações que impediam o início do espectáculo.

E, na verdade... a récita teve que ser transferida para dias depois...

Foram construídos estrados especiais, por cima do buxo das vedações e foi impedida a entrada a pessoas estranhas à Universidade, nesse dia 18 de Junho em que, efectivamente, actuou a Companhia do Teatro Nacional. O reportório vicentino apresentado constou do «Auto pastoril português», «Todo o Mundo e Ninguém», «Exortação da Guerra», «Auto pastoril da Serra da Estrela» e «Auto de Mofina Mendes».

Para abrilhantar o sarau, alguns números de música foram interpretados pelo Orfeon Académico.

A questão das propinas

Em Novembro de 1941 sendo Ramiro Valadão presidente da Comissão Administrativa da A. A., este pediu a convocação de uma Assembleia Magna da Academia para dar conta aos estudantes da razão porque aceitara o lugar e das razões que o poderiam levar a deixar essa Comissão nomeado pelo Governo de Lisboa.

Na verdade, por um Decreto então publicado, sendo Ministro o Doutor Mário de Figueiredo, decidiu-se adiar a reforma do ensino superior, mas, imediatamente... elevar as propinas dos estudantes universitários...

Dias depois, o Governo publicava Nota Oficiosa tentando provar que o ensino superior em Portugal ainda ficava mais barato que no estrangeiro... Mas o descontentamento da Academia, começado na própria Comissão Administrativa, foi-se alargando ao ponto de ser gerado um autêntico estado de greve, e até de revolta, em todas as Faculdades.

Nas paredes de casas da Alta começaram a surgir inscrições a tinta preta (uma que ainda perdura é «Rapa-se o Ministro...» que por acaso era careca...) e até foi organizado um desfile, em cuecas, com este letreiro significativo: — «Vendemos as calças para pagar as propinas...»

Tendo os membros da Comissão Administrativa abandonado as suas funções, logo mais sete estudantes não tiveram escrúpulos em aceitar os cargos para que o Governo os nomeava. Os sete estudantes foram os seguintes: presidente, João de Matos Antunes Varela, Manuel Dias da Fonseca, Antonino Henriques, Leonardo Ilhão, António Paula Santos, Augusto Tinoco e António Tavares Aguiar.

O estudante Ramiro Valadão manteve-se na presidência da direcção da Tuna Académica.

Comissão Directiva

As Comissões Administrativas nomeadas pelo Governo da Ditadura, para gerir os interesses da A. A. estavam sempre sob aturada vigi-

lância dos estudantes muito atentos à defesa dos interesses da Academia e à salvaguarda dos valores que deveriam proteger-se.

Foi assim que, logo em Outubro de 1944, ao tomar-se conhecimento que Arménio António Cardo fora nomeado para presidente da Comissão Administrativa se concluiu que não poderia ser dirigente académico pela simples razão de... não estar inscrito na Universidade. Nesse ano ficara bacharel em Direito e para atingir a nota para a Licenciatura, teria que repetir o exame do 4.º ano de Direito... sem necessidade de inscrição na Universidade... Arménio Cardo não sendo estudante era, portanto, futrica...

Os restantes membros da Comissão retiraram-lhe a sua solidariedade e, em princípios de Dezembro, ouvido o Conselho de Veteranos e a Reitoria da Universidade, havia uma nova Comissão Administrativa para 1945.

Também no fim de 1944 numa Assembleia Magna foi assente o critério de que nessa Comissão haveria representantes das Faculdades e dos Organismos Académicos, além de um pelo Desporto e outro só pelo Futebol. Ao todo, a Comissão era formada por nove elementos estudantes, de nomeação governamental, mas o facto de serem indigitados pela Academia, justifica que, muitas vezes, tais comissões fossem conhecidas por «Comissões Directivas» para se distinguirem das outras, simples «Comissões Administrativas».

Um dos primeiros projectos desta «Comissão Directiva» a que presidia Salgado Zenha, foi a eleição dos representantes estudantis ao Senado e à Assembleia Universitária — e também a organização de um Congresso Académico Português.

Qualquer destes projectos dos novos dirigentes académicos não teve realização.

Porém, cinco meses depois de nomeada, esta Comissão Directiva foi demitida pelo Governo da Ditadura — Maio de 1945 — a que se seguiu uma Assembleia Magna, em que foi votada uma moção de desconfiança a todos os futuros dirigentes não livremente eleitos pelos estudantes.

Mas apareceram estudantes que consentiram ser nomeados.

Plebiscito sobre eleições

Na sequência de uma acesa discussão tanto oral, nas Assembleias, como escrita, através de folhetos publicados, continuava bem viva a questão académica sobre o modo como escolher os dirigentes estudantis.

Chegou a formar-se um «Conselho dos Organismos Académicos» mas, em Fevereiro de 1946, por diligências do Conselho de Veteranos, de representantes das duas grandes correntes da Academia e do próprio Reitor da Universidade, previu-se a elaboração de um Regulamento eleitoral, mas houve necessidade prévia de um plebiscito. Uma facção da Academia era defensora do voto indirecto, mas outra facção, que saiu vitoriosa, pretendia que a direcção da A. A. fosse escolhida, directamente, por todos os estudantes. A segunda facção saiu vencedora nas Faculdades de Ciências, Medicina e Direito, sendo seus proponentes os estudantes — ditos progressistas — Barrigas de Carvalho, João Falcato e Aires Biscaia.

Porém, uma ordem do Governo da Ditadura proibiu as eleições...

A determinação chegou a Coimbra quase em cima da Queima das Fitas... mas ainda houve tempo para fazer a festa, debaixo de pesado luto académico: grelos e fitas recolhidas.

A chuva e o mau tempo tornaram ainda mais tristonha esta festividade dos estudantes de Coimbra, em Maio de 1946...

E enquanto a Mocidade Portuguesa mantinha, oficialmente, a saudação fascista do braço estendido, a Cavalaria do Porto veio até à Mea-

lhada num levantamento militar contra o Governo da Ditadura... Mas tudo parecia na mesma...

Na verdade uma Ordem de Serviço do Ministério viria impor uma medida não desejada pelos estudantes, não obstante, em Assembleia Geral ter sido defendido o método oficial, por se basear num critério de representação corporativa.

E assim foi acatada a opinião governamental.

Assalto à bandeira a meia-haste

Tomou posse a direcção da A. A. eleita conforme o critério oficial mas não diminuía o mal estar entre os estudantes de Coimbra, que ainda não podiam escolher, livremente, os seus dirigentes.

Ao ser conhecido, em Coimbra, nos meados de Abril de 1947, que Francisco Salgado Zenha fora preso, pela P.I.D.E. em Braga, terra da sua naturalidade, logo se desenvolveu em Coimbra um movimento de protesto que viria a culminar na Assembleia Magna de 21 de Abril em que foi decretado o luto geral académico.

Os estudantes passaram a usar a batina fechada e na sede da A. A. na Rua Larga, foi içada a bandeira a meia-adriça.

Contra esta atitude reagiu cerca de uma dúzia de estudantes, que assaltaram a sala e a varanda onde fora hasteada a bandeira, retirando-a do respectivo mastro.

Passados cerca de quinze dias — nos princípios de Maio — correu pela cidade um «Manifesto» com a assinatura de quatrocentos estudantes que negavam qualquer solidariedade a Francisco Salgado Zenha, que continuava preso pela Polícia Política.

A festa da Queima das Fitas decorreu da maneira habitual, mas, da Associação Académica apenas se destacavam as actividades desportivas, principalmente o futebol, dirigido por Augusto Amorim Afonso, que muitas vezes era tomado como presidente da direcção-geral.

Porém, se havia este cargo, nunca aparecia o estudante que abertamente o assumisse.

A fita «Hilário»

Ao ser anunciada a exibição de uma nova fita portuguesa, realizada por Armando Miranda, a quem se devia a célebre «Capas Negras» que chegara a exibir-se em Coimbra, a novidade foi acolhida nos meios estudantis, como se tratasse de mais um negócio daquele cineasta à custa das tradições e vultos académicos.

Logo em Janeiro de 1948 se divulgava que a nova fita «Hilário» teria argumento do médico de Pombal, Dr. Amadeu Mora, mas o facto de se tratar de um antigo estudante, não sossegou a Academia.

Assim, foi com certa surpresa que foi conhecido que um jornalista facultara a sua casa para uma reunião respeitante às filmagens da fita «Hilário» e que a essa reunião tinham assistido membros proeminentes dos organismos académicos, que, desta forma, pareciam apadrinhar a sua realização.

Dias depois, os diversos organismos académicos mostraram-se contrários à realização da fita «Hilário» por o seu realizador ser o mesmo da fita «Capas Negras» e o próprio T.E.U.C. manifestou a mesma ideia, mas isoladamente.

Sobre este assunto chegou a realizar-se uma Assembleia da Academia, tendo sido publicado um comunicado final, em 1 de Julho.

O assunto da fita «Hilário» manteve-se pelo verão fora, e sobre ele publicaram depoimentos no «Diário de Coimbra», tanto o realizador António Lopes Ribeiro, de Lisboa, como os antigos estudantes de Coimbra, Rui Santos e Amadeu Mora, de Pombal.

Os motivos coimbrãos estavam a interessar os industriais e artistas portugueses, tendo sido previsto pela Tobis a realização de curtas-metragens sob o título genérico de «Serenatas de Coimbra», planificadas por José Carlos Amado e supervisionados por Guimarães Amora.

Eleições académicas

O assunto da escolha dos dirigentes académicos não deixou de andar no pensamento de todos os estudantes, pois não se conformavam com a imposição que lhes era feita pelo Governo de Lisboa e pelas chamadas autoridades académicas.

Repetiam-se as Assembleias Gerais e numa delas, foram escolhidos três elementos para formarem uma comissão directiva, juntamente com outros dois, que já faziam parte da Comissão anterior.

Unanimemente, todas as correntes académicas pretendiam alterar os Estatutos da A. A. mas também unanimemente protestavam quando o Governo de Lisboa desejava impôr determinadas alterações.

Em Assembleia Magna de Janeiro de 1949, ratificou-se o protesto anterior e elegeu-se uma comissão directiva eleitoral, não só para assegurar a vida administrativa da A. A. mas também para preparar eleições de acordo com os novos Estatutos. A comissão eleitoral, formada por Maurício de Almeida, Alberto Vilaça, Santos Simões e Correia Alves, publicou o seu «Manifesto» em Fevereiro, mas o acto eleitoral só viria a realizar-se em Abril.

A essa direcção da A. A. ficaram pertencendo: Fernando Rebelo, Mário Mendes, Lopes Ramos, Correia Alves, Alberto Valejo, Jerónimo Coutinho e Artur Antunes.

Foi esta direcção da A. A. a primeira regularmente eleita pelos estudantes, após a primeira

Comissão Administrativa de 1936-37, que fez a transferência de todas as instalações académicas para o Palácio dos Grilos deixando, assim, o edifício da Rua Larga. Este começou a ser demolido em Setembro de 1949.

Em Novembro, já na nova sede e com os novos Estatutos, também foram eleitos o Conselho Feminino, o Conselho Cultural e o Conselho das Faculdades, sendo a nova direcção da A. A. formada por: Joaquim Micael, José Emílio Andrade, Jorge Biscaia, Vítor Matos e Sá, Alberto Valejo, Santos Simões e Fernando Rebelo, que se mantinha na presidência.

DESPORTO

Andebol

No campo do Arnado, pertença do Sport Clube Conimbricense, disputou-se em Abril de 1937 o primeiro jogo de andebol (de onze) de que resultou um empate da equipa da A. A. com o grupo dos Ferroviários do Porto.

No fim desse ano, o grupo académico voltou a jogar, agora no campo de Santa Cruz, com um «misto» do União e do Sport, sendo a equipa académica constituída por: Cipriano, F. Serrano e Manuel Seabra; Carlos Sousa, Costa Pereira e José Várzea; Marcelo, Sousa Oliveira, Vasconcelos, Simões e Américo Ferreira.

Em Fevereiro de 1938, a A. A. ganhou ao Sport Conimbricense, por 5-4, jogando pela equipa académica: Cameira, Manuel Seabra e Costa Pinheiro; Carvalho, Rezende e Brenha Ordonhas; Marcelo, Emílio Mertens, Monteiro, Pinho de Almeida e Sousa Oliveira. Recorde-se que também pertenciam à secção de andebol, os estudantes Júlio Pavia, Carlos de Sousa, Serpa e Renato Ferreira.

Num outro jogo, de Março seguinte, já actuavam à defesa Fernando Fontinha e José

Maria Antunes e, na linha avançada: Álvaro Abreu e Zeferino de Oliveira.

Em 1939, no mês de Maio, um grupo da A. A. conseguiu ganhar ao União por 5-2, mas com o Sport Conimbricense não foi além de 5-4.

Os campeonatos desportivos universitários a que concorreram estudantes das Faculdades e escolas superiores de Lisboa, Porto e Coimbra, realizaram-se nesta cidade, em Maio de 1940, tendo os grupos académicos conimbricenses de futebol e de andebol, conquistado o 1.° lugar.

Em Abril de 1948, o «team» académico de andebol era formado pelos seguintes estudantes: Roque, Costa Almeida, Gonçalves, Miguel A. Santos, Mário Reis, Correia, José Emílio, Alberto Valejo, Sousa Oliveira e C. Nobre.

Em Maio de 1949, joga no Campo de Santa Cruz, a selecção de Paris tendo facilmente vencido o «team» académico, por 9-5. Jogaram pela A. A.: Renato, Mário Reis, Falcão, Avelar, António Santos, Catarino, Armando, Bordalo, Alberto Valejo, Jorge Emílio e Garcia.

Atletismo

No campo de Santa Cruz, em Junho de 1934, disputou-se o V Campeonato Regional de Atletismo, tendo a equipa da Associação Académica conquistado o 1.° lugar, fazendo parte do grupo estudantil os seguintes atletas: Augusto Ladeira, Mário Cunha, João Barata, Rogério Dias e Joaquim Rojão.

Em Junho de 1935, de novo a A. A. alcança o campeonato regional, ganhando depois o campeonato nacional de júniores entre treze equipas concorrentes.

Dos atletas académicos destacaram-se: Umberto Soares de Melo, Júlio Pavia, Joaquim Gago, Eduardo Baptista, Alexandre Lopes e João Barata.

O campeonato de seniores disputou-se no mês seguinte, tendo o grupo académico ficado em 1.º lugar, com os seguintes atletas: Celestino Veiga, Augusto Ladeira, Ildo Baptista, Rogério Morais, Alves Pereira e Carlos Alberto Gonçalves.

No mês de Maio de 1936, disputaram-se os campeonatos universitários, promovidos pela A. A. em que brilharam os já citados atletas académicos, além de Américo Nunes, recentemente chegado a Coimbra.

Em Junho, efectuou-se novo campeonato de Júniores, tendo actuado pela equipa académica, além de outros, Joaquim Caetano, José Maria de Abreu, Fernando Pires, Eduardo Lourenço, António Namorado e Artur Ramos (Tara).

No mês de Junho do ano seguinte — 1937 — novamente a A. A. conquista o 1.º lugar nos campeonatos regionais de júniores, tendo participado, como lançadores, Augusto Cortesão, António Correia e Pinho de Almeida e como corredores e saltadores Fernando Oliveira, Vítor de Sousa, Eduardo Lourenço, Eduardo Baptista, Costa Cabral, Jaime Cabido, Joaquim Caetano e Marcelo Ribeiro.

No final do ano de 1941, o responsável pela secção de atletismo da A. A. era o estudante Guilherme dos Santos, mas logo no início de 1943 se pensava que o técnico lisboeta e jornalista Alberto Freitas, deveria ser contratado pelo clube académico para, uma vez por semana, dirigir os treinos de atletismo.

No verão de 1943, a equipa da A. A. sagrou-se como 1.ª equipa da província, logo a seguir à da capital, com o estudante Abreu Lima a ganhar as corridas de velocidade pura, destacando-se, também, Plínio Patrão, Helder Sousa, Zélio Lima, Renato Santos, António Travanca e os irmãos Jorge e Manuel Camões.

No ano seguinte — 1944 — nos torneios do verão faziam parte da equipa académica, Renato

Santos, Manuel Sousa Oliveira, Manuel Camões, António Maria (Faísca), Augusto Boffa, Moura Branco, Francisco Soares e Francisco Lopes.

Recorde-se ainda que, no verão de 1949, a equipa de estafetas da A. A. conquistou no campeonato a prova 4 × 100, dela fazendo parte os estudantes Cardete Correia, Wilson, Guimarães e Pimentel.

Basquetebol

No ano lectivo de 1934-35 as equipas de basquetebol da Associação Académica de Coimbra, que ainda treinavam numa parte do campo de Santa Cruz destinado ao futebol, eram formadas pelos seguintes jogadores: Carlos de Sousa, Fernando Barbosa, Carlos Arruda, José Redondo, José Várzea, Alcino Couto, Augusto Cura, Américo Ferreira e Sebastião Gouveia.

Ao mesmo tempo que esta equipa da A. A. estava inscrita no campeonato oficial, também outra equipa de estudantes, representando a Associação Cristã, da Rua Alexandre Herculano, disputava o mesmo campeonato.

Nesta época, ainda um outro grupo de estudantes, diferente da A. A., tinha existência oficial. Era o chamado «Cinco Académico», formado exclusivamente por alunos do Liceu, que orientados pelo estudante de Medicina Carlos Arruda, também treinavam no Campo de Santa Cruz, já na parte superior, ao lado dos balneários.

Entre estes jovens estudantes contavam-se Manuel Soares, Domingos Alves, Viriato Amaral Nunes, José Silveira, Álvaro Pinho de Almeida, Augusto Tinoco de Almeida, José Luís Matias e Joaquim Serra.

Em 1936 o grupo estava inscrito no campeonato de segundas categorias e muitos dos jogadores passaram, mais tarde, a representar as equipas da A. A..

Em Janeiro de 1937, o «team» da A. A. era constituído por Rui Oliveira e Carlos de Sousa, na defesa; Emídio Fernandes, José Várzea e Licínio Santos, na linha avançada.

Em 1938, já jogava à defesa Álvaro Pinho de Almeida (que viera do «Cinco Académico») aparecendo mais Eduardo Leitão Nobre, Zeferino de Oliveira e Américo Ferreira.

No final de 1941, o responsável por esta secção da A. A. era o estudante de Medicina Alcino Couto.

Entretanto, construiu-se o novo campo (pois o anterior fora ocupado pelo ring de patinagem) jogando pela equipa académica, em 1943, Fragoso, Travanca, Oliveira, Bentes, Valejo, Garcia, Amílcar, Adozindo e Alberto Costa.

Nos princípios de 1944 pertenciam à equipa de basquetebol da A. A. os estudantes Godinho, Pina Cabral, Garcia, Costa, Travanca, Baltazar e Milton.

Em fins de 1946 a equipa era formada por Fragoso, Godinho, Cerveira, Valejo, Milton e os irmãos Serra e Moura.

Em Maio de 1949, a equipa da A. A. terminara, sem derrotas a primeira volta do campeonato de Portugal e, em Julho, ao bater, no Porto, o Vasco da Gama concluiu a competição invencível, conquistando o primeiro posto do torneio nacional.

Os estudantes que jogaram eram os seguintes: Paulo Cardoso, Godinho, Aníbal, Araújo, irmãos Serra e Moura, Travanca e Alberto Valejo.

Esta equipa académica planeava, então, uma viagem pelas províncias de África.

Bilhar

No primeiro salão de bilhares da Associação Académica, na Rua Larga, logo pegado ao salão do café, disputou-se, em Dezembro de 1934, um

campeonato académico de bilhar, em primeiras e segundas categorias.

Neste campeonato, confirmou a sua categoria de bilharista, o estudante algarvio, aluno da Faculdade de Ciências, Joaquim Lourenço Gago.

Campismo

No verão de 1946, foi planeada a constituição de uma secção de campismo na Associação Académica, após um acampamento na aldeia de S. Frutuoso, perto de Ceira. Na formação desta secção estavam interessados os estudantes da Faculdade de Medicina Humberto Seabra Santos, João Serpa de Vasconcelos e Manuel Campos Magalhães.

Estes académicos, que tencionavam filiar a secção na «Federação de Campismo» sediada em Lisboa, voltaram a acampar junto ao Palácio de S. Marcos e, mais tarde, na Floresta da Praia de Mira, no verão de 1947.

Além dos estudantes já indicados, também eram entusiastas do campismo, mais os seguintes: Victor Almeida, Jorge Santos Silva, Romeu Almeida Lopes, Ruas e Mário Garrido.

Futebol

Os primeiros jogos da A. A. em 1934, foram contra o Boavista e o Académico do Porto, de que saiu vitoriosa, tal não sucedendo com o Benfica e com o Barreirense. Jogava, então, a guarda-redes, Álvaro Abreu e os defesas foram Cristóvão e João de Sousa, jogando também Luís Veiga Pinto; médios eram Artur Ramos (Tara), Albano e Camarate; na linha avançada, Alexandre Portugal, Brito, Rui Cunha, Arnaldo Ladeira e Mário Cunha, jogando também, por vezes, Isabelinha.

Neste ano houve um «Medicina-Direito», em favor da Sociedade Filantrópica, para disputa da Taça Rui Cunha. Mas, neste ano de 1934, sobressaiu a internacionalização de Rui Cunha, que foi a Madrid na selecção nacional, mas que não chegou a jogar e, portanto, não pôde ser admirado pelos seus companheiros de equipa que, propositadamente, se deslocaram à capital espanhola de automóvel.

No grupo representante de Medicina que saiu vitorioso sobre a equipa da Faculdade de Direito, sobressaiu o jogador Joaquim Isabelinha, além de outros que também faziam parte da categoria de honra da Associação.

O União de Coimbra que, até 1931, ficara campeão distrital, perdeu o seu posto em favor do grupo estudantil, de que eram primeiras figuras alguns estudantes da Faculdade de Medicina, merecendo destaque, além de Joaquim Isabelinha, mais o António Lopes Guerra, o Armando Sampaio, o José Maria Antunes, e tantos outros futuros médicos.

Joaquim Duarte Gonçalves Isabelinha, foi um nome em que o diminutivo final expressava melhor a pequenez da figura.

Mas o nome a indicar uma estatura reduzida, não correspondia à grandeza da sua alma académica, que logo se destacou em Coimbra quando veio da ribatejana Almeirim, para estudar Medicina. Ingressando no grupo académico de futebol, logo Isabelinha se notabilizou entre os mais dotados, na habilidade demonstrada em todos os jogos, na pontaria certeira dos seus golpes e até na velocidade e violência dos seus pontapés na bola.

Isabelinha era o seu nome, mas não havia timidez nem tibieza nas suas jogadas. Multiplicando-se em passes e corridas, Isabelinha estava em toda a parte do campo, sempre atento às jogadas e de pé pronto para bater a bola com força e pontaria.

Continuando «velho académico», mesmo depois de concluída a formatura em Medicina, o nome de Isabelinha não poderá nunca ser equecido por todos os académicos de Coimbra.

Ainda em 1934, perdeu com o Celta de Vigo e, depois, com o F. C. do Porto, só ganhando à A. A. de Santarém.

No ano de 1935, a A. A., empatando com o União, ganhou de novo o campeonato distrital, ascendendo, assim à 1.ª Liga. O primeiro jogo foi com o Sporting, que decorreu com toda a solenidade e em que o Reitor, no início, desceu ao campo para cumprimentar os jogadores. O «team» da A. A. perdeu, sendo também vencido pelo F. C. do Porto e pelo Carcavelinhos.

Por esta época disputou-se um Académica-União, cujo relato foi transmitido por um posto amador da T.S.F. o que pela primeira vez aconteceu em Portugal. Ainda neste ano de 1935, a A. A. perdeu com o União de Lisboa, com o Belenenses, com o S. L. Benfica, com o Vitória e com o F. C. do Porto. Mas neste jogo foi batido o record das receitas... 14 contos...

Com tais resultados, nada espantou que neste primeiro torneio da I Liga, o grupo dos estudantes ficasse em último lugar...

Além dos jogadores conhecidos, também entraram na equipa académica, Filipe dos Santos, Pascoal, Faustino, Cesário Bonito, Toscano e Correia.

O guarda-redes Tibério Antunes, jogou no fim do ano, além de José Maria Antunes, de Gerardo Maia e de Bernardo Pimenta. Era então Cristóvão Lima, já formado em Letras, director técnico da secção de futebol da A. A. a que presidia Ernesto de Andrade.

O ano de 1936 começa com uma vitória da A. A. sobre o grupo checo «Zidenice» e com outra sobre o Carcavelinhos. Mais tarde, conquistou a Taça Cidade de Coimbra, ganhando ao Sporting Nacional por 11-0. O avançado Isabelinha, formara-se em Medicina e os jogadores novos eram Manuel da Costa, Pacheco Nobre, Jaime Cabido e António da Conceição (Nini).

Logo no princípio de 1937 a A. A. saiu vitoriosa nos jogos da I Liga, com o Leixões, com o F. C. do Porto e com o Belenenses, tendo êxito o jogo com o Benfica cuja receita foi superior a 30 contos.

No final desse ano foi a viagem à Ilha da Madeira, em que, além dos entrados no início da época, Alberto Gomes, Octaviano e Peseta, foram também Victor Sousa, Viriato Nunes, João Teixeira e Eduardo Knopfli.

Rui Cunha, que usava as fitas largas de Medicina, não seguiu no grupo que jogou no Funchal e em que apenas perdeu um jogo com o Marítimo.

Nos meados deste ano de 1937 já se falava na possível vinda de Cândido de Oliveira para treinador da A. A., mas, afinal, foi um estrangeiro que veio para Coimbra.

Foi o treinador Puskas, que começou a dirigir o futebol académico, em Janeiro de 1938... mas a A. A. não deixou de perder com o F. C. do Porto e com o Belenenses. Mas viria a ganhar ao Carcavelinhos e ao Académico do Porto. E, em Março, nas Salésias, num jogo a que assistiu o Ministro Carneiro Pacheco, Rui Cunha foi expulso... mas em Novembro formava-se em Medicina. Na Marinha Grande derrotou o clube local, e, em Coimbra, venceu o S. L. Benfica, mas veio a perder o desempate em Lisboa, para onde até seguiu um «comboio especial».

Foi no verão desse ano de 1938 que a A. A. viajou por Angola e Moçambique, conquistando vitórias sobre vitórias. O jogador Bernardo Pimenta, que estava em Angola professor primário, volta para Coimbra cheio de saudades e aqui se junta aos «novos» César Machado, Cipriano e António Santos.

Para finalizar este ano de 1938, recorde-se a secção de futebol infantil, que chegou a treinar,

mas de que se lhe não conhecem grandes resultados.

Em 1939, depois de eliminar o Sporting o «team» da A. A. disputa, em Lisboa, com o S. L. Benfica o jogo final da 1.ª Taça de Portugal, de que saiu vencedora por 4-3.

Foi entusiástica a vitória das Salésias, mas foi verdadeiramente apoteótica a chegada a Coimbra dos jogadores académicos, que, solenemente, foram recebidos, quase como «heróis», no Salão Nobre da Câmara Municipal.

O grupo da A. A. era assim constituído: Tibério; César Machado e José Maria Antunes; Portugal, Faustino e Octaviano; Manuel da Costa, Gomes, Carneiro, Nini e Pimenta.

Nesse ano também jogaram pela A. A. os «novos» Curado, Cameirão e Joaquim Albino que, por vezes, integravam a equipa principal.

Grupo de futebol da A. A. que em 1939 conquistou a primeira «Taça de Portugal» vencendo o Benfica, em Lisboa. No primeiro plano distinguem-se: Manuel da Costa, Alberto Gomes, Arnaldo Carneiro, Nini e Bernardo Pimenta. De pé, vêem-se: Faustino, Abreu, *Tibério, Zé Maria,* Peseta, *Octaviano, Portugal,* Albano *e César Machado. Não disputaram este jogo os indicados em tipo redondo, sendo treinador o estudante Albano Paulo.*

José Maria Antunes, finalista da Faculdade de Medicina, além de futebolista, era também um atleta completo e um académico prestigiado, que foi escolhido para dirigente da Comissão Administrativa da Associação Académica.

Em 1940, a A. A. deslocou-se a Beja no princípio do ano, conseguindo, em Maio, ficar campeão universitário, em futebol.

Entretanto Gomes e Conceição (Nini), foram chamados à selecção portuguesa para disputar um jogo com a França.

Continuando muito ligado a Coimbra, agora já regente-agrícola pela Escola da Bencanta, o ex-guarda-redes Álvaro Abreu, tencionava fazer renascer e regulamentar o antigo e tradicional «jogo da pela», muito popular entre as raparigas de Fala e de S. Martinho do Bispo.

Recorde-se mais que foi neste ano de 1940, que jogou pela primeira vez, na A. A. o avançado Eduardo Lemos, que se estreou num jogo particular contra o União.

Em Março de 1941, foi homenageado com um jantar o «médio» Carlos Faustino da Silva, por ter de sair de Coimbra. Depois, falou-se na

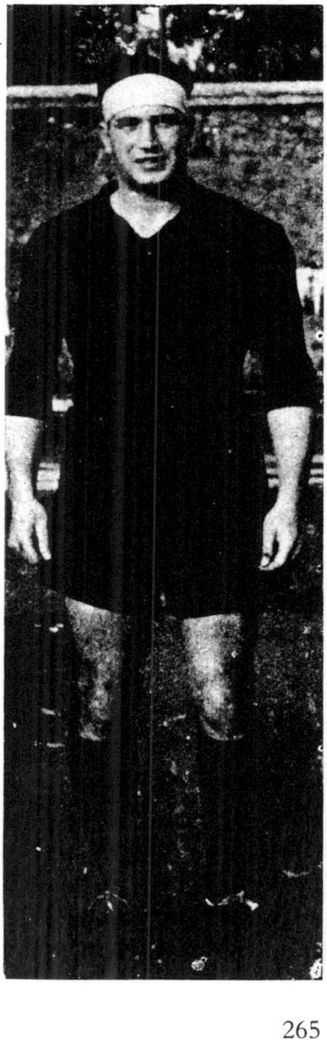

José Maria Antunes, é a figura do desportista académico que ultrapassou as memórias do futebol, projectando-se nas várias actividades de educação física praticadas por estudantes de Coimbra.

Por pouco tempo foi estudante coimbrão em 1932, seguindo, depois, para o Porto, mas depressa voltou à cidade universitária, para se formar em Medicina, como seu Pai.

O defesa de futebol José Maria Antunes viria a formar-se em 1940, mas as actividades desportivas da A. A. tais como o andebol, o rugby, o ténis, o voleibol e o basquetebol, foram por ele praticadas, como estudante, nos anos que se demorou em Coimbra.

Residindo, em regime de «república» na Associação Cristã dos Estudantes, José Maria Antunes também foi um esforçado dirigente académico, destacando-se a sua acção no início e fortalecimento da secção de natação da A. A. de Coimbra, precisamente no ano em que foi aberta a piscina-tanque de Santa Cruz.

O nome de José Maria Antunes sobressai, a letras de ouro, na história do desporto académico, pois brilha no grupo de futebol que conquistou a primeira «Taça de Portugal», em 1939.

substituição do treinador Lippo, há muito radicado em Coimbra, onde conseguira bons resultados.

Também o jogador Manuel da Costa deveria abandonar a sua «equipa», pois surgiram dúvidas sobre a sua condição estudantil. Por falta de clareza na sua situação escolar, os dirigentes seriam obrigados a dispensar a sua colaboração...

E os directores da secção de futebol, drs. Carlos Freitas, Luís Morna e Rocha Santos, entregaram todos os poderes a Ramiro Valadão, estudante-dirigente do futebol.

Foi então que o dr. Armando Sampaio aceitou a direcção técnica da equipa de futebol. E, no fim desse ano de 1941, levava o «team» académico a Portalegre.

Neste ano de 1941 jogaram pela primeira vez na equipa principal, o guarda-redes Vasco Ferreira e, ainda Mário Reis, Joaquim João e Leite (Nana).

O ano de 1942 começou pela internacionalização de Alberto Gomes, tendo Portugal ganho à Suiça por 3-0.

No jogo com o S. L. Benfica, que teve a presença do Ministro Doutor Mário de Figueiredo, a A. A. perdeu, mas viria a ganhar em jogo posterior. Perdeu, depois com o Sporting, mas mostrava bom comportamento, pois manteve por tempos, o 2.º lugar no Campeonato da divisão principal.

Este ano foi o da formatura de José Maria Antunes, que, ainda em Novembro, se mantinha na equipa académica, juntamente com outros dois jovens licenciados em Letras: Manuel Sousa Oliveira e Alberto Gomes. Em Outubro deste ano também Augusto Peseta concluiu o curso de regente agrícola.

A direcção do futebol académico, que se confundia com a Comissão Administrativa de nomeação ministerial, era formada por João

Varela, Ramiro Valadão, Francisco Antunes, Barrigas de Carvalho e Armando Vaz Caldas. Na secretaria estava o empregado António Vaz, que era aspirante na Universidade; cargo igual para que também tinha sido contratado Alberto Luís Gomes, futebolista e estudante da Faculdade de Letras.

O primeiro grupo de apoio organizado para acompanhar e aplaudira o grupo de futebol da A.A. fundou-se em 1927, mas, surgiram mais grupos de apoio, quando a regularidade dos campeonatos nacionais punham no mesmo plano o grupo académico e os restantes grupos de Lisboa e do Porto.

Nos princípios de 1936 apareceu em Coimbra o grupo dos «Cow-boys» graças à iniciativa de Joaquim Alberto Seixas, António Vaz, Décio Dantas, António Carvalhal, Armando «Sheriff» e muitos outros.

O grupo dos «Cow-boys» formava um conjunto musical, com banza, pandeireta, viola e ferrinhos, e sempre que havia futebol lá se apresentava o conjunto.

Um traço característico deste grupo — que para além de «apoiar» o futebol académico, tinha muitos outros fins «estatutários» — era o de todos os seus membros usarem de uma linguagem própria, que os distinguia da sua geração.

Para os estudiosos, lembre-se que alguns destes termos dos «cow-boys», foram fixados por Amílcar Ferreira de Castro no seu trabalho «A Gíria dos Estudantes de Coimbra».

Em 1943, o ano foi iniciado com duas vitórias da A. A. sobre o Unidos e o Leixões e, nas férias da Páscoa, novo jogo amigável se disputou entre os estudantes que não saíam de Coimbra: um «Alentejo-Açores», a substituir os antigos «Algarve-Ilhas».

Outra nota saliente deste ano foi a receita «record» de 35 contos, do jogo com o S. L. Benfica.

No final do ano lectivo, sabe-se que fazia a sua despedida, retirando para Lisboa, o avançado Joaquim Micael, que defendeu a camisola académica em quase três épocas completas.

Neste ano também há que assinalar a formatura em Medicina do antigo atleta Albano Rodrigues Paulo, um símbolo de amor e dedicação pelo desporto da A. A.

No princípio de 1944 o «team» académico perdeu duas vezes com o S. L. Benfica e em Março, num jogo em Santa Cruz, houve distúrbios entre a assistência e jogadores: o campo foi interditado e Faustino (que em Coimbra trocava a farda pela camisola preta) foi castigado. O Reitor da Universidade Maximino Correia telegrafou à Federação protestando e lamentando, mas os jogos foram, depois, marcados para Viseu.

Nos jogos contra o Vitória de Setúbal, também decorreram lamentáveis incidentes, mas os jogadores académicos foram distinguidos pelo desportivismo revelado e, até, Mário Reis teve um louvor da Federação pelo seu exemplar comportamento.

Por esta altura alvitrava-se que o novo treinador dos estudantes seria Lipo Hertzca, vindo do F. C. do Porto.

Foi também no verão de 1944 que apareceu à venda o livro de poemas «Intervalo», da autoria de Álvaro Abreu, antigo guarda-redes e atleta da A. A..

Na sequência de uma política de aproximação que já no ano anterior se manifestara com um jogo entre dirigentes da A. A. e do União, foi marcada, em Novembro de 1944, uma Assembleia Magna com vista ao futuro jogo com os unionistas...

E o jogo terminou com um empate...

Neste ano de 1944, foi a despedida de Octaviano (que continuou regente agrícola, em Coimbra, mas desligado do futebol) e a entrada de António Maria (Faísca) e de Brás, recordando-se, também, que em Setembro de 1944 foi confirmada a transferência de Azeredo para o grupo coimbrão.

Ao principiar o ano de 1945, destacavam-se entre a claque académica três grupos de apoio: — «Os Fabianos», constituído só por alunos do Liceu; «Os Goelas», formado só por universitários e, ainda «Os pindéricos da borracha». A existência desta «claque» organizada, não impediu que a A. A. saisse vencida por 3-0, no seu jogo contra o Belenenses.

Em Abril jogou com o Sporting tendo sido a festa de despedida do dr. Eduardo Lemos, recentemente formado em Medicina. Também foi neste ano, mas em Junho, que se despediu do futebol académico, por ter abandonado Coimbra com o seu curso de Farmácia, o avançado António Conceição (Nini).

Em Junho, o «team» académico, com o dirigente dr. António Carriço, é convidado para as festas de S. Gonçalo de Amarante e, meses depois, aproveitava, em Santa Cruz, dos treinos dirigidos por Eduardo Augusto, antigo futebolista do Vitória de Setúbal.

No final do ano de 1945, num jantar de homenagem às equipas de honra e de reservas que tinham vencido o campeonato regional, os dirigentes Amorim Afonso e Manuel Camões enalteceram o brio e o desportivismo de todos os futebolistas académicos.

Os novos jogadores que neste ano entraram para a equipa foram: Jorge Santos, Jacques Baptista e António Bentes de Oliveira.

Neste final de 1945 andavam bastante turvos os «ares» académicos com a troca de folhetos entre as diversas facções em que se dividia a Academia em prol das eleições e do meio como deveriam ser escolhidos os dirigentes estudantis.

FRASCARY CLUB (leia clâbe)

Era também conhecido por «Frascaria Académica» este grupo de apoio ao grupo de futebol da A. A. que surgiu entre os estudantes de Coimbra no ano lectivo de 1934-35.

Os componentes do grupo eram conhecidos pelos «frascários» e o nome que usavam apareceu após uma visita ao Museu de Anatomia Patológica que exibia, em frascos apropriados, os mais bizarros exemplos da fealdade.

O grupo reunia-se, por vezes, em ágapes, pantagruélicos e, pela fotografia junta pode admirar-se a formosura dos seus componentes, entre os quais se destacam: Vasco Gomes, Carlos Dias, Carlos Pimentel, Luís Berta, Rui Cunha, Jorge Reis, António Pinto, Francisco Martins, José Vitorino Seiça, Manuel Pimentel, António Braga Monteiro, José Andrade, Joaquim Isabelinha, Álvaro Abreu, João Cavalheiro, Jaime Dória, Joaquim Veiga, Edgar Duarte, Augusto Ladeira, Afonso Romão e Fernando Pimentel.

A este almoço, também assistiram, como «cabides», Fernando Costa Ramos, José Cabral, Casqueiro de Sá e outros que mal se distinguem na foto.

Em 1946, perante um movimento de independência estudantil que se manifestava exuberantemente pela ideia da auto-determinação, livre de ingerências alheias à Academia, o dr. Deniz Jacinto propôs que a secção de futebol da A. A. além de dirigentes antigos estudantes — no caso o dr. Carlos Freitas, o dr. Américo Mota e o próprio dr. Deniz Jacinto — também fosse constituída por mais três académicos do tempo: J. Coutinho, M. Camões e A. Teles das Neves.

Porém as novas orientações directivas não fizeram melhorar os resultados do grupo. Começou a falar-se na vinda de um treinador escocês, depois alvitrou-se a vinda do dr. Abrantes Mendes, antigo jogador do Sporting, mas, afinal, em Outubro de 1946 o treinador da A. A. era o húngaro Alexandre Peics.

Em Outubro e Novembro deste ano de 1946 não consegue vencer o União que, assim, ficou campeão de Coimbra.

É de notar que o jogador Ângelo, que nalguns jogos vestiu a camisola preta solicitou, neste ano, a sua transferência para o União... É de notar, também, que por causa deste pedido, foi castigado pela A. A.

Entre os jogadores novos que neste ano entraram para a A. A. destaca-se os guarda-redes Messias e Szabo. O antigo jogador Joaquim Micael voltou à A. A. por ter sido admitido a frequentar a Escola de Farmácia de Coimbra.

Logo no princípio de 1947 se verificou uma profunda remodelação quanto a dirigentes da secção de futebol. O caso relacionava-se com as eleições a realizar conforme o desejo governamental e que impunham para a secção de futebol o que oficialmente já vigorava para a direcção geral da A. A..

Assim, esta secção desportiva ficaria só com dirigentes estudantes, tendo sido escolhidos os

seguintes: J. Coutinho, Guimarães Amora, António Teles das Neves e José Maria Gaiolas.

Mas os resultados em campo, pareciam espelhar uma certa intranquilidade. E, em Junho, no campo do Loreto, no jogo com o S. L. Benfica, o «team» académico não foi além do empate... e de muitos incidentes que rechearam a tarde. Nos dias seguintes também surgiram surpresas: Mário Reis e António Maria, surpreendentemente, «passaram-se» para o S. L. Benfica...

...Mas Bentes ficou na A. A. — Era a consolação...

Em Outubro, desloca-se a Salamanca, onde perdeu com o Unión Desportivo, mas no jogo desforra, em Coimbra, o «team» académico conseguiu vencer.

Já em Dezembro, perdeu com o Vitória de Setúbal e, depois, com o Estoril, o que fazia recear uma baixa à 2.ª divisão... o que, de facto, veio a acontecer, não obstante o dr. Armando Sampaio vir, novamente, orientar a equipa.

Neste ano de 1947 reapareceu o jogador Eduardo Santos, tendo surgido o novo guarda-redes Prates e também Aníbal, Aristides e Pacheco Nobre que reapareceu.

Por último deverá recordar-se, com certa emoção, que foi neste ano de 1947 — em Agosto — que uma determinação oficial, da Direcção-Geral dos Desportos, do Ministério da Educação, prescreveu que os jogadores de futebol deixassem de cumprimentar as autoridades e o público, no início dos jogos, com a muito conhecida saudação de braço direito estendido para o ar... à maneira fascista...

Em Janeiro de 1948 os antigos estudantes indicaram os nomes dos drs. Costa Reis, Fausto Pimentel e Denis Jacinto, para dirigentes da Secção de Futebol, mas em Assembleia Magna os estudantes reafirmaram que a orientação desta secção desportiva só a eles competia.

Os estudantes porfiavam na anterior orientação, sem se importarem com os maus resultados feitos pela equipa. Até em Gouveia o «team» académico sofreu derrotas... Assim, não admira que, já em Maio, estivesse no último lugar do campeonato nacional.

Nas festas da Queima das Fitas, deslocou-se a Coimbra o Universitário de Louvaina, mas o «team» académico continuava a perder...

Passou, efectivamente, à 2.ª divisão, de nada valendo o movimento em favor do alargamento que, desta vez, não deu resultado. As diligências junto da Federação de Futebol e do próprio Ministério foram ineficazes. Para consolação a A. A. empatou com o S. L. e Benfica, num jogo das festas da Rainha Santa e depois, em Castelo Branco, ganhou ao clube local.

Nas festas da «Tomada da Bastilha» voltou a empatar com o S. L. e Benfica, ganhando, no entanto, aos Leões de Santarém por 1-0.

Neste ano de 1948 Capela jogou a guarda-redes, entrando, também, Diogo, Castela, Ataz e Couceiro.

Foi também neste ano que se formou uma equipa de Júniores composta por: Neves, Guimarães e Louro Mendes, à defesa; Rook, Martins e Pires Carvalho, na linha média; Morgado, Latas, Portugal, Jorge Santos e Figueiredo, na linha avançada.

A Associação Académica, já com Estatutos novos, discutidos e aprovados em animadas Assembleias Magnas, mas modificados pelo Governo, dispunha de secções deportivas com peso na vida académica... mas com insuficiente peso na Federação de Futebol, que não consentiu no alargamento da Primeira Divisão.

O treinador do grupo de futebol dos estudantes passara a ser o antigo jogador Alberto Luís Gomes, já licenciado pela Faculdade de Letras.

Em 1949 é inaugurado o Estádio do Calhabé e logo a equipa académica é distinguida com o treino marcado com a selecção nacional.

Porém, semanas depois é vencida pelo First de Viena, por 8-1, em Santa Cruz.

No entanto, jogando na 2.ª divisão e orientada por Alberto Gomes, a A. A. consegue ascender à divisão principal, beneficiando da anulação de um jogo, por suborno, entre o Famalicão e o Oriental. Conseguiu sair vitoriosa no jogo no Algarve, com o Portimonense, tendo em Coimbra, uma grandiosa recepção, prestada pela Academia, população e entidades oficiais.

Deverá ficar marcado que neste ano de 1949, os jogadores académicos Bentes e Capela, ascenderam à internacionalização.

Também se não deve esquecer que, no fim do ano, concluiu a sua formatura em Medicina o Doutor Joaquim Branco, que durante muitos anos prestou a sua colaboração à equipa académica.

Para terminar sublinhe-se que, ao subir à divisão principal a A. A. reconquistou o prestígio quase perdido, o que justificou ter recebido, ainda nesse ano de 1949, um convite para disputar alguns jogos na Turquia.

Os jogadores que, neste ano, entraram de novo para a A. A. foi o guarda-redes Tito, além de Serra Coelho, Teixeira e Neves Pires.

Também voltou à A. A. o antigo jogador Curado, que não saiu de Coimbra... mas que durante várias épocas representou o União...

Luta Greco-Romana

Nos fins de 1937 havia na Associação Académica uma «secção de luta» que treinava no edifício do novo Liceu da Cumeada, de que era dirigente e instrutor o estudante Leote Cavaco, já formado por uma Faculdade de Lisboa.

A esta secção de luta greco-romana pertenciam Álvaro Pinho de Almeida, Afonso Condado, Manuel Soares, Valente Rosa e outros alunos liceais, jovens mas de grande poder atlético.

Natação

Em 1934, já utilizado o rio Mondego, há muitos anos, por várias gerações devotadas ao banho, ao remo e à natação, começou a avolumar-se a ideia da construção, em Coimbra, de uma praia fluvial, ideia que foi bem aproveitada no cortejo da Queima das Fitas, por um grupo de «caloiros» de Direito, que se apresentou num carro (disfarçado em barraca de banhos, com «banheiro» vestido a rigor, cavalheiros de «maillot» e «senhoras» com sombrinha...) e que foi o grande êxito do cortejo desse ano. E tão retumbante foi que o carro da «Praia Fluvial» conquistou o 1.º prémio...

A natação em Coimbra criava bons fundamentos e, mesmo antes da Praia do Mondego, impunha-se a construção de um recinto apropriado à prática da natação...

Foi isso que pensaram... e realizaram... os estudantes.

O tanque construído atrás dos balneários do Campo de Santa Cruz, que os estudantes conheciam pela sua piscina e que não sendo maior que o da Fábrica de Curtumes, era mais central e mais cómodo (até dispunha de vestiários e de torre de saltos) destinava-se, especialmente, para os exercícios de natação.

Nos trabalhos da abertura do fosso, com cerca de 15 m de comprimento, mas em que foi respeitada a regra das profundidades, colaboraram estudantes em férias, do Liceu e da Universidade, muito unidos na arte de cavar e de cimentar. No fim de Julho de 1934 já existia a

piscina de Santa Cruz, sendo a torre de saltos inaugurada um pouco mais tarde.

Semanas depois dos estudantes nadadores nela se exercitarem, outros se atreviam a saltar para a água, sendo de lamentar a queda sofrida por Celestino Veiga, em Setembro desse ano. Ao cair da torre (menos de três metros de altura) fracturou o crâneo e teve de baixar aos H.U.C..

...E a «Praia Fluvial do Mondego» sempre apareceu ...mas só no ano seguinte... Foi inaugurada a 4 de Agosto de 1935, imediatamente a montante da ponte de Santa Clara, frente ao Parque da Cidade.

Três semanas depois, no domingo 25 de Agosto, realizou-se na piscina da praia o 1.º Festival de Natação de Coimbra em que a equipa da Associação Académica conquistou quatro taças.

O grupo da A. A. não era formado, então, exclusivamente, por estudantes. A «estrela» da equipa era um alemão, aluno do Curso de Férias, de nome Albert Dembeck, então residente em Coimbra e a segunda figura era António Roquete, chefe da Polícia Política, ao tempo com sede no Largo do Castelo, junto ao Governo Civil. Outro nadador da A. A. era Júlio Teixeira, que não passara de «bicho» do Liceu e também Licínio Santos, estudante de Ciências, ambos jogadores de basquete do grupo académico.

À èquipa da A. A. também pertenciam outros estudantes que tinham colaborado na abertura da piscina tais como Joaquim Carmelo Rosa, António Pinto dos Santos e José Silveirinha. Deverão também recordar-se neste trabalho da piscina os dirigentes José Saraiva, João de Sousa e José Maria Antunes que, desde o início também acompanharam os nadadores académicos, além do tenente Adriano Pires.

Outros estudantes, todos «bichos» do Liceu, competiram neste 1.º Festival de Natação. Foram Manuel Gaspar, Jorge Peixoto, Manuel Soares, Francisco Martins, além de Emídio Silva Soares e de Vieira de Carvalho, inscritos, então, pela equipa do Atlético de Coimbra um grupo de estudantes com sede oficial na rua dos Coutinhos, mas formado, essencialmente, por frequentadores do 1.º andar do café «A Brasileira».

De tal forma sobressairam estes jovens académicos nas primeiras provas da praia do Mondego que, nos dias imediatos, foram convidados para se inscreverem na equipa da A. A..

Assim, em Setembro de 1935, na mesma piscina da praia disputaram-se os primeiros campeonatos de natação de Coimbra, tendo a formação da A. A. conquistado o 1.º lugar.

A equipa dos estudantes era formada por Jorge Prista, Mário Paula, Licínio Santos, tenente Adriano Pires, Carmelo Rosa e Pinto dos Santos e também por Francisco Martins, Manuel Gaspar, Manuel Soares e Jorge Peixoto, que anteriormente tinham representado o «Atlético».

Entraram neste primeiro torneio, integrados na A. A. os «infantis» Manuel Pires e Joaquim Martins, que, por muitos anos, se manteriam na mesma equipa.

Ainda em Setembro de 1935 a equipa académica se deslocou à Piscina do Palace da Curia, para concorrer a um festival com nadadores de Lisboa e do Porto. Logo nas primeiras provas se evidenciou que os nadadores académicos mostravam mais valor que os restantes nadadores do Norte.

O valor, o garbo e o desportivismo, exibido na Curia pelos atletas de Coimbra entre os quais Abel Mano, aluno da Escola Naval, notável nos saltos para a água — bem justificou o convite para figurarem nas filmagens do «Trevo de Quatro Folhas», um filme do realizador Chianca de

Garcia, com Procópio Ferreira e Beatriz Costa nos principais papeis.

No ano seguinte — Julho de 1936 — noutro festival da Praia Fluvial, voltou a A. A. a conquistar o 1.º lugar, com Manuel Soares, Manuel Gaspar, Francisco Martins, além de Ruy Gouveia e de Boris Spohr.

Nos campeonatos regionais, em Setembro, também na piscina do Mondego, o grupo académico que saiu vencedor incluía Armando Vilaça e José de Sousa e Pinho, além dos «infantis» Abílio Bastos, Eduardo Caetano, Zélio Pires de Lima, Luís Fidalgo e António Teles das Neves.

A equipa académica voltou a actuar na Piscina do Palace da Curia, em Setembro de 1936, tendo conquistado o primeiro lugar e ganho a «Taça Curia-1936».

E a época de 1936 terminou em Aveiro, com um festival de natação em que os nadadores académicos competiram com as experimentadas equipas dos clubes locais, mostrando o seu valor desportivo.

O prestígio da nova secção desportiva da A. A. consolidava-se e até foi planeada a cobertura da piscina de Santa Cruz, para que pudesse ser utilizada para treinos, durante todo o ano.

Mas o projecto não se concretizou...

Em Agosto do ano seguinte — 1937 — decorreram na Piscina da Curia os campeonatos de natação nas quais a A. A. conquistou o 1.º lugar. Neste festival destacaram-se, além dos nadadores já indicados, mais os seguintes académicos: Fernando Cruz, Maurício Silva Santos, José Silveira, Boris Spohr, Emílio Mertens, Manuel Soares e Manuel Gaspar, tendo estes cinco últimos viajado depois, até à Covilhã, onde representaram a A. A. nos campeonatos nacionais que ali decorreram.

O nadador Manuel Camarinhas, vindo do Algés também integrou a equipa académica que neste Setembro de 1937 disputou um festival no Mondego, competindo com atletas de Aveiro e da Figueira da Foz.

A mesma temporada continuou em Outubro, com o festival dos Sindicatos na piscina fluvial, e que terminou no Salão da Câmara Municipal, com uma sessão solene em que a equipa da A. A. recebeu o maior número de prémios.

No ano seguinte, em Julho de 1938, num torneio na Piscina da Praia, actuaram pela A. A. alguns antigos nadadores, com destaque para Soares, Gaspar, Peixoto, Mertens e também para Raul Fonseca, Arménio Ferreira, Fausto Cruz e Abílio Bastos, incluindo os ««infantis» Fernando Monteiro, Luís Fidalgo e António Teles das Neves.

Em Agosto, na mesma piscina do Mondego, foram os campeonatos nacionais, cabendo à A. A. o 2.º lugar, à frente das formações do Porto, Aveiro e Figueira da Foz.

No mês de Setembro, na Piscina da Granja, efectuou-se o «1.º Torneio Quadrangular de Natação», para equipas do Porto, Aveiro, Coimbra e Figueira da Foz, que foram vencidas pela formação da A. A..

Semanas depois, na Figueira da Foz, o grupo dos estudantes de Coimbra, voltou a conquistar o 1.º lugar, confirmando a sua vitória sobre as restantes equipas do norte de Portugal.

No verão seguinte — Agosto de 1939 — na piscina da praia fluvial do Mondego, disputou-se outro torneio de natação em que a A. A. foi representada, entre outros, pelos seguintes estudantes: Francisco Antunes, Carlos de Figueiredo, Wladimiro Spohr e Natália Veiga, a primeira nadadora estudante de Coimbra, pois não tinha esta qualidade de estudante a nadadora Maria Gourinho, incluída nas primeiras equipas da A. A.

A equipa académica, que venceu este torneio, voltou a ganhar os campeonatos de princi-

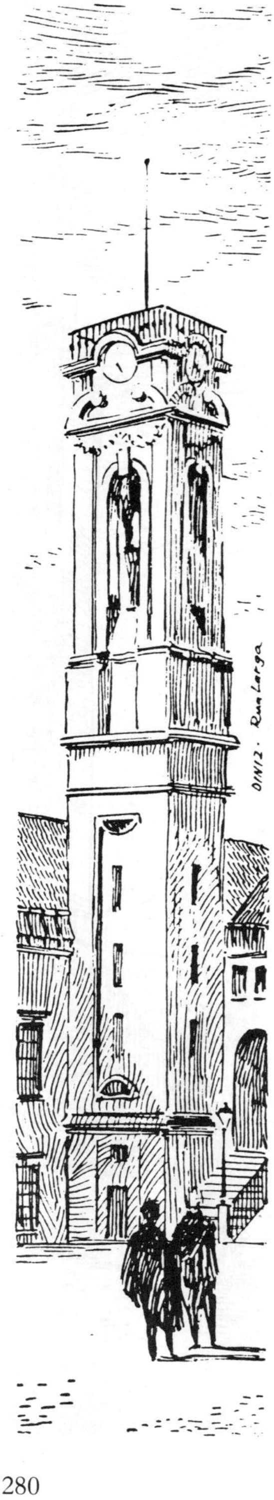

piantes, seniores e juniores, também realizados na piscina do Mondego e, no fim de Setembro, deslocou-se a Condeixa, para realizar um festival de propaganda de natação, desporto que começava a alcançar prestígio no centro de Portugal.

Os primeiros campeonatos nacionais escolares decorreram em Junho de 1940, tendo a equipa coimbrã merecido destaque, com a actuação, entre outros, dos seguintes estudantes nadadores: Jorge Camões, Paulo Moura Relvas, César Mano e Filipe Soares.

A praia fluvial de Coimbra foi aberta no mês seguinte, decorrendo, em Agosto, os campeonatos distritais, em que voltou a brilhar a nadadora Natália Veiga, integrando a equipa da A. A..

Em 1941, os campeonatos nacionais foram disputados em Agosto, na piscina do Mondego, tendo concorrido a equipa da A. A. que conquistou o 2.º lugar.

No mês seguinte, num torneio de estafetas, ganhou o 1.º lugar e no fim desse ano de 1941, com as diversas secções desportivas da A. A. regularmente constituídas, a secção de natação era das mais prestigiadas, sendo seu dirigente Manuel Gaspar, o mais antigo e mais cotado praticante da secção.

No ano de 1942, no mês de Junho, decorreram na piscina fluvial os campeonatos regionais escolares, tendo actuado além de estudantes inscritos na A. A. tais como Paulo Moura Relvas e Luís Fidalgo, alguns alunos do ensino liceal filiados no Sport Conimbricense e no Santa Clara, com destaque para os irmãos Motas, Romãozinho, Teles de Oliveira e Mário Vilaça.

Em Julho, foi reaberta oficialmente a piscina da praia, destacando-se no festival de inauguração os nadadores académicos António Santos, Júlio da Fonseca, Luís Fidalgo e Jorge Camões.

Noutro festival da piscina do Mondego, no mês seguinte, em que também colaborou a equipa do Alhandra, os nadadores da A. A. bateram seis «records» regionais, conquistando o 1.º lugar.

Semanas depois, no Dia das Estafetas volta a alcançar o 1.º lugar e, mais tarde, na Figueira da Foz, conquistou a Taça dr. Moura Relvas.

Foi nesse ano de 1942 que a temporada da praia foi abruptamente interrompida, por causa de uma cheia repentina, do rio Mondego.

Antes, a equipa da A. A. já conquistara o campeonato regional, disputando, também, o campeonato nacional, na Piscina do Palácio Cristal, do Porto, em que se distinguiram, além de muitos nadadores já nomeados, as nadadoras Maria Emília Simões e Natália Veiga.

Esta estudante, aluna da Faculdade de Ciências, viria a ser homenageada, juntamente com a sua equipa, em Fevereiro de 1943. E, em Junho deste ano, era aberta a piscina da praia para, no mês seguinte, ter lugar o primeiro festival do ano, em que se exibiram, num jogo de «polo aquático» (water-polo, como então se chamava) dois grupos de antigos nadadores.

Neste festival de abertura intervieram, além de nadadores já conhecidos mais Celestino e Filipe Soares, Floro Lobo, Jaime Nascimento, e Edmundo Fragata, todos em representação do grupo académico.

Em meados de Setembro, outra inesperada cheia do rio Mondego quase inutilizou a praia e a piscina, não tendo havido mais festivais durante esse ano.

Mas em 1944, por iniciativa da F.N.A.T. — Fundação Nacional para Alegria no Trabalho — foi montada, de novo, a piscina fluvial e organizado um torneio de natação em que colaborou a equipa da A. A. que conquistou o 1.º lugar, graças aos seguintes nadadores: Paulo Moura Relvas, Jaime Floro, Manuel Gaspar, Manuel

Camões, A. Santos, Manuel Dias Magalhães e Júlio Fonseca.

Novo festival se realizou em Setembro, com a intervenção de José Lobo, Teles das Neves e Celestino Soares, além de outros componentes da equipa académica.

No verão de 1945, a escassês de água no rio, tornava difícil a construção da piscina, mas, afinal, sempre surgiu. E, num festival, de novo apareceu a equipa académica agora com novos nadadores como Amândio Rebelo e Jerónimo Simões.

Em Março de 1946, o nadador Jorge Peixoto, proferiu na sede do Sport Conimbricense uma palestra sobre a «Natação em Coimbra», mas nesse ano não foi construída no rio Mondego, nem praia, nem piscina.

No entanto, tudo se movimentava para que no Calhabé, surgisse uma autêntica piscina, integrada no Estádio que a Câmara já planeara.

Porém, nesse ano, não seriam em Coimbra os campeonatos nacionais, mas foi a Associação de Natação de Coimbra que os promoveu... na piscina do Grande Hotel do Luso.

Foi também fora de Coimbra — em Lisboa — que se efectuaram os campeonatos escolares, sendo os estudantes de Coimbra representados por uma equipa em que sobressaíam os nadadores Júlio Fonseca, António Santos, Apolino Teixeira e Rui de Almeida.

Uma nota triste de Setembro deste ano de 1946 foi o falecimento prematuro de Francisco Martins, que tanto se notabilizou como nadador académico e como colaborador de jornais e revistas literárias.

No verão de 1947, houve, novamente, piscina fluvial, tendo sido inaugurada com uma «Noite de Estafetas» ganha pela A. A., seguida pelo Beira-Mar de Aveiro e pelo Ginásio da Figueira da Foz.

Ainda nesse ano — em Setembro — disputou-se nas águas da ria, a «IV Milha de Aveiro» ganha pelo grupo local, seguido pela A. A. representada por José Coimbra e por Manuel Gaspar.

Entretanto, decorriam as obras da piscina do Calhabé, em que os desportistas coimbrãos depositavam todas as esperanças. E, em Setembro de 1948, dá-se por concluída a Piscina Municipal, que tão cedo não foi usada pelos nadadores.

Primeiro, foi a inauguração do Estádio, com um jogo de futebol-treino entre a A. A. e a Selecção Nacional, em Janeiro de 1949 — e só nesse Verão se efectuaram festivais na nova piscina.

...E toda a gente viria a lamentar que os festivais de natação não tivessem, agora, tanta concorrência, nem despertassem o mesmo entusiasmo, como nos tempos da piscina do Mondego...

Porém, a equipa da A. A. mantinha a sua supremacia.

Num «Torneio dos Clubes de Coimbra» atingiu 275 pontos, enquanto o Santa Clara, seu directo rival, não ultrapassou os 180...

Os estudantes continuavam em primeiro lugar.

Hoquei em Patins

No campo de jogos ao ar livre, da Associação Cristã dos Estudantes, que recentemente fora transformado em ring de patinagem, estreou-se o «Coimbra Tenis Club» em Março de 1935, de que faziam parte, entre outros, os seguintes estudantes: Políbio Gomes dos Santos, guarda-redes, além de Abilino Vicente e de João Fonseca e Silva.

O guarda-redes, também reputado poeta e secretário-geral da A.C.E. pertencera, desde

Janeiro do ano anterior ao clube «Meteor» onde também jogavam outros estudantes.

Em Janeiro de 1937, quando já se projectava a transformação do campo de basquete de Santa Cruz, num ring de patinagem, era responsável da secção de hoquei da A. A., então criada, o estudante João Fonseca e Silva que, mais tarde viria a integrar uma comissão administrativa da A. A. nomeada pelo Governo.

À secção pertenciam os académicos Rui Bento Pessoa, Mota Carneiro, Eduardo Mano, António José Proença, além de Águas Cruz, Barbosa Leão e Abilino Vicente. No que se pode considerar o 1.º jogo da A. A. de hoquei em patins, esta foi derrotada pelo Atlético de Coimbra, por 2-0, sendo de notar que neste grupo da Baixa também jogavam alguns estudantes.

Esta derrota não fez esmorecer o ânimo dos hoquistas que, ajudados com vultuoso subsídio oficial, ainda nesse ano iniciaram a regularização e cimentagem do recinto.

Em Janeiro de 1938, o grupo académico venceu o «Torneio da Taça Preparação» ganhando ao mesmo Atlético por 6-1, tendo jogado pela A. A. os seguintes: Lourenço, Leal, Corte-Real, Castro e Proença, além de Francisco Costa, Águas Cruz e Eduardo Mano.

Em Março seguinte, viria a perder com o S. L. e Benfica pelo elevado score de 8-0.

Em Abril, ficaram concluídas as obras do ring de patinagem, tendo sido oficialmente inaugurado no mês seguinte, com um novo jogo com o S. L. e Benfica que ganhou, mas somente por 5-0.

No fim desse ano de 1938, no entanto, a equipa da A. A. tinha alcançado o 1.º lugar, no campeonato de Coimbra, de ambas as categorias.

Francisco Antunes, estudante de Medicina, começou a jogar hoquei e, em fins de 1941, era ele o responsável desta secção desportiva da A. A..

Em Abril de 1942, no ring de Santa Cruz, já iluminado, treinavam as equipas de «primeiras» e de «reservas», com os seguintes jogadores: Coelho, Francisco Antunes, Poiares Baptista, Abílio Bastos, Pedroso, Cardoso, Trocado, Tinoco, Pina, Camões, Duarte, Arlindo, além de Pedroso e Joaquim Lima.

Em Junho desse ano, ambas as categorias tinham concluído o campeonato de Coimbra, em 1.º lugar.

Em Maio de 1943, na 1.ª categoria estava Fernando d'Almeida como guarda-redes, jogando também Francisco Antunes, já formado em Medicina, Abílio Bastos, Barata Pereira, Poiares Baptista e António Cardoso.

Na categoria reservas jogavam Vicente, Barata, Baptista, Seco e Lima.

Em Junho de 1948 recomeçaram os jogos de hoquei no ring em Santa Cruz, tendo a A. A. ganho ao grupo da Parede por 1-0. Na equipa académica jogaram então: Fernando d'Almeida, Jorge Monteiro, Isaac Barata, Menezes, Couceiro e José Baptista.

Pingue-Pongue

A equipa da Associação Académica, em Janeiro de 1934, constituída por Mário de Oliveira (Moli), por Júlio Teixeira e pelo estudante de Medicina Bernardo de Albuquerque, ganhou a «Taça Eduardo Dias» no jogo que disputou com o C.A.D.C..

Em Março de 1935, Mota Carneiro tinha substituído Mário de Oliveira, vindo a equipa da A. A., novamente, conseguido mais uma vitória sobre o C.A.D.C..

No ano de 1937, já pertenciam à formação académica os jogadores Elísio Rainha e José Várzeas, além de António José Proença, que

viera do C.A.D.C.. Porém, este reforço para o grupo da A. A. não chegou para superar a forte equipa do S. L. e Benfica que saiu vitoriosa, num torneio disputado em Coimbra.

Ao terminar o ano de 1941, o responsável académico por esta secção da A. A. era o estudante de Farmácia Elísio Rainha.

E, em Março de 1942, para disputa da «Taça António José Proença», a equipa da A. A. vence a do C.A.D.C. jogando pela primeira, Elísio Rainha, Paulo Vaz e Abílio Rodrigues e, pela segunda, os também estudantes Raul Campos e irmãos Perestrelos. Estes, individualmente, conquistaram o campeonato de Coimbra, ficando António Perestrelo à frente de João Perestrelo.

Porém, colectivamente, foi a equipa da A. A. que saiu vitoriosa no campeonato de Coimbra.

No princípio de 1943 — Fevereiro — deslocou-se à cidade de Viseu, mais para exibição do que para competição, uma forte equipa da A. A. constituída por Elísio Rainha, dr. António Perestrelo, Ferreira, Pina Cabral, Frederico Gomes e Luís Ramos, estes últimos estudantes de Medicina.

Nesse mesmo ano de 1943, conseguiu ganhar o campeonato de reservas mas a formação do C.A.D.C. ganhou o campeonato de 1.as categorias, graças, principalmente, aos irmãos Perestrelos.

Em 1944 conquistou, logo em Março, o campeonato de Coimbra, ganhando, à equipa da Figueira da Foz. A formação académica era formada pelos estudantes Elísio Rainha, Paulo Vaz, Gomes e Pina Cabral.

Porém, no ano de 1945, volta a ganhar o campeonato a equipa do C.A.D.C. em que continuavam os irmãos Perestrelos, bem como o estudante Fernando de Almeida.

Ténis

A «Taça José Maria Antunes» prestigiado e completo atleta, estudante da Faculdade de Medicina, foi disputada em Abril de 1937, nos «*courts*» da Cruz de Celas, por afamados tenistas da cidade, mas a equipa da Associação Académica não conseguiu sobrepor-se à do «Tiro e Sport».

O grupo da Associação Académica foi representado pelos seguintes estudantes: Henrique Anjos, Pinto de Mesquita, Magalhães Cardoso e Nicolau de Almeida.

Porém, os estudantes Francisco de Matos e António Cálem, faziam parte da equipa vencedora.

Em Maio de 1938, um grupo universitário de Coimbra, constituído por Henrique Anjos, Nicolau de Almeida e António Cálem, venceu uma equipa do Instituto Superio Técnico mas veio a perder com o Instituto Superior de Agronomia, também de Lisboa.

Esta mesma equipa, no verão do ano seguinte, em representação da Academia de Coimbra, desloca-se a Angola e a Moçambique, juntamente com o grupo de futebol da Associação Académica ganhando todos os torneios que disputou.

Em Março de 1943, a «Taça das Faculdades» foi disputada por equipas da Universidade de Coimbra, com a seguinte formação: — *Medicina*, Luís Costa, Daniel Pinho e José Campos; *Letras*, Ruben Leitão, Mário Braga e Fernando Mendes; *Direito*, Vasco Nunes da Ponte, Fortunato de Almeida, Salema Reis e Raul Oliveira; *Ciências*, Lobão Ferreira, Morgado Azevedo e Carlos Costa Matos.

No princípio do ano lectivo 1943-44, continuava a verificar-se algum entusiasmo pelo ténis, mas o jogo com o Instituto Sperior Técnico em que o grupo da Associação Académica saiu vencido, fez diminuir o interesse pelo jogo.

No ano seguinte — Fevereiro de 1945 — o grupo académico voltou a perder, tendo jogado pela equipa dos estudantes de Coimbra, Vasco Nunes da Ponte, Mário Braga, Raul Oliveira e Luís Elias Casanova.

Rugby

As actividades dos estudantes de Coimbra quanto a este desporto, vêm já de 1942, pois sabe-se que em Maio desse ano, no desaparecido campo de futebol do Arnado, que era pertença do Sport Clube Conimbricense, houve um torneio universitário de *rugby*, em que participou um «quinze» de estudantes de Coimbra.

Sendo um torneio inter-universidades, poderia parecer estranho não ser utilizado o campo de Santa Cruz, da Associação Académica.

A razão de terem escolhido o campo do Arnado, deve-se ao facto de este ter relva e ser de piso mais macio do que o de Santa Cruz.

No primeiro jogo do torneio, o grupo de Coimbra venceu a Universidade do Porto, mas no segundo jogo, disputado com os universitários de Lisboa, os de Coimbra sofreram uma derrota, ficando, apenas, no segundo lugar.

Sabe-se que o mesmo grupo da Universidade de Coimbra, neste caso já em representação da Associação Académica, disputou um terceiro jogo, com o forte «quinze» lisboeta do Instituto Superior de Agronomia.

Consta também que, em Abril de 1946 o grupo de Coimbra disputou um outro jogo, tendo vencido o «quinze» do Porto pela expressiva vitória de 21-0.

Dos primitivos jogadores académicos, oito pertenciam à Faculdade de Medicina: Goes Guerreiro, Esteves Correia, M. Capelo, Manuel Botto, Eduardo Mano, Felisberto Pica, Zeferino Pedrosa e José Maria Antunes, o mais sabedor e de maior experiência.

Das outras Faculdades recordam-se Abreu Lima, Duarte, Guilherme Santos, Jaime Redondo e Sousa Oliveira.

Voleibol

No ginásio da Associação Cristã, na Rua Alexandre Herculano, disputou-se um torneio, entre várias equipas de estudantes, em Março de 1934.

Em 1942, já havia campeonato de Coimbra, tendo conquistado o 1.º lugar uma formação da própria A.C.E., ficando o 2.º lugar para a equipa da A. A..

Em 1943, tiveram bons êxitos nos jogos que disputaram, os estudantes José Maria Trocado, Sebastião Mourão, Eduardo Campos, Abílio Bastos, Jorge Camões, António Moreira e Rui Lameiras, tendo as equipas da A. A. conquistado o campeonato de todas as categorias.

Em 1945, jogavam pela A. A. os estudantes António Samarra, Campos, Milton, Gamelas, José Pina Cabral, Sebastião Mourão, Paulo Cardoso e Jorge Camões. O grupo da A.C.E. também era composta por estudantes em que se destacavam: Moura Marques, António Almeida Santos, Jorge de Brito, Coelho Lopes e Brás dos Santos.

Xadrez

Ao principiar o ano de 1940, decorreu no Estoril, um torneio internacional de xadrez, em que interveio o então campeão mundial «mestre» Alexandre Alekhine. De Coimbra, também se inscreveu no torneio o estudante de Ciências Armando Aragão, que foi o único jogador português a ganhar uma partida ao campeão mundial.

Em Outubro de 1941, face ao prestígio que vinha conquistando, logo foi encarregado de organizar na A. A. uma secção de xadrez, dado que não se considerava suficiente a prática indiscriminada daquele divertimento-ciência nalgumas mesas das salas de jogos da rua Larga.

Volta a reorganizar-se a secção em princípios de 1947 e, em Abril desse ano, a A. A. bate um grupo da Lousã. Os estudantes xadrezistas eram: Fernando Forte, Fernando Grilo, Eugénio Monteiro e Júlio Pereira Ribeiro, jogando também Luís Bernardo, Jaime Patrício, Abel Diniz e Manuel Ferreira. Em Junho, realizou-se na A. A. um torneio tendo ficado vencedor Fernando Forte, seguido por Eugénio Monteiro e António Campos Neves.

Em Outubro de 1947 também pertenciam à secção Laurindo Costa, José Agostinho Dias, Henrique Silva, Diniz Marques, Alberto Nóvoa, Manuel Deniz, Bravo Silva, Ferreira Cunha e Afonso Batalha.

No fim desse ano, depois de vencer de novo o grupo da Lousã, a A. A. ficou finalista do campeonato nacional, a disputar no Porto.

Em Janeiro de 1948, na Faculdade de Letras, exibiu-se o «mestre» lisboeta Francisco Lupi, que jogou uma partida simultânea com quarenta estudantes (das 9 da noite às 6 horas da manhã seguinte), destacando-se os estudantes Fernando Grilo, Pereira Ribeiro, Jorge Babo e Ferreira da Silva.

Em Maio desse ano a secção era assim formada: Jaime Patrício, Abel Castro Diniz, Severo de Almeida, José Pina Cabral e dr. Laurindo Costa.

Em Novembro projectava-se a fundação, no café A Brasileira do Grupo de Xadrez de Coimbra que também incluiria estudantes.

No mês de Março de 1949, num torneio da A. A. ainda na rua Larga saiu vitorioso Jaime Patrício, seguido por Manuel Gonçalves Costa.

FADOS & GUITARRADAS

O «Fado Académico de Coimbra», agremiação que pretendia igualar-se aos restantes organismos estudantis teve, afinal, como principal e quase exclusiva actividade, a realização de brilhantíssimos bailes no edifício da Associação Académica, na Rua Larga.

Porém, em 1934, deixou de se efectuar o já tradicional «baile do Fado», convergindo os interesses e energias para o jogo do «bridge» que chegou a ter um clube, em funcionamento, ligado pela sede e pelos sócios, ao «Fado Académico de Coimbra».

Jorge de Morais (Xabregas), que viria a formar-se na Faculdade de Ciências, em Julho de 1934 era, além de «velho» académico, um exímio guitarrista e que, não desejando abandonar a vida estudantil, manteve o direito ao uso da «capa e batina» matriculando-se, depois, em Medicina.

Outros guitarristas da época eram Albano de Noronha, Felisberto Passos, acompanhados à viola por Alexandre Sá Carneiro e Pinto Coelho. Os estudantes de Direito António Osório Vaz e Manuel Faria cantavam «fados» (este distinguindo-se nos «de Lisboa») e Lucena Sampaio, com Jorge Jardim, alunos de Medicina, além de se exibirem em serenatas, também, às vezes, entravam em saraus. Carlos Manuel do Amaral, era da mesma época ...mas só cantava em serenatas...

O grande guitarrista Artur Paredes, empregado bancário foi para Lisboa em Fevereiro de 1934, mas ainda no princípio desse ano fora a Viseu, com a Tuna Académica, sendo acompanhado à viola por Guilherme Barbosa e pelo dr. Afonso de Sousa, que também já tinham deixado os estudos.

Em Março desse ano, Artur Paredes voltou a actuar com o Orfeon, no Coliseu dos Recreios,

mas já não tocou no sarau seguinte, nas Caldas da Rainha.

Foi em Novembro de 1934 que se apresentaram em Coimbra, como jovens guitarristas, Abílio de Moura e Augusto Sousa Seco, acompanhados à viola por Décio da Rocha Dantas. Este grupo, com Aurélio Cruz, deslocou-se às Ilhas da Madeira e dos Açores, no Natal desse ano, numa celebrada excursão da Tuna que decorreu... sem «fados de Coimbra»...

É que o estudante de Medicina António Fonseca que constava dos programas como «cantor de fados» provocou tal fracasso a entrar no palco de Ponta Delgada que nunca mais se atreveu a pisar as tábuas, nem ver as luzes da ribalta... com ou sem bengala...

Após o seu regresso, a Tuna apresentou-se em Aveiro logo no início de 1935, mas só com o grupo de guitarras que se deslocara às Ilhas. E, em Março, num sarau do Orfeon, em Lisboa, foi convidado para cantar, o médico dr. Armando Goes, com clínica na capital.

E, no sarau da «Queima» também não se ouviram «fados de Coimbra». Só apareceu como novidade o guitarrista Marques da Costa, a «segunda» guitarra, tal como Luís Providência meses depois.

Durante 1936 volta a exibir-se o grupo de Abílio de Moura, mas os cantores estudantes continuavam ausentes dos saraus, ainda que um ou outro anónimo se atrevesse a fazer serenatas, a coberto da escuridão das ruas mal iluminadas.

Em 1937 mantem-se a falta de cantores de fados. Recorde-se que, em Outubro desse ano, quando o Secretariado Nacional da Informação, de António Ferro, pretende organizar em Paris uma sessão de propaganda de Portugal, com música portuguesa, não encontrou estudantes de Coimbra para cantarem o fado...

E a carência de fadistas comprovou-se, mais uma vez, quando o «Fado Académico» abriu as entradas para novos sócios... e não apareceu ninguém para se inscrever...

Entretanto, em Janeiro de 1938, era inaugurado na Baixa, na Rua do Moreno, o «Retiro do Hilário» que se manteve aberto... sem «fados de Coimbra»... por todo esse ano.

Foi antes do Carnaval de 1938 que o Orfeon Académico realizou a sua digressão pelo Alentejo e Algarve, levando o grupo de guitarras de Abílio de Moura, sendo viola António Martins.

Mas os «fados de Coimbra», integrados no programa da viagem, não foram cantados por um estudante. Quem os cantava, envergando «capa e batina» era um ferroviário do Porto, de nome Loubet Bravo que, por amizade com alguns dirigentes orfeónicos se prestou ao disfarce... para também ir na excursão...

E, meses depois, na récita de despedida do 5.º ano médico «Gotas Amargas...» lá aparecia o tradicional fado, cantado, realmente por um estudante, o elemento do curso João Gonçalves Jardim, também valioso elemento da Tuna Académica. Este mesmo estudante, que se acompanhava a si próprio ou era acompanhado por Carlos Simões, também se exibia como fadista nos saraus da Tuna.

E, em Junho de 1938, finalizou a actividade do «Fado Académico». Foi quando se estreou o seu Grupo Cénico, com um serão vicentino. No ano seguinte já se apresentou como «Teatro dos Estudantes da Universidade de Coimbra» e o nome de «Fado Académico» não mais apareceu.

Logo em Janeiro de 1939 João Jardim cantou num sarau da Tuna, mas na excursão do Orfeon ao Norte de Portugal, não obstante ter sido anunciada a «revelação» de Mário Castro... o cantor de fados que, efectivamente, se revelou, foi Jorge Gouveia, que pertencia ao «Hulla's Players» grupo que entrava no Acto de Variedades.

No sarau da Queima das Fitas desse ano, Eugénio Nabinho acompanhou à guitarra Abílio de Moura, tendo cantado o dr. Paradela de Oliveira, advogado em Lisboa, especialmente convidado para este sarau dos quartanistas.

No ano de 1940 nada há de especial a assinalar quanto a «fados e guitarradas» salvo a formatura em Medicina de Abílio de Moura e o convite dirigido a Artur Paredes, dr. Armando Goes e dr. Paradela de Oliveira, para se deslocarem a Coimbra e colaborarem na festa da Tuna Académica, em Abril.

Em 1941, já formado em Medicina o dr. João Jardim, e como presidente da Tuna, foi cantar fados de Coimbra na excursão desse ano ao Alentejo e Algarve. Porém, na viagem do Orfeon pelo Norte de Portugal, os fados foram cantados por Jorge Gouveia.

Na récita de despedida dos quintanistas de Medicina «Pontas de Fogo», não se ouviu o tradicional «fado do curso», nem tão pouco houve «fados» no sarau da Queima das Fitas.

Foi num sarau da Tuna, em Dezembro desse ano de 1941, que se apresentou um novo grupo de guitarras, com Fernando Cabral, Regala e Joaquim Carvalhal.

O mesmo guitarrista Fernando Cabral tocou nos saraus da Tuna por Trás-os-Montes, em Fevereiro de 1942. Recorde-se também o episódio do cantor António Marques que sofreu um embaraço gástrico ao fazer a barba para o sarau da Régua, o que não o impediu de cantar, mas... com a barba meia feita... e a outra meia por fazer...

Ainda em 1942, no sarau de Maio para o «Lactário», cantaram Jorge Gouveia, Manuel Julião e Mário Rosa, sendo acompanhados à guitarra por José Maria Amaral, que já era viola da Tuna.

Em 1943, no Sarau da Queima das Fitas, exibiu-se como guitarrista o médico veterinário dr. Armando Simões, convidado para o efeito, ouvindo-se também fados cantados por Manuel Julião e por António Veiga (Nani).

Durante 1944 continuam a cantar Manuel Julião e outros, às vezes interpretando melodias de Ângelo Araújo, mantendo-se à guitarra José Maria Amaral.

No fim desse ano foi eleito Aurélio Reis presidente da Tuna que desde os tempos do Liceu já era «viola» prestigiado.

E foi em 1945 que surgiu Armando Carvalho Homem, cantando em serenatas e saraus, e o tenor do Orfeon Napoleão Amorim. Foi na viagem à Galiza, em Abril desse ano que mais brilhou a sua voz. Voltou a actuar, em Setembro, na «Noite de Coimbra» promovida pela Sociedade do Estoril.

Desse ano de 1945 é também o guitarrista João Bagão por vezes acompanhado à viola por Aurélio Reis e por Ribeiro Gomes.

No ano de 1946 surge o cantor Augusto Camacho, no sarau de Março, da «Casa dos Estudantes do Império» e, mais tarde, em Dezembro, numa serenata da Sé Velha, transmitida pela Emissora Nacional, então na Rua de Montarroio.

A segunda serenata da Emissora Regional é de Janeiro de 1947, com os cantores Nani e Jorge Gouveia, acompanhados à guitarra por José Maria Amaral e à viola, por Sobral de Carvalho e Tavares de Melo. Quando, em Abril, o Orfeon foi a Madrid e Salamanca, as guitarras foram de José Amaral e Carvalho Homem, tendo a serenata de Julho da Emissora Regional, a sua colaboração e a dos violas Alcides Viola e Ângelo Araújo, quase nas vésperas de se formar em Medicina.

Também José Amaral se formaria meses depois, tendo antes tocado no sarau da Casa dos Estudantes do Império, em que cantou Alexan-

dre Herculano. Este e António Almeida Santos cantaram na última serenata de 1947.

Recorde-se, também, a serenata de Outubro de 1947, em que cantou Florêncio de Carvalho e o «grelado» de Medicina Mário Mendes.

Na primeira serenata da Emissora Regional em 1948, cantaram Augusto Camacho e Anarolino Fernandes, aparecendo, à guitarra, Pinho Brojo e à viola Aurélio Reis. Porém, no sarau dado pela Tuna na Figueira da Foz, já apareceu o cantor Manuel Branquinho.

Noutra serenata da Emissora Regional é Alcides Santos o cantor.

Numa outra surge Manuel Branquinho a cantar e pela primeira vez António Almeida Santos à guitarra e Tavares de Melo e Carlos Louro no acompanhamento à viola.

As serenatas que a Emissora Regional difundia pelos ares do centro de Portugal, iam conquistando público e ganhando prestígio, o que levou a ser proposto à Sociedade Tobis Portuguesa a produção de curtas metragens, realizadas pelo estudante de Letras José Carlos Amado e por Guimarães Amora, locutor e estudante de Medicina.

Em Novembro de 1948, outra serenata foi difundida pela Emissora Regional e, na viagem da Tuna Académica à Ilha da Madeira, no Natal desse ano, de novo apareceu um número de «fados e guitarradas», por um denominado grupo «Bernardo Calheiros».

Sabe-se que em Maio de 1949, o estudante de Letras José Afonso, também colaborou na festa de homenagem a Flávio Rodrigues, barbeiro do Largo do Castelo e «mestre» de guitarristas,

Também é de recordar que foi neste ano de 1949 que se efectuou, nas escadarias da Sé Velha, a primeira Serenata Monumental, integrada na festa da Queima das Fitas. Para que fosse garantida ao público assistente uma sessão magestosa e de categoria, ainda que menos autêntica, foram convidados para colaborar alguns antigos estudantes de Coimbra, no receio de que os contemporâneos não pudessem assegurar a espectacularidade desejada.

Na organização desta 1.ª serenata monumental destacou-se a comissão do Sarau, a que pertencia Viriato Namora.

QUEIMA DAS FITAS

As festas da Queima das Fitas em Maio de 1934 obedeceram ao esquema geral do programa, já engrandecido, do ano anterior, notando-se até, poucos dias antes, uma certa luta comercial de prospectos de propaganda de algumas firmas da Bairrada quanto ao espumoso (ou vinho gaseificado) que se propunham vender à Academia, estando num campo o Café do Pirata e, do outro o café do Jesuíta, inaugurado no mês anterior.

A Comissão Central da Queima das Fitas desse ano, alheou-se da questão e apenas se preocupou com a realização do programa, pois nem sequer perdeu tempo com a distribuição do «cartaz» que nesse ano não houve.

Porém, os artistas-estudantes organizaram o seu V Salão Académico, havendo também uma Exposição de Pastas de Luxo, além de uma Tarde desportiva.

Como em certos anos anteriores, também os «caloiros» devidamente armados como cornúpetos, se juntaram no Rossio de Santa Clara, vindo em manada, até ao Largo da Sé Nova, onde foram «toureados» por semis e outros «doutores».

No dia 25 houve no Avenida o sarau da Filantrópica, com o Orfeon, a Tuna e um Acto de Variedades em que interveio o grupo dos «Hula's Players», de guitarras hawaianas, violas

e ukeleles, além da «Clam Rojja» orquestra típica de tangos.

O cortejo foi no sábado, 26 (o que pela primeira vez contrariou a antiga tradição do «27 de maio») sendo distribuídos prémios aos carros classificados, cabendo o 1.º lugar dos caloiros ao «carro-camioneta», da «Praia Fluvial» que transportava primeiranistas de Direito.

A Comissão Central das festas era formada por Fernão Rosa Gomes, Fernando Costa Ramos, João Gualberto Galvão e Dâmaso Gomes.

É de recordar, também, que a garraiada — ainda na Praça de Touros de Santa Clara —

Carro de caloiros «Praia Fluvial», que ganhou o 1.º prémio no cortejo da Queima das Fitas, de 1934.

Da esquerda para a direita notam: Adriano Cardoso, Aristides Paixão Pereira, Fernando Mouga, Braga Monteiro, Dias Ferrão, Américo Patrão, Álvaro Mendes e António José Soares.

De pé, com a sua pasta de fitas vermelhas, vê-se o quintanista de Direito Artur Anselmo.

ocorreu num domingo de Junho e foi organizada pelo curso do V ano médico.

À Comissão Central da Queima das Fitas de 1935 pertenciam Luís Providência, António Osório Vaz, Brito Barbosa e Ramalho de Mira, sendo de recordar que foi neste ano organizada por uma comissão de «grelados» a garraiada no Touril da Figueira da Foz, dado que a Praça de Santa Clara tinha ardido em Abril.

À comissão da garraiada pertencia o ribatejano, boémio e quartanista de Direito, Augusto Castelão de Almeida.

Também foi neste ano que se efectuou o 1.º Baile da Queima das Fitas. Decorreu nos salões da Câmara Municipal e à respectiva comissão pertenceram António Leitão e Maia de Carvalho.

A «tourada dos caloiros» era um número obrigatório das festas da Queima das Fitas nos anos vinte, que perdurou até à Queima das Fitas de 1934.

Naqueles recuados anos, a festa da Queima começava, verdadeiramente, na véspera do «27 de Maio» pelas dezanove horas, ao soar a primeira badalada da «cabra». Os caloiros — se queriam receber a sua «Carta de Alforria» — compareciam, obrigatoriamente, no Rossio de Santa-Clara (onde é hoje o «Portugal dos Pequeninos») munidos dos respectivos ornamentos que eram um par de chifres, das mais variadas proveniências, qualidades, feitios e tamanhos. Ao toque da «cabra» iniciavam a marcha sobre a cidade, atravessando a velha ponte de ferro de Santa-Clara, em «manada» tumultuosa, sendo escoltados por semis, putos, etc. que os metiam entre varas até ao Largo da Sé Nova.

Aqui, mais à larga, os caloiros devidamente ornamentados, acometiam contra os «mirones» e os todos os que formavam a escolta, havendo correrias, passes de capa, pegas de caras, bandarilhas e sorte de «muleta».

Era a «tourada dos caloiros», o primeiro número das «tradicionais» festas da Queima das Fitas, como ainda se pode adivinhar pela gravura junta, colhida no Largo da Feira — ou da Sé Nova — nesta fotografia bem expressiva polos ornamentos ostentados por alguns caloiros daquele tempo...

As festas, em geral, foram nomeadas por «1.° Centenário do Grelo» e o sarau, também em favor da Filantrópica, teve a colaboração habitual do Orfeon, da Tuna e de vários grupos que integraram o «Acto de Variedades».

Durante as Festas esteve aberto, no 1.° andar da Associação Académica, o VI Salão de Arte dos Estudantes com a exibição de trabalhos de João Zamith, Oliveira Assunção, José Cruz, Danton, Namora e Antenor.

A Queima das Fitas de 1936 teve na Comissão Central Elísio Montargil, Campos Coroa, Albino Peixoto e Danton Nifo, devendo-se, principalmente, a este quartanista de Direito e a Mota Marques, de Medicina, a idealização e realização do Cortejo Histórico-Físico-Natural que foi e tem sido considerada uma das melhores piadas da Academia de Coimbra.

A «praxe» do Baile de Gala estava a consolidar-se e, neste Maio de 1936, efectuou-se no edifício do Ninho dos Pequeninos, da Rua Oliveira Matos, pouco antes inaugurado, perto da Praça da República.

Neste ano também houve uma tarde desportiva e foram organizados festivais no Parque da Cidade. Meses depois, fechadas as contas da Queima das Fitas, foi deliberado que o saldo de 2.675$00 fosse distribuído, igualmente, pela Sociedade Filantrópica e pelo Ninho dos Pequeninos.

Em 1937 a Comissão Central era formada por Mário Temido, Manuel da Fonseca, João Correia de Paiva e Joaquim Gago e nesse Maio, também se efectuou na A. A. o VII Salão dos Estudantes, em que expuseram trabalhos os artistas Namora, Somar, Ventura, Rui Gouveia, Danton, Moutinho, além de António Maia e José Cruz.

Nesse ano, pela primeira vez, em Coimbra, realizou-se a consagração dos quintanistas católicos ao S. C. de Jesus, na Capela da Universidade. Houve festivais no Parque da Cidade, um sarau no Avenida, com a Tuna, o Orfeon e Acto de Variedades e um Baile de Gala, no amplo ginásio do Liceu D. João III que nesse ano lectivo começou a funcionar.

O sarau e o baile foram dedicados à Embaixada de Estudantes Brasileiros, que visitou Coimbra nessa altura.

Também nesta festa da Queima das Fitas houve garraiada, na Figueira da Foz, sendo o imponente cortejo no dia 27 de Maio, como era tradição.

As festas encerraram com déficit e, como não bastasse o subsídio da Câmara, logo se pensou na realização de outro baile que, efectivamente, se efectivou na *Mi-Carême* do ano seguinte.

No ano de 1938 pertenciam à Comissão Central da Queima das Fitas, Manuel Estrela Esteves, Adalberto Seabra, Arnaldo Barbosa e Manuel Carmelo Rosa, constando do programa que os festivais se realizavam no Jardim Botânico. Houve um concerto pela Banda da GNR e representou-se uma paródia aos Autos de Gil Vicente, um autor neste ano muito festejado. O já tradicional baile de gala foi, de novo, no ginásio do Liceu D. João III e a garraiada, também na Figueira da Foz. A tarde desportiva, que já começava a criar tradições, incluía hoquei feminino por uma equipa do Porto e também um jogo de futebol entre antigos académicos de 1928, contra uma equipa da actualidade.

Em 1939 a Comissão Central era constituída por elementos de todas as Faculdades, tais como Artur Leitão, António Machado, Elviro Gomes e Mário Santos Leite.

Foi neste ano que se estreou nos Festivais do Parque o Rancho Folclórico Fininhos do Litoral e, na récita do Avenida, o Teatro dos Estudantes que conquistou o público na apresentação que fez juntamente com a Tuna e o Orfeon.

Durante as festas decorreu mais um Salão Académico tendo havido antes a Exposição do Livro Italiano que provocou a demissão do Reitor João Duarte de Oliveira.

O cortejo da Queima das Fitas continuou a realizar-se no dia 27 de Maio.

No ano de 1940, pertenciam à Comissão Central das festas os quartanistas Manuel Bartolomeu, Augusto Rego, Armindo Brito e Videira Pires, que logo alertou no sentido dos carros do cortejo, a realizar no dia 27 de Maio, não exibissem capitalismo. Mas o cortejo foi como os outros, com prémios para os melhores classificados.

Nesta «Queima» decorreram os campeonatos desportivos das três Universidades portuguesas, com uma «Aldeia Olímpica» no Jardim Botânico, tendo Coimbra conquistado o 1.º lugar nos torneios de futebol e de andebol.

Houve o já tradicional baile no Ginásio do Liceu D. João III e o sarau, no Avenida, voltou a contar com a colaboração da Tuna, Orfeon e do T.E.U.C. que se apresentou com o «Auto da Embarcação do Inferno», de Gil Vicente.

Os festivais do Parque da Cidade decorreram em todos os dias, mas a garraiada, na Figueira da Foz, continuou a realizar-se só ao domingo.

Para as festas da Queima das Fitas de 1941, a Comissão Central eleita ficou constituída por Gonçalo Araújo, Francisco Rodrigues Martins, Francisco Velez Grilo e Antonino Henriques, sendo deste ano a revista «*Não façam ondas*», que subiu ao palco do Avenida, provocando geral reprovação.

Neste ano, os festivais nocturnos foram um arraial no Páteo da Universidade, voltando o Baile de Gala a ser no Liceu D. João III e a garraiada na Figueira da Foz.

Houve também, na Faculdade de Letras, uma exposição das actividades académicas, com uma exibição de pastas de luxo, uma tarde desportiva no Campo de Santa Cruz e o grandioso cortejo no dia 27.

O incontestável incremento da população académica feminina, bem justificava que também fosse eleita uma comissão de senhoras estudantes, o que este ano se verificou pela primeira vez.

Em 1942, pertenceram à Comissão Central, Barrigas de Carvalho, António Fernandes Machado, António Hall Temido e Mendes da Luz, decorrendo no Parque da Cidade os habituais festejos nocturnos neste ano melhorados com uma graciosa «charge» — os «Jogos... Florestais».

Da parte desportiva, constou um jogo de *rugby* no Campo do Arnado, realizando-se o costumado sarau, no Avenida, com a Tuna e o Orfeon. O T.E.U.C. colaborou, apenas, na Tarde de Arte, realizada no dia 23 de Maio, no salão da Faculdade de Letras.

Na Figueira da Foz decorreu a habitual garraiada e no Liceu D. João III, o baile de gala, sendo o cortejo da Queima das Fitas no dia 27, como marcava a tradição.

No ano seguinte, 1943, a Comissão Central da Queima das Fitas foi constituída por Oldemiro Figueiredo, Nuno Cruz, Lobão Ferreira e Breda Simões, sendo publicado um número único, editado por Avelino Barbosa. No sarau do Avenida, além da colaboração habitual da Tuna e do Orfeon, decorreu um acto de variedades em que actuaram os macaístas Ondina e Ruby Fernandes, em guitarras hawaianas.

Nos Festivais do Parque exibiu-se a orquestra cómica «Os gazogénios» e o baile de gala decorreu no ginásio do Liceu, como nos anos anteriores.

Nesta Queima das Fitas também a garraiada foi na Figueira da Foz, decorrendo, como habitualmente, a Tarde Desportiva, no Campo de

Santa Cruz e, no dia 27 de Maio, o cortejo dos quintanistas.

Em 1944, a Comissão Central era composta por Rodrigo Santiago, Henrique Beirão, Eduardo Caetano e João Perestrelo, decorrendo o programa semelhante aos anos anteriores, nos locais e nas condições tradicionais.

No ano seguinte, 1945, os quartanistas que compunham a Comissão Central da Queima das Fitas eram Alcides Bizarro, Álvaro Seiça Neves (inicialmente foi eleito Salgado Zenha), Aires Biscaia e Joaquim Carmelo Rosa.

As festividades foram muito perturbadas pela agitação académica relativa à substituição dos dirigentes da A. A. presididos por Salgado Zenha, mas o sarau do Avenida, em que colaborou o Orfeon também serviu para ser festejada a segunda reunião dos antigos orfeonistas.

Dos restantes números do programa tradicional, nada há que assinalar. Destaque-se, no entanto, que pela segunda vez, foi eleita uma comissão feminina para estes festejos da Queima das Fitas de 1945.

Porém, em Maio de 1946, as Festas da Queima das Fitas foram especialmente perturbadas pela situação de «luto académico» decretado na Assembleia Magna da Academia. Já fora eleita a Comissão Central que ficou formada por Miguel Barata, Fernando Araújo, José Rodrigues Pereira e António Homem de Pinho, além do representante de Farmácia, António Moura Velez, cuja presença fora autorizada pelo Conselho de Veteranos. Porém, a chuva e o «luto» perturbaram o normal ritmo das festas havendo números que nem chegaram a realizar-se.

Estavam marcadas para a Alameda das Tílias do Jardim Botânico, a Verbena e a Tarde de Arte mas o mau tempo obrigou a sua transferência para o ginásio do Liceu.

Foram, então, distribuídos os prémios dos Jogos Florais Universitários, nesse mesmo local onde decorrera o Baile de Gala, na noite anterior.

Os quartanistas desta Queima das Fitas de 1947, logo no princípio do ano, tiveram uma alegre festa de convívio, tudo se preparando para que a Comissão Central, formada por Gastão Pereira, Frederico Lopes, Basílio Mesquita, Manuel de Melo e, também, por Aniceto Martins, como delegado de Farmácia, conseguisse realizar uma grandiosa Queima das Fitas.

Também a prisão em Braga de Salgado Zenha, pela Polícia Política, perturbou o desenrolar normal dos festejos, pois uma Assembleia Geral voltou a decretar o «luto académico», o que não impediu que alguns números programados se realizassem.

Houve sarau e festivais no Parque e recorda-se, até, que o Baile no Liceu D. João III, foi abrilhantado pela «Orquestra Feminina de Glória Bay».

Na Tarde de Arte colaborou o T.E.U.C. e a declamadora Manuel Porto, distribuindo-se então os prémios dos «Jogos Florais da Queima das Fitas», em que foram destacadas as poesias de Angélica Castro Henriques e os contos de Alberto Oliveira Luís.

A garraiada foi na Figueira da Foz e a tarde desportiva no Campo de Santa Cruz, sendo o Cortejo, no dia 27, muito animado e concorrido.

Em 1948, à Comissão Central pertenciam Jerónimo Coutinho, José Lopes Ramos, Francisco Teixeira de Queirós, Rodrigo d'Abreu e Alcides Teixeira, sendo o primeiro número do programa uma Exposição Internacional Estudantil que decorreu na Faculdade de Letras. O tradicional Baile foi também no ginásio do Liceu, sendo servido por uma pastelaria de Santarém que, no final, viu partida quase toda a sua louça. A garraiada também foi na Figueira da Foz e,

quanto aos festivais no Parque, há que recordar o reaparecimento dos «Fininhos do Litoral» que continuavam dirigidos por José Esteves Alves, agora estudante de Medicina.

Houve uma verbena na Avenida das Tílias do Jardim Botânico e, à noite, o sarau no Avenida com o Orfeon, a Tuna e uma Orquestra de Tangos.

Nesta Queima das Fitas há que assinalar que o cortejo não se efectuou no dia 27, como era da tradição, para não se confundir com a procissão do Corpo de Deus que nesse dia percorria as principais ruas de Coimbra. A mudança foi contrariada por alguns tradicionalistas e o próprio Conselho de Veteranos a reprovou, mas só no ano seguinte, que «decretou» não poder repetir-se...

Em 1949, a Comissão Central compunha-se de Robalo Cordeiro, Augusto Leite de Faria, Alberto Briosa e Gala, Teixeira de Matos e Florentino Rodrigues..

...Mas também o cortejo, neste ano, foi no dia 24 de Maio...

A tradição continuou a não ser respeitada...

No edifício de S. Bento abriu a II Exposição Internacional de Actividades Estudantis e no Baile tocou a Orquestra Ligeira Académica, a primeira vez que eram dispensados profissionais neste número do programa.

Na tarde desportiva, uma selecção universitária de Paris derrotou, em andebol, o grupo da A. A.. Continuou a haver festivais no Parque e a garraiada foi na Figueira da Foz.

RÉCITAS DE DESPEDIDA

Pode afirmar-se com segurança que o desenvolvimento das festas da Queima das Fitas — a festa dos «grelados» por excelência, também chamados quartanistas trouxe consigo a diminuição das festas dos quintanistas, ou as conhecidas récitas de despedida, ou do 5.º ano.

Os quintanistas de Medicina que em certa medida, foram influenciados pelos de Direito na organização das récitas de despedida, passaram a dispôr a partir de certa altura, do exclusivo destas festividades do fim de ano.

É assim que nos anos trinta e nos anos quarenta as récitas de despedida de quintanistas são, apenas, da Faculdade de Medicina.

Porém, em 1934, não houve récita, mas apenas uma «garraiada», por sinal a última do Coliseu de Santa Clara, que arderia no ano seguinte...

Logo nos primeiros meses de 1937 o curso do 5.º ano médico se preparou para reatar uma antiga tradição e, na verdade, em Maio, levava à cena, no Teatro Avenida, a récita «*Gota a Gota... rectal...*»

Foi o curso de David Almiro do Vale, Amílcar Campos, Ernestino Rodrigues, Elísio Montargil, Armando de Moura, Gualter Marques, Mota Marques, etc., etc. É de notar qu foi neste ano de 1937 que pela primeira vez, se celebrou a «consagração dos Quintanistas Católicos», na Capela da Universidade.

No ano lectivo seguinte, os quintanistas de Direito não imitaram os de Medicina: procuraram organizar uma excursão, ao Minho mas não chegaram a concretizar. Puderam no entanto realizar uma larga viagem ao Norte de África, na canhoeira «Mandovi» que lhes permitiu passear por Marrocos.

O curso do 5.º ano médico, que festejara o início desse ano lectivo 1937-38, com uma aparatosa festa, anunciada num programa escrito em latim macarrónico, preparava-se para manter a tradição das récitas de despedida. Assim, em fins de Março e princípios de Abril de 1938, levou à cena, no Avenida a récita «*Gotas amargas... quantum satis*... em que colaborou todo o curso.

Recorde-se que a este curso pertenciam Mário Braga Temido, João Gonçalves Jardim, António Fonseca, Bernardino Pargana, Barbosa Leão, José Pernes, José Maria Antunes, Joaquim Seabra Diniz, Salvador Dias Arnaut, etc., etc., além do célebre futebolista Salviano Rui Cunha.

No novo ano lectivo seguinte, nada há que assinalar, mas logo em Novembro de 1939 se juntam os quintanistas de Medicina aos de Direito, para festejarem em comum o primeiro dia em que usavam a pasta com fitas largas. Houve festa rija entre os fitados... mas o ano passou-se sem mais qualquer novidade.

Porém, os quintanistas de Medicina do ano lectivo 1940-41 é que se notabilizaram com a récita de despedida «Pontas de Fogo» que incluía o «Auto da Barca de Medicina», uma engraçada paródia ao teatro vicentino e à «Trilogia das Barcas» nesse ano apresentada pelo T.E.U.C.

Nesta récita colaborou todo o curso, com destaque para Ramiro da Fonseca, Parada Leitão, Brito Amaral, André de Carvalho, Manuel Bartolomeu, Oliveira Martinho, Justino Girão, Constantino Esteves, Manuel Gois e também para o porto-riquenho Victor Bernal y del Rio.

Esta récita estreou-se a 5 de Maio e repetiu-se, no dia seguinte, com grande aplauso do público.

O curso do 5.º ano médico 1942-43, parecia, logo de início, com força para se abalançar à realização da sua récita de despedida, pois logo em Novembro confraternizavam, alegremente, num almoço na Sociedade Filantrópica. Depois, em Dezembro, o mesmo curso organizou, no salão da FNAT um grandioso «chá dançante» em benefício do «Enxoval do Recém-nascido».

Porém, em Abril, não promoveu uma récita própria, mas apenas patrocinou e organizou um Sarau, em favor da mesma obra beneficente, em que actuou o T.E.U.C. e o Orfeon, além de um grupo de alunas do Colégio Alexandre Herculano.

A este curso pertenciam, além de outros, Barrigas de Carvalho, Gois Guerreiro, Alcino Couto, Armando Miranda, Florentino Rocha, Armando Caldas, José Aires Junot e Ponty Oliva.

Do curso médico seguinte, nada há que mereça realce, no que respeita a festas de fim de ano e quanto ao curso de 1944-45, há que apontar que iniciaram o ano, logo no princípio de Novembro, com muita alegria, gaiteiros e foguetes a festejarem o primeiro dia das fitas largas.

O curso médico de 45-46 também se limitou a festejar o princípio do ano. Andou em cortejo muito animado, com gaiteiros e foguetes, a visitar e cumprimentar os jornais... e nem se esqueceram de, na Rua da Sofia, saudar o «Diário de Coimbra» que continuava suspenso pela Comissão de Censura... Mas a animação passou nesse dia... e não tiveram tempo, nem disposição para organizarem a sua récita de despedida, nem qualquer outra festa do fim do curso...

O curso do 5.º ano jurídico de 1946-47 também começou o ano com muita alegria e boa disposição. Foi de passeio até à Quinta do Freixo, próximo da Lousã, pertença da família Moncada, e também foi um quintanista desta família que tomou a iniciativa da visita e do «magusto» que se lhe seguiu.

E nada mais houve que mereça destaque tanto quanto aos «fitados» de Direito, como das outras Faculdades.

No princípio do ano lectivo de 1947-48 verificou-se uma «novidade» quanto às festas dos «fitados» pois os do 5.º ano de Medicina, começaram a celebrar o primeiro dia da «pasta» juntamente com os fitados de Farmácia. Era a chamada «simbiose médico-farmacêutica» que continuou no ano seguinte.

É deste ano lectivo 1948-49 outra récita de despedida do 5.º ano médico, que se representou no Teatro Avenida com o título «*Clister de Bom Humor*» em 6 de Abril de 1949, repetindo-se no dia seguinte.

Os responsáveis pela representação foram os componentes de todo o curso, mas cumpre recordar que a ele pertenciam Martinho do Rosário (Bernardo Santareno), Arquimedes Silva Santos, Jerónimo Coutinho, Mário Luís Mendes, Joaquim Branco, Raul Coelho da Silva, Armando Gomes de Carvalho, Luís Ramos, Afonso Briosa e Gala, Mário Gomes Lobo, e muitos mais.

Para os componentes deste curso do 5.º ano médico poderá ser muito evocada esta récita de despedida, mas não o será menos, a excursão do grupo dos vinte e seis que, logo a seguir, viajou para Paris. Os vinte e seis quintanistas de Medicina foram acompanhados pelos seus Professores Doutores Antunes de Azevedo e Doutor Espírito Santo e o que viram e ouviram não mais por eles será esquecido.

JORNAIS & REVISTAS

Multiplicavam-se as dificuldades burocráticas que contrariavam — e até impediam — a publicação de novos jornais e revistas, além da censura oficial também a levantar obstáculos à imprensa que se mantinha em contacto com o público, não obstante as dificuldades de toda a ordem que se lhe deparavam. As condições da vida pública possibilitaram a imprensa clandestina, de que foi exemplo o jornal «*Verdade*» em que teriam colaborado estudantes.

No entanto, em princípios de 1934 ainda os estudantes mantinham o semanário «*Coimbra*» que vinha do ano anterior e que viria a manter-se até Agosto de 1936.

Quanto à revista do C.A.D.C. «*Estudos*» surgida em 1922, também manteria a sua regular publicação, bem como o semanário humorístico «*O Ponney*» surgido em Dezembro de 1929.

Como jornal novo aparece em Novembro de 1934 o «*Paracelso*» quinzenário de estudantes de Medicina, dirigido por Otílio de Figueiredo e Mário Saraiva, terminando no ano seguinte, com sete números publicados.

Também podem considerar-se jornal de estudantes, pois nele surgem como colaboradores assíduos Carlos Aguiar e José Maria Assis Pacheco o «*Reportagem*», um semanário de actualidades que usava um nome vindo já do anterior.

No ano de 1935, durante o mês de Maio os três jornais académicos independentes «*Coimbra*», «*Ponney*» e «*Paracelso*» tiveram um almoço de confraternização. O ano decorreu sem novidades quanto à imprensa académica, mas em Dezembro iniciaram-se em Coimbra, nada menos do que três publicações de estudantes.

Saiu então o n.º 1 — o primeiro de uma série de três de «*Agora*» revista de cultura universitária, dirigida por José Leopoldo Neiva, de que era redactor principal Abílio Pereira da Silva e editor e administrador José Mendes da Fonseca, todos alunos da Faculdade de Letras. Entre os estudantes seus colaboradores notavam-se Manuel Barbosa, Fernando Alípio de Vasconcelos, Edgard Carneiro, Dâmaso Gomes, Redondo Júnior e Políbio Gomes dos Santos.

Outro periódico do fim deste ano foi o «*Alvorada*» — Jornal Cultural dos Estudantes do Liceu José Falcão cujo número especimen é

datado de 1 de Dezembro, aparecendo em Janeiro de 1936 o n.º 1.

Em Dezembro de 1937 ainda aparece com este nome um número especial, dirigido por Fernando Namora. Os nomes de Olívio Carvalho e de Américo Ramalho leem-se também no cabeçalho de outros jornais de alunos do Liceu José Falcão que usam o mesmo título.

O jornal «*Ensaio Pedagógico*» órgão dos alunos do Instituto Normal Primário, também se iniciou em Dezembro de 1935, sob a direcção de Guilherme Tomé.

Em 1936, é em Maio que surge um jornal novo, de feição desportiva: o «*Ginásio*» que era dirigido por Cândido Frazão Caetano. Além do n.º 1, saiu nesse mês um número especial, dedicado aos quartanistas que queimavam o grelo e, depois, em Junho, outro n.º com o relato dum jogo de futebol.

No ano de 1937, em Maio, por ocasião da reunião do curso de 1917, foi distribuído pelos que tomaram parte na festa, o número único do «*Camarão Virginal*», publicando-se no mesmo mês, o jornal «*A Briosa*», dirigido por Armando Aragão, para comemorar o «Centenário» da Queima das Fitas e uma visita de estudantes brasileiros.

Em Novembro de 1937 também chegou a ser distribuído um número dos «*Cadernos da Juventude*» que incluía colaboração literária e artística de Fernando Pinto Loureiro, Joaquim Namorado, Fernando Namora, António José Soares, Políbio dos Santos e Manuel Filipe, além de outros nomes da cultura do tempo.

Em Dezembro desse ano e por ocasião das festas do IV Centenário da Universidade, a Comissão Administrativa da A. A. fez publicar «*Via Latina*» um número especial dedicado ao acontecimento.

Este jornal «*Via Latina*» viria a reaparecer pela Queima das Fitas do ano seguinte e, depois, em 1941, como quinzenário, órgão da Associação Académica e de que foram dirigentes Renato Cantista, Ramiro Valadão, João Antunes Varela, Tarujo de Almeida, Arménio Cardo, etc..

Em Janeiro de 1938, por ocasião da viagem ao Alentejo e Algarve, foi publicado o número único «*Orfeon*» dirigido por Coriolano Ferreira e Machado Franco.

Por ocasião da Queima das Fitas, além da «*Via Latina*» já referida, foi também publicado o «*Canudo*» — número único de «estudantes para toda e gente» — e *Cinzas do Grelo*, de que foi director o estudante de Medicina João Ramiro da Fonseca.

Nos primeiros meses de 1939 — Fevereiro e Abril — foram publicados os dois números de «*Altitude*» revista literária e de crítica que teve como subtítulo «*Boletim de literatura e arte*» da qual foram dirigentes Coriolano Ferreira, Fernando Namora, João Cochofel, Joaquim Namorado e que teve a colaboração de Ramos de Almeida, Manuel de Azevedo e outros.

Também em Fevereiro de 1939 se começou a publicar «*Síntese*», revista mensal de cultura científica, literária e artística — dirigida pelo referido João Ramiro e que sairia até Dezembro de 1941.

As dificuldades levantadas pelo poder político quanto à saída de jornais, poderão justificar que uma revista da juventude, publicada no Porto, tivesse a sua redacção em Coimbra.

Era o quinzenário «*Sol Nascente*» que veio da capital do Norte com o aluno de Ciências, Manuel de Azevedo, e onde colaboraram José da Silva Martins, Joffre Nogueira, Joaquim Namorado, António José Soares, Pinto Loureiro e outros. Continuava a ser impresso no Porto, mas a sua redacção e administração era na Couraça de Lisboa, na casa que dava para o Arco da Traição.

Ainda nesse ano de 1939, por ocasião das festas da Queima das Fitas, foi publicado o número único de «*A Cabra*» dirigido pelo estudante de Medicina Luciano de Carvalho.

Em Junho, foi a final da Taça de Portugal que o grupo da A. A. conquistou, ganhando ao Benfica, o que originou a saída de «*A Bola*» e, depois, de «*A Final*» ambos dirigidos por Manuel Bartolomeu.

Sairam mais o «*Campeão*» e «*A Vitória*», em Julho, dirigido por Cândido Frazão.

Para findar 1939, há que referir o jornal dactilografado «*Sabiá*» que começou sob a direcção de Mário Luís Mendes, aluno do Liceu e de que foram publicados trinta e seis números.

Em 1940, o único jornal novo que surgiu foi «*A Queima*» por ocasião da festa da Queima das Fitas e datado de 27 de Maio sob a direcção do estudante de Direito Herculano Duarte de Oliveira.

Quase ao findar esse ano, em Novembro, alunos do Liceu distribuiram um periódico copiografado com o título «*O Catraio*».

Em Março de 1941, sob a direcção de Renato Cantista, saiu o quinzenário «*Via Latina*» órgão da Associação Académica e em que também figuravam Ramiro Valadão, Carlos Teles Grilo, Dario de Almeida, Fernando Fontinha, Fernando Namora, Costa Marques, João Cochofel e Ramiro da Fonseca, tendo colaboração de Raul Castro, Deniz Jacinto, Joaquim Namorado, Fernandes Martins e outros.

Também um jornal dactilografado, de alunos do Liceu D. João III intitulado «*O Estudante*» e dirigido por Ilídio Gomes, foi publicado neste ano de 1941, nada mais constando sobre imprensa académica.

Em 1942, logo em Janeiro, apareceu «*Nova Luz*» revista mensal académica dirigida pelo estudante de Direito António Paula de Azeredo e tendo colaboração de Armando Bacelar, Carlos Oliveira, Raul de Castro e outros. Foi apenas publicado um número.

Também foi nesse ano, em Maio, que saiu a revista de cultura e arte «*Vértice*» que continua a publicar-se, então dirigida pelos estudantes de Letras Carmo Vaz e Raul Gomes.

Os estudantes do ensino secundário promoveram nesse ano de 1942, a publicação de outros jornais. Além de «*D. Bibas*» um jornal dactilografado, no mês de Fevereiro, o 5.º ano fez sair o jornal copiografado «*Apreciações*» e os alunos do Colégio D. Diniz e Sá de Miranda publicaram «*A nossa Revista*» colaborada por Anselmo Vieira, Albuquerque Matos, Marques da Silva, Correia Alves, etc..

Em Março, foram os alunos do Colégio Camões a fazerem sair «*O nosso jornal*» que foi, sucessivamente, dirigido por Francisco Laranjo e por Fernando António do Vale.

Ao findar esse ano de 1942, os alunos do Liceu, sob a direcção de Fernando Serra de Oliveira, publicaram o jornal manuscrito «*Selvagem*» nada mais constando sobre imprensa académica, nesse ano.

Foi mais pobre quanto a jornalismo de estudantes o ano de 1943. De jornais novos, publicou-se apenas «*Queima das Fitas*» em fins de Maio, por ocasião das tradicionais festas académicas, que foi dirigido por Oldemiro de Figueiredo e editado por Avelino Barbosa, ambos quartanistas de Medicina.

Das publicações vindas do antecedente, continuaram a sair a «*Vértice*», os «*Estudos*» e, em Dezembro, saiu mais um número de «*Via Latina*».

Durante 1944, de novo, apenas saiu o «*Boletim do Teatro dos Estudantes da Universidade de Coimbra*» com a colaboração dos doutores Pereira Dias e Paulo Quintela, e também com artigos de Deniz Jacinto, Arquimedes da Silva

Santos e António José Soares. Saiu um número em Fevereiro e não voltou a publicar-se.

E, nesse ano, não surgiram mais publicações de estudantes.

Em 1945, depois da «*Via Latina*» que reapareceu em Fevereiro e do «*Orfeon Académico de Coimbra*» que surgiu em Abril, durante a viagem à Galiza, a imprensa académica limitou-se à «*Mensagem*», de Novembro, publicada por alunos do Liceu e aos cadernos de poesia «*Altura*» dirigidos por Maia Vilaça, que logo passaram para o Porto.

O único jornal novo de 1946, saiu em Dezembro e intitulava-se «*Mensagem*». Era um quinzenário cultural de estudantes monárquicos que, perdurou até o ano seguinte. Foi dirigido por Caetano Beirão, Amândio César, Carlos Amado, Luís de Quadros e teve a colaboração de alguns professores.

Em 1947, por altura da Queima das Fitas, em Maio, reapareceu «*Via Latina*», sob a direcção de Amorim Afonso.

Não se publicaram jornais novos neste ano, mas foi mantida a revista «*Estudos*» o jornal «*Mensagem*» e também a «*Vértice*», com certa regularidade.

«*Via Latina*» voltava a publicar-se em Janeiro de 1948, agora com alguns colaboradores da revista «*Vértice*» publicando-se no mês seguinte seguinte «*Meridiano*» o n.º 1 do jornal da Casa dos Estudantes do Império.

Em Outubro desse ano foi autorizada superiormente a publicação de alguns números do jornal «*O Pagode*» editado por Augusto Camacho e integrado nas Festas a favor do grupo de futebol da A. A..

Antes de findar 1948 a Casa dos Estudantes do Império promove a publicação de um número único intitulado «*Mensagem Angolana*» comemorativo do Tricentenário daquela colónia portuguesa.

O ano de 1948 terminou, com a publicação do órgão das «repúblicas» «*O Badalo*».

Logo em Janeiro de 1949 saiu «*Rumo*» mensário dos alunos da Escola do Magistério Primário e, passadas as férias de verão Augusto Guimarães Amora, projectou a publicação da revista «*Distrito de Coimbra*», que não chegou a sair.

Saiu, no entanto «*Cidade Nova*» publicação monárquica dirigida por Carlos Amado.

Também foi publicado o semanário desportivo «*O Golo*» sendo autorizado que fosse seu director o professor do Liceu Dr. Joaquim Portugal.

E o ano de 1949 terminou com a saída da revista «*Briosa*», dirigida por Trillo y Blanco, Manuel Vilhena, Jorge Vila e Fernando Amaral Gomes.

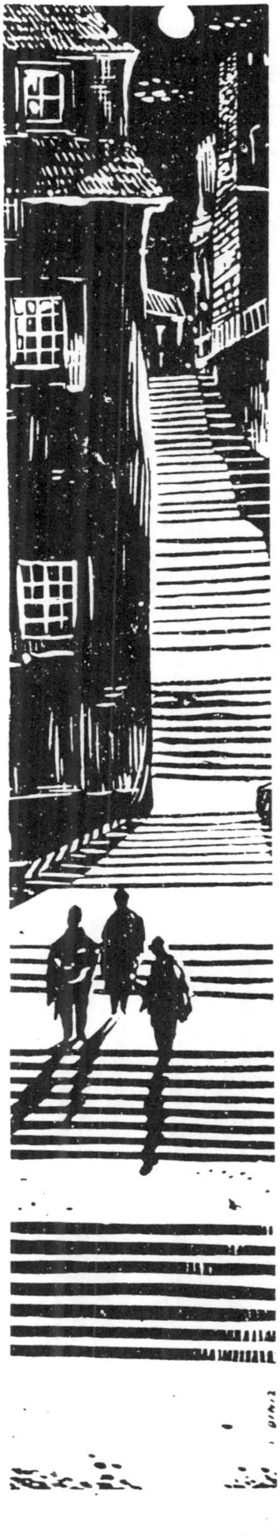

GRUPOS CULTURAIS

Orfeon

Em 1934 era presidente da direcção do Orfeon Académico o estudante de Medicina Otílio de Figueiredo, que viria, também, a ser director do jornal «*Paracelso*», pertencendo mais à direcção Fernando Barros, José Maria Assis Pacheco, José Coelho dos Reis (Pernes) e Ângelo Dias Lopes.

O dr. Elias de Aguiar, que orientava o Orfeon em alguns ensaios gerais, continuava como regente efectivo e, no primeiro sarau desse ano, em Abril, ouviu-se logo de entrada «A Portuguesa» de Alfredo Keil, grande novidade no Orfeon. Cantou-se, também, a «Rapsódia n.º 1» do dr. Elias, o «Choeur des Gardes-Chanes», de A. Thomas, o «Adoramus», de Ruffus, «L'Enclume» de Gounod, o «Tenebrae» de Palestrina, o «Chant du fer», de X. Leroux, e o «Limoeiro Verde» de Raposo Marques, já então sub-regente.

Num sarau do Coliseu de Lisboa o programa também incluía uma rapsódia de Joyce e o «Coro dos Peregrinos» de Wagner, duas peças incluídas em antigos reportórios do Orfeon.

Foi neste ano de 1934 que, também, o Orfeon se exibiu nas Caldas da Rainha, logo a seguir ao sarau de Lisboa.

Nesse ano tinham sido programadas umas festas do «cincoentenário» (sic), que seriam oportunidade para serem entregues as insígnias da Ordem de Benemerência, com que fora agraciado.

No ano seguinte — 1935 — foi presidente da direcção o estudante de Direito Joaquim Cunha Andrade, sendo directores, entre outros, João Antunes de Sousa e Elísio Vilaça.

Foi nesse ano cantada a primeira rapsódia açoreana de Raposo Marques, o «O vos omnes» de Vitória, a canção popular «Malhão» e «Lusíada», também do sub-regente Raposo Marques, que continuava matriculado em Direito.

Em fins de Março de 1935 efectuou-se uma viagem ao Porto, Viana do Castelo e Ponte de Lima, sendo de recordar o tumulto que acolheu o Orfeon no seu sarau do Sá da Bandeira com os ânimos «portistas» muito exaltados, por causa de um jogo de futebol de semanas antes, no Campo de Santa Cruz, entre o F. C. do Porto e a Associação Académicas.

A grande agitação no público «portista» não era menor do que a sentida pela Academia de Coimbra que, em Assembleias agitadas, se mostrou indignada com certas palavras que jornais do Porto atribuiram ao estudante presidente do Orfeon Académico.

Mas tudo terminaria em bem.

O Orfeon, semanas depois, apresentou-se em Lisboa, de novo no Coliseu e, em Maio, prestou a sua habitual colaboração no sarau da Queima das Fitas, tendo também actuado no chamado

Baile do Romantismo no acto inaugural do Sanatório da Quinta dos Vales — Covões.

Em Dezembro desse ano de 1935, fechou o ano actuando no primeiro sarau da Emissora Nacional, de que foi primeiro director António Joyce, antigo regente do Orfeon.

No ano lectivo seguinte — 1935-36 — a direcção era formada por jovens orfeonistas, com dois e três anos de Universidade, Francisco Gonçalves Carneiro, de Direito, foi o presidente, pertencendo mais a essa direcção Manuel Deniz Jacinto, de Ciências e Carlos Estorninho, de Letras. Outros directores foram Ramalho de Mira, Cassiano Fonseca, Barrigas de Carvalho e Mário Temido.

Em Março de 1936 faleceu, no Seminário, onde era professor, o dr. Elias de Aguiar, mas não tardou a nomeação de Raposo Marques, para regente do Orfeon, que continuava matriculado em Direito.

A viagem às Ilhas da Madeira e dos Açores, já pensada desde o ano anterior, em que foi efectuada pela Tuna, viria a concretizar-se pela Páscoa de 1936, a bordo do «Lima» sendo a prova que nem a mudança do regente, nem a juventude dos directores, poderiam abalar a reputação do Orfeon e o brio da Academia.

Em Maio, colaborou no sarau da Queima das Fitas e, em Junho, estava a cantar o Hino Nacional e o «God Save the King» na inauguração oficial do Instituto Inglês, na presença de Ministros do Governo e de Embaixadores.

No ano lectivo de 1936-37 a direcção do Orfeon foi presidida por um velho orfeonista, já licenciado pela Faculdade de Ciências e membro nomeado para a primeira Comissão Administrativa da A. A. Era o dr. Joaquim Duarte de Oliveira, que estava acompanhado por José Coelho dos Reis (Pernes), Barrigas de Carvalho, Diogo Pais dos Santos, Armando Moura e Manuel Deniz Jacinto.

Foi este elenco directivo que levou o Orfeon a Sevilha, integrado num «comboio» de auxílio às tropas franquistas, em Fevereiro de 1937.

Em Maio desse ano actuou no Eden, de Lisboa perante o Ministro Carneiro Pacheco e o Presidente Carmona e também no sarau da Queima das Fitas.

No sarau vicentino do Pátio da Universidade que se efectuou em Junho, também actuou o Orfeon, que já tinha cantado no princípio do sarau que dias antes não chegara a efectuar-se.

E o ano de 1937 terminou com uma viagem à Figueira da Foz, em que Manuel Deniz Jacinto fez um discurso de agradecimento e, em

A viagem do Orfeon Académico de Coimbra aos arquipélagos dos Açores e Madeira, em Abril de 1939 decorreu sempre a bordo do «Lima», paquete da Companhia Colonial de Navegação, que respeitou, no essencial o calendário e horário das viagens normais estabelecido.

O que não foi normal na viagem foi a grande alegria e comunicabilidade que reinou entre os passageiros (quase só orfeonistas) e a tripulação do barco.

Veja-se a boa disposição bem manifestada nos componentes do Orfeon Académico, na gravura junta, extraída de uma fotografia tirada pouco antes de um desembarque numa terra onde, certamente, haveria recepção na Câmara, Sarau no Teatro e baile no Clube...

A vida, a bordo, era mais monótona, mas ocupava bem o tempo aos jogadores de cartas, aos leitores de romances... e até aos estudantes que não se esqueceram da companhia das «sebentas».

Dezembro, com o sarau das Festas do IV Centenário da Universidade, em que também actuou o pianista Viana da Mota.

Entretanto fora eleito o novo elenco directivo do Orfeon para 1937-38, que ficou presidido por Manuel Deniz Jacinto e que incluía Barrigas de Carvalho, Seabra Dinis, Machado Franco, Mário Álvares de Moura, Coriolano Ferreira e Melo Freitas. Ao Conselho Fiscal ficaram pertencendo Antero Sobral, Edgard Carneiro e Mário Temido.

Neste ano de 1937, foi a 1.ª audição do «Aleluia» de Häendel, da Rapsódia Açoreana n.º 3 e da «In Coena Domini», de Palestrina, tendo também o Orfeon cantado, em Espanha, o Hino da Falange.

O ano de 1938 começou com a grande viagem pelo Alentejo e Algarve, que também incluiu Abrantes e Tomar e que veio a terminar nesta cidade, a 7 de Fevereiro.

Em Março desse ano, actuou com a Tuna, num grande sarau do Coliseu dos Recreios, a que assistiu o Presidente da República.

Nesse ano de 1938 não houve sarau da Queima das Fitas, mas, no princípio de Maio, o Orfeon já tinha cantado, no salão da Câmara de Coimbra, por ocasião da Semana das Colónias, deslocando-se, depois a Aveiro.

A última exibição do Orfeon neste ano, foi em Junho, num sarau de beneficência em que colaborou.

No fim desse ano, foi eleita a nova direcção do Orfeon para 1938-39, que continuou sendo presidida por Manuel Deniz Jacinto e que também incluía Machado Franco, Mário Álvares de Moura, Antero Sobral, Ferreira Bastos e António José Soares, além de Albano Martins da Costa.

Logo em Fevereiro, actuou no Sá da Bandeira, do Porto, seguindo para a Régua, Lamego, Vila Real, Mirandela e Chaves e des-

cendo por Guimarães e Espinho. Em Maio colaborou, com a Tuna e o T.E.U.C. no sarau da Queima das Fitas e, no final do ano, também colaborou num concerto da Capela da Universidade, em que tocou o organista Mário Sousa Santos.

Entretanto, tinha sido eleita a nova direcção, que ficou assim formada: presidente, José Ferreira de Carvalho, Lino de Morais, Eduardo Baptista, Ferreira Bastos, Albano Martins da Costa e Luís Carlos Decq Motta. Também foi eleito Augusto Machado Franco, que faleceu quinze dias depois, tendo sido substituído por António Júlio de Lemos.

Com esta direcção o Orfeon, em Abril de 1940, deslocou-se a Viseu, Guarda, Covilhã e Castelo Branco e, no sarau da Queima das Fitas, em Maio, colaborou com a Tuna e o T.E.U.C..

Em Junho, o Orfeon é condecorado com o grau de Comendador da Ordem de S. Tiago da Espada, terminando em Novembro de 1940, com duas actuações em conjunto com a Tuna e o T.E.U.C. no Pavilhão de Belém, da Exposição do Mundo Português, e no Salão Nobre da Faculdade de Letras, em homenagem aos participantes no Congresso da História da Actividade Científica Portuguesa.

A direcção para 1940-41, foi presidida por António Júlio Antunes de Lemos, dela fazendo parte, também Arlindo Mendes, Aníbal de Oliveira, Elísio Coelho dos Santos, Fernando Viana Teixeira, Paulo Lisboa Mendes e Emídio Pires Praça.

Em Março de 1941 o Orfeon cantou num sarau, no Teatro Rivoli, do Porto, em favor das vítimas do ciclone do mês anterior, seguindo depois para o Minho, terminando a excursão em Espinho. Ainda nesse mês actuou em Coimbra, num sarau a favor do Lactário de Sant'António.

Voltou a exibir-se em Coimbra, na Associação dos Artistas, não tendo colaborado no espectáculo da Queima das Fitas nesse ano preenchido com uma revista académica.

Neste ano de 1941 o reportório foi acrescentado com mais uma «Rapsódia Açoreana», com «Plorans, ploravit», de Palestrina e com «Crux Fidelis» de D. João IV.

No ano lectivo seguinte, 1941-42 continuou na presidência Antunes de Lemos, ficando na direcção Jorge Gouveia, Pires Praça, Gois Pinheiro, Fernando Teixeira Viana, Abílio Moreira e Rui Castro Pita.

Em Março de 1942 o Orfeon deslocou-se a Tomar, Alcobaça e Leiria, tendo cantado, em Abril, durante a homenagem prestada a Antero, aquando do descerramento da lápide na casa dos Palácios Confusos, onde viveu e na sessão solene, organizada na Sala dos Capelos.

Em princípios de Maio desse ano, o Orfeon promoveu, no Teatro Avenida, um outro sarau em benefício do Lactário de Nossa Senhora. Foi neste sarau que estreou «Laudate», em transcrição de Raposo Marques e «Que sentis coraçon», em transcrição de Manuel Joaquim.

Para o ano lectivo de 1942-43, foi eleito presidente José de Sousa e Silva, ficando também como directores Manuel Simões Julião, Francisco Mendes da Luz, Daniel de Pinho, Eduardo Guedes, José Maria de Almeida e Joaquim Carmelo Rosa.

Logo em Fevereiro de 1943 o Orfeon exibiu-se no salão da FNAT, no já tradicional sarau em favor do Lactário e também do Centro Familiar, seguindo no outro dia para o Porto e depois para Viana do Castelo e Espinho.

Em Abril, colaborou com o T.E.U.C. num sarau promovido pelo 5.º ano médico em benefício do Enxoval do recém-nascido, actuando em Maio, com a Tuna, no sarau da Queima das Fitas.

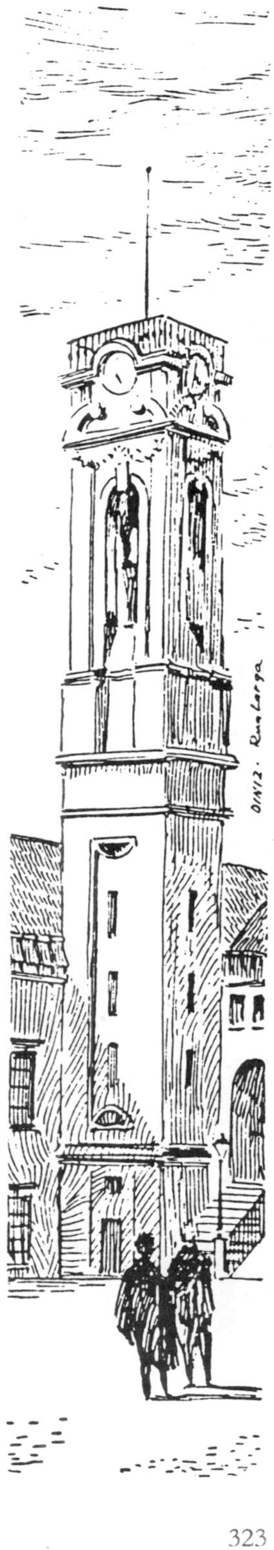

Neste ano de 1943 o Orfeon introduziu no seu reportório a «Seguidilla», de François Bazin e «Melodia de Amor», de Ruy Coelho.

Para presidente do ano lectivo 1943-44 foi eleito Manuel Sobral Torres, que foi acompanhado por Manuel Simões Julião e Carmelo Rosa, além de Goes Pinheiro, Álvaro Costa Martins, João de Almeida e Trindade Simões.

A primeira exibição do Orfeon neste ano de 1944 foi em Fevereiro, no salão da FNAT, num sarau também em favor do Lactário tendo seguido, depois, para Viseu e Gouveia já com o diploma de sócio honorário daquela obra de assistência, que lhe foi entregue pelo dr. Braga da Cruz.

Neste ano, também cantou num sarau a favor do Jardim-Escola e, depois, no sarau da Queima das Fitas.

Graças a uma boa administração, foi neste ano que o Orfeon conseguiu juntar dinheiro para adquirir um órgão, destinado a facilitar os ensaios de cada naipe.

O programa do Orfeon neste ano de 1944 foi aumentado com «In Paresceve», do Cónego D. Pedro, «La nuit», de Rameau, «Presente», de A. Campos e «Cântico das Fontes» de R. Marques.

Para o ano lectivo de 1944-45, foi reeleito o presidente Manuel Sobral Torres, sendo também eleitos Laurentino Araújo, Luís Temido, Nascimento Ferreira, José Nunes Barata, Silva Pereira e Mário Trepa. A primeira actuação deste ano, foi em Fevereiro, num sarau do Coliseu de Lisboa, para a Obra do Socorro de Inverno tendo nesse mesmo mês colaborado com a Tuna e o T.E.U.C. no sarau de inauguração da Casa dos Estudantes do Império.

Em Abril exibiu-se no Rivoli, do Porto, seguindo depois para a Galiza, dando saraus em Santiago, Tuy e Vigo e, ainda nesse mês lhe foi atribuída pela Câmara Municipal de Coimbra a Medalha de Ouro da Cidade.

Em Maio colaborou, novamente, na festa da Casa dos Estudantes do Império e, por ocasião da festa da Queima das Fitas, organizou a II Reunião dos Antigos Orfeonistas, de que fez parte um grandioso sarau no Teatro Avenida, em que cantaram tanto «novos» como «velhos».

Não perduraram muitos elementos sobre as actividades do Orfeon Académico no ano lectivo de 1945-46, mas é reconhecido que a formatura de Manuel Sobral Torres e a constituição do Conselho dos Organismos Académicos fez apagar, de algum modo, a actividade orfeónica.

No entanto, ainda se recorda que o Orfeon colaborou nas homenagens a proeminentes vultos de Coimbra, como ao poeta Eugénio de Castro, no Instituto de Coimbra, como ao «maestro» e jurista João Arroyo (este fundador do primeiro Orfeon), no Instituto de Música.

Neste ano de 1945-46, com base nos novos Estatutos (remodelados no ano anterior) a direcção era composta, apenas, por seis elementos, tendo sido eleitos os seguintes: Luís Temido, na presidência e mais Nascimento Ferreira, Albino Folhadela, Mário Trepa, Vasco Eloy e Machado da Rosa.

O Orfeon, em Março desse ano de 1946, colaborou no sarau promovido pela Casa dos Estudantes do Império, tendo também viajado até ao Porto para actuar, em Abril, no Coliseu, num sarau em favor da Casa do Gaiato, e em que colaboraram também, antigos orfeonistas.

No sarau da Queima das Fitas, voltou a colaborar.

Em Novembro realizaram-se as eleições estatutárias, tendo ficado na presidência para o ano lectivo de 1946-47, José Araújo Novo, além de António Carvalho Hipólito, Poupinha das Neves, Bento das Neves, Vasco Eloy e Mário Luís Mendes.

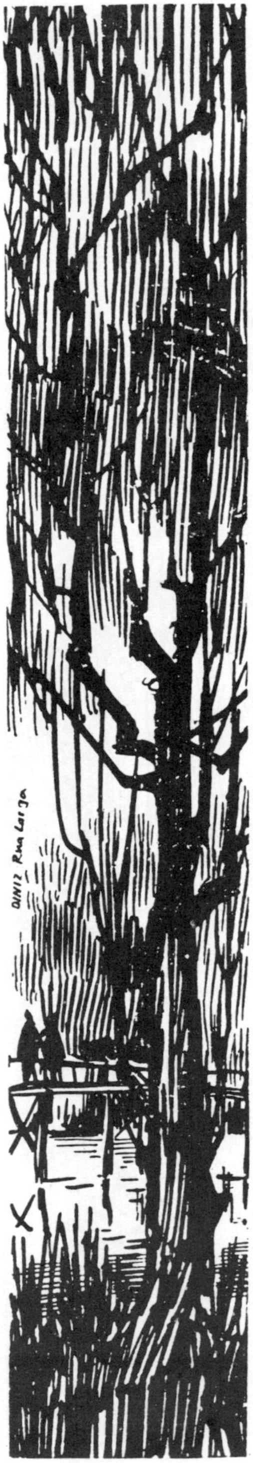

Também neste mês se escolheram os representantes dos três organismos académicos para a formação do «Conselho» tendo sido indicados pelo Orfeon, Vasco Eloy e Poupinha das Neves.

Em Março de 1947 cantou no Teatro Parque-Cine, da Figueira da Foz, em récita da Casa da Criança e também colaborou num sarau do Avenida, em Coimbra, em benefício do Jardim-Escola João de Deus e noutro, no salão da FNAT, dedicado aos trabalhadores de Coimbra, além de se ter exibido na Penitenciária, numa audição dedicada aos reclusos.

E, em Abril, partia para Espanha.

Actuou em Salamanca e em Madrid, tendo, viajado na companhia do Doutor Afonso Queiró, que representava o Reitor da Universidade e também do Assistente da Faculdade de Direito, Antunes Varela.

Regressado a Coimbra, com uma certa desilusão dos orfeonistas a quem não foi dada qualquer oportunidade de se exibirem em palcos de teatros, o Orfeon colaborou no sarau da Queima das Fitas, e, também, no Emissor Regional e no Ninho dos Pequenitos, da rua Oliveira Matos.

No mês de Outubro, dispondo de um sistema de aparelhagem sonora, montado nas suas salas do edifício da Rua Larga, o Orfeon produzia «programas sonoros», emitidos diariamente, com música coral e instrumental, palestras literárias e científicas, e noticiário local ou nacional.

Foi num destes programas divulgado o resultado das eleições para 1947-48, em que ficou presidente do Orfeon o estudante de Medicina Joaquim Bento das Neves, coadjuvado por João Monsanto da Fonseca, Vasco Eloy, Mário Luís Mendes, Fernando Braga de Almeida e Florêncio Neto de Carvalho.

Entrado o ano de 1948, logo em Janeiro o Orfeon era o patrocinador do concerto, dado no Sousa Bastos pela «Agrupación Coral de Pamplona» e, em Março, depois de ter cantado na

Emissora Regional, deslocou-se à Marinha Grande para realizar um espectáculo. Foi o regresso desta viagem tragicamente assinalado, com a morte, ocorrida no interior da camioneta, do orfeonista José Eugénio Padilha.

Acedendo a um convite oficial, o Orfeon exibiu-se, em Abril, no Palácio dos Desportos, de Lisboa num sarau em favor do Socorro Social, perante vários membros do Governo.

Na viagem de regresso, actuou em Pombal.

Em Maio, antes de colaborar no sarau da Queima das Fitas, o Orfeon já tinha cantado na Casa dos Pobres, no Páteo da Inquisição, noutra exibição da FNAT, noutra na Emissora Regional e, também, no Sousa Bastos num sarau em favor do Enxoval do Recém-nascido.

Do reportório orfeónico neste ano de 1948, constavam: — «Serenata açoreana», «Sonhando» um «O vos omnes» e uma «Rapsódia», de Raposo Marques, regente do Orfeon; «La nuit», de Rameau; «Coro dos Soldados», de Gounod; «Les martyres», de Laurent de Rillé; um «Coral», de J. S. Bach; «Aleluia» de Haendel; além de uma «Rapsódia» de Elias de Aguiar; «In Paresceve» do Cónego D. Pedro; e «Melodia de Amor», de Ruy Coelho. Em primeira audição pelo Orfeon, também foi cantada neste ano de 1948 «Fiesta de los marineros», de Denfre.

Para o ano lectivo de 1948-49 foi eleita uma direcção a que presidia Mário Luís Mendes e de que faziam parte Mário Cura Mariano, António Vicente Coimbra, Francisco Araújo e Sá, José Teixeira Maranhas e Fernando Braga de Almeida, que foi reeleito, como o primeiro.

Logo em Janeiro de 1949 foi reorganizado o serviço de amplificação sonora ficando director Pedro Camacho Vieira, tendo, no mês seguinte, feito uma excursão por Aveiro, Oliveira de Azemeis, Amarante, Vila Real e Braga. Mais tarde, deslocou-se a Gois e, nas férias grandes, fez a grande excursão por terras de África.

A partida foi no «João Belo», a 22 de Agosto, depois de ter actuado duas noites, em Lisboa. Ao parar na Madeira realizou um sarau no Municipal e, depois, actuou em Luanda, Lobito e Benguela, continuando para Moçambique onde fez saraus em Lourenço Marques e na Beira. No regresso, cantou na Cidade do Cabo e, de novo em Angola, actuou em Moçâmedes, Nova Lisboa, Sá da Bandeira e também em Luanda.

O último sarau foi em São Tomé, tendo viajado no mesmo «João Belo» até Lisboa, chegando a Coimbra, de camioneta, nos meados de Novembro de 1949, após cerca de três meses de ausência.

Ao chegar à Metrópole, a Sociedade de Geografia organizou, em Lisboa, uma sessão solene de recepção e, em Coimbra, foi acolhido festivamente pela população da cidade e por um honroso acolhimento na Câmara Municipal.

Os dirigentes do Orfeon durante a excursão a África foram, além do presidente Mário Luís Mendes, os estudantes João Monsanto, Maia Ferreira, Pereira de Oliveira e Alberto Feio.

Também acompanharam a viagem o Doutor Afonso Queiró, o Padre Urbano Duarte e António Almeida Santos, como orador oficial e que viria a publicar um livro com o relato circunstanciado da viagem.

No fim deste ano de 1949, todos os organismos académicos se transferiram para o Palácio dos Grilos, onde já decorreu a nova eleição para os corpos gerentes que iriam orientar a vida do Orfeon e em que a nova direcção seria presidida por Fernando Braga de Almeida.

Neste ano de 1949 o reportório do Orfeon constou de alguns números de música religiosa, de música portuguesa e de música diversa, já conhecidos de temporadas anteriores, além de dois números inéditos de música espanhola: — «Paloma del Palomar», de Rafael Benedito e «Amanecer», de Eslava.

Teatro

No ano de 1934 não há qualquer referência aos grupos dramáticos do Orfeon ou da Tuna, isto é, aqueles conjuntos formados por elementos daqueles grupos, que preenchiam uma parte dos saraus com as suas representações. Sabe-se, no entanto, que em Dezembro de 1934, para a excursão da Tuna Académica à Madeira e aos Açores chegou a nomear-se um grupo dramático ...mas sabe-se, também, que não chegou a representar...

A única representação teatral neste ano, teria sido no Colégio Santa Isabel, na rua da Trindade, o sarau de arte, promovido pelo C.A.F.C. e em que actuaram as estudantes Piedade Salta, Guilhermina Noronha, Lurdes Corga e Ana Vera Cruz, em Fevereiro de 1934.

Neste ano também se distinguiram como bons intérpretes, no sarau da Queima das Fitas, em Maio desse ano, os estudantes José Dias e José Lino, este que no ano anterior tinha sido premiado no Conservatório de Lisboa.

Em 1935, num sarau de Dezembro, surge João Baptista Franco a recitar o prólogo da «Véspera de Feriado» e noutro, na sala de leitura da antiga Biblioteca da Universidade, um grupo de Germânicas representa, em alemão *Der Totentanz* dirigido por professores da secção.

Durante 1936, de novo alunos de Germânicas representam, em alemão, a 17 de Junho, algumas cenas do *Faust*, distinguindo-se, também como bom intérprete em «travesti» o estudante Filipe Charters, em alguns saraus do Orfeon Académico.

No ano de 1937, a actividade teatral mais saliente — uma renovação das festas do fim de ano que há muito não se efectuavam; foi a récita de despedida dos quintanistas de Medicina *Gota a gota... rectal*, escrita e representada por estudantes

do 5.º ano médico, que subiu à cena em Maio desse ano.

Em Junho desse ano, no Páteo da Universidade, a Academia de Coimbra teve oportunidade de manifestar o seu interesse pelo teatro... e por Gil Vicente... quando gritou «*Isto é nosso*» à Companhia do Nacional que se propunha representar para estranhos à Academia alguns autos vicentinos...

O espectáculo foi adiado para dias depois, quando já havia estrados para todos os estudantes e cadeiras para professores e assistentes...

O interesse generalizado pelo teatro vem a manifestar-se no organismo «Fado Académico», em cuja reunião de direcção de 25 de Novembro de 1937 foi apresentada, discutida e aprovada a seguinte proposta do presidente Jorge de Morais (Xabregas): «*Que dentro do «Fado Académico de Coimbra» se organizasse um grupo cénico com o fim de colaborar e engrandecer todas as manifestações que o «Fado» venha a ter, quer nos palcos de Coimbra, quer fora de Coimbra, quando em excursão*».

Estava planeado um Grupo Dramático paralelo aos da Tuna e do Orfeon... Porém a existência de senhoras neste grupo do «Fado» distingui-lo-ia de todos os anteriormente existentes na Academia.

E, na Acta da reunião de 16 de Dezembro, consta expressamente que foi «*focado qual a constituição que deveria ter o grupo cénico, no que diz respeito à possível comparticipação de senhoras... Depois de discussão, foi aprovado, com duas abstenções, que no referido grupo tomariam parte senhoras «estudantes» ou com igual categoria*».

Logo no início de 1938 — Acta de 20 de Janeiro — o «Fado» resolveu dar ao grupo cénico um carácter intelectual, agregando-lhe uma comissão de intelectuais, presidido pelo Exmo Senhor Doutor Paulo Quintela, ilustre Professor da Faculdade de Letras.

Mas, perante a negativa do uso de uma sala desta Faculdade para os ensaios, estes efectuavam-se na Mineralogia, por cedência do director da Faculdade de Ciências, Doutor Anselmo Ferraz de Carvalho.

Na altura, os dirigentes eram os seguintes: Jorge de Morais, João Jardim, Eugénio Nabinho, Abílio de Moura e também D. Madalena de Almeida, estudante de Letras e membro da comissão.

Prosseguiram os ensaios com entusiasmo e no Avenida, na noite de 27 de Junho, estreava-se o «Grupo Cénico do Fado» — «Teatro dos Estudantes de Coimbra» como se lia em subtítulo do programa, em que se destacaram em vários papéis vicentinos as estudantes Madalena Almeida, Maria José Navarro de Oliveira, Carolina Soares, Berta Fausta Costa, Mariberta Carvalhal, Augusta Marques, Cidália Gomes, Madalena Donas Boto, Maria José Martins e Marília Ferreira.

Dos estudantes, recordem-se, além de Jorge Morais (Xabregas), as actuações de José Coroa, Décio Dantas, Manuel Deniz Jacinto, Barrigas de Carvalho, Eduardo Mansinho, Albano Martins da Costa, João Gonçalves Jardim e Joaquim Gago.

Colaboraram também neste espectáculo, além de Alfredo Golegã, o dr. Condorcet Paes Mamede, como contra-regra e Danton Nifo, caracterizador.

Nos princípios de 1939 já se pensava na remodelação do grupo, em novos corpos gerentes e até na alteração do nome para Teatro dos Estudantes da Universidade de Coimbra sem qualquer referência à antiga designação de Grupo Cénico do Fado Académico.

Ainda no ano de 1938 — Março, Abril — não se pode esquecer a récita de despedida do V Ano Médico, com o título *Gotas amargas... quantum Satis*, que procurou manter a velha tradição

das récitas do 5.º ano, reatada no ano anterior, também escrita e interpretada só por estudantes do curso.

No entanto, a actividade teatral intensiva e continuada só começou com o agrupamento que ficou conhecido pelas iniciais T.E.U.C. e que com este nome interveio na Noite Portuguesa, em Coimbra, que foi ao Teatro Nacional, de Lisboa e que, depois se apresentou no Rivoli, do Porto, com um programa vicentino e com os *Anfitriões*, de Luís de Camões.

No sarau da Queima das Fitas, desse ano de 1939, mostra-se o T.E.U.C. ao grande público de Coimbra. E, em Dezembro, no salão nobre da Biblioteca da Universidade, em ambiente de íntima religiosidade, em que foi solicitado ao público para não aplaudir, o T.E.U.C. confirmou perante uma assistência conhecedora e exigente, que já era o grupo dramático que honrava a Universidade e toda a Nação.

Ainda em Maio desse ano, os estudantes da Faculdade de Letras, organizavam a Noite Francesa e a Noite Alemã destacando-se os estudantes da secção de Românicas Fernando Bandeira e Amílcar de Castro, além dos de Germânicas que representaram em alemão *Auto de Teófilo*.

Também, no fim de 1939, alguns estudantes de Letras, principalmente da secção de Clássicas, pretenderam constituir o «Teatro Clássico Universitário», mas julga-se que a sua actividade não passou de projectos e da redacção de várias «Actas», passadas a Livro próprio, nos últimos dias de 1939.

Para 1939-40 o Teatro dos Estudantes da Universidade de Coimbra, elegeu os seus corpos gerentes que ficaram assim constituídos: — direcção, Manuel Deniz Jacinto, Abílio de Moura, Antero Sobral, Vasco Taveira, Margarida Carmona, António José Soares e Carolina Soares. Na mesa da Assembleia Geral ficaram o

Doutor Paulo Quintela, Augusta Marques e Albano Martins da Costa.

Foram estes dirigentes que, em Fevereiro de 1940 promoveram a homenagem a Adelina Abranches, que contracenou com os estudantes, que nesta noite estrearam o *Auto da Embarcação do Inferno* que por muitos anos se manteria no seu reportório.

Nesse ano o T.E.U.C. também actuou no sarau da Queima das Fitas e depois, na Figueira da Foz.

No meio do ano houve a Noite Alemã, em que os alunos de Germânicas representaram *Leonce unde Lena* e também algumas cenas do *Faust*.

Os alunos da mesma secção também fizeram uma Noite Inglesa com cenas de Shakespeare.

A primeira representação ao ar livre deu-a o T.E.U.C. no Parque da Cidade, pelas festas da Rainha Santa e, no fim desse ano de 1940, voltou a actuar na Biblioteca da Universidade, findando o ano com a exibição no Teatro da Exposição do Mundo Português, em Belém e, depois, no salão nobre da Faculdade de Letras, de Coimbra.

Neste ano, estreou-se no grupo, a aluna de Ciências-Matemáticas, Madalena Biscaia.

O ano de 1941 foi o ano da apresentação da *Trilogia das Barcas* para o qual o Doutor Paulo Quintela traduziu do espanhol a *Barca da Glória*, terceira parte da trilogia.

O êxito da estreia em Coimbra, levou o T.E.U.C. a repetir o sarau, no Teatro Nacional de Lisboa.

Neste ano de 1941, era presidente da direcção Antero Sobral, sendo também dirigentes Albano Martins da Costa, Vasco Taveira, Eduardo Mano além de três senhoras, Carolina Soares, Augusta Marques e Maria José Santos.

Mas não coube, exclusivamente, ao T.E.U.C. a actividade dramática dos estudantes, nesse ano.

O curso do 5.º ano médico, realizou outra récita de despedida, com *Pontas de Fogo*, revista escrita e interpretada por quintanistas. Deve notar-se que uma parte do espectáculo era preenchido com o *Auto da Barca de Medicina*, engraçada «charge» à Faculdade e à obra vicentina nessa época tão falada e tão representada.

O sarau da Queima das Fitas desse ano também foi pretexto para outra revista académica, intitulada *Não façam ondas* que, triste é repeti-lo, nada honrou a Academia e até envergonhou uma geração que tanto estava a dignificar a arte dramática.

Para 1942 o T.E.U.C. tinha novos dirigentes, sendo eleito para a presidência Deniz Jacinto; José Ferreira Neves, Barrigas de Carvalho, Décio Dantas, Maria José Santos, Carolina Soares e Jaime Valverde estudante de Direito também faziam parte da direcção.

À Assembleia Geral pertenciam o Doutor Paulo Quintela, Vasco Taveira e Margarida Costa.

Foi escassa a actividade do T.E.U.C. neste ano, pois apenas representou duas vezes em Coimbra — na sala da Associação dos Artistas e na Tarde de Arte da Queima das Fitas — e uma vez em Leiria, com a reposição da *Farsa de Inês Pereira* com diversos quadros vicentinos e o *Auto da Embarcação do Inferno*.

A guerra mundial chamava à vida militar muitos elementos do grupo, que juntamente com os que se formavam, reduzia o número dos que podiam representar e entravava a renovação do reportório.

Porém, as alunas do Colégio Progresso, sob a direcção do seu professor dr. Deniz Jacinto, ainda puderam apresentar no Avenida, em Março desse ano, a peça de Carlos Amaro *S. João subiu ao trono*.

Em Janeiro de 1943, foram eleitos os novos dirigentes do T.E.U.C. continuando na presidência Antero Sobral e sendo também escolhidos para a direcção Jorge Peixoto, Arquimedes Silva Santos, Albano Martins da Costa, Barrigas de Carvalho, Maria José Santos, Carolina Soares e Egídio Namorado. Na mesa da Assembleia Geral ficou Denis Jacinto, secretariado por Emília Coelho e Esmeralda Mesquita.

A primeira representação do T.E.U.C. este ano, foi em Condeixa, onde foi apresentado pelo dr. Fernando Namora, jovem médico formado no ano anterior. Depois, em Abril, deslocou-se, de novo, ao Teatro Nacional, de Lisboa, para representar autos vicentinos a convite do S.N.I., mas já não colaborou nas festas da Queima das Fitas desse ano de 1943.

A nova direcção de 1944, a que continuava a presidir Deniz Jacinto, também incluía Arquimedes da Silva Santos, Barrigas de Carvalho, Jorge Peixoto, Rui Feijó, Maria José Santos e Emília Coelho.

As suas actividades deste ano iniciam-se com um concurso de peças de teatro e com a publicação de um «Boletim». Esta publicação, que não foi continuada em números posteriores, destinava-se, especialmente, a ser um instrumento de cultura teatral para os intérpretes-estudantes. Continuou, no entanto, o trabalho de traduzir do espanhol *O Grande Teatro do Mundo* que viria a estrear-se a 22 de Maio, no Avenida de Coimbra. Em Novembro, repunha no mesmo palco a mesma peça do autor espanhol, numa récita a favor da Escola Nocturna da Associação dos Artistas.

Neste ano de 1944, a renovação de reportório determinou a entrada de muitos elementos, entre os quais dez senhoras estudantes.

Para dirigir o T.E.U.C. em 1945, foi eleita uma direcção presidida por Arquimedes da Silva

Santos, a que também pertencia Rui de Castro Feijó, Vasco Queirós, Turíbio Matos, Barrigas de Carvalho, Maria António Dionísio e Maria da Luz Silva Pereira.

Na Assembleia Geral continuavam o Doutor Paulo Quintela, secretariado por Madalena Osório e Maria Helena Vieira.

Logo em Janeiro de 1945 o T.E.U.C. deslocou-se a Lisboa, onde representou no Teatro Nacional o referido auto sacramental de Calderon de la Barca.

Mas não abandonou Gil Vicente, que apresentou em Coimbra, em quatro saraus, além de ter reposto, o *Grande Teatro do Mundo*.

No Porto, no Teatro Rivoli, apresenta de novo o *Grande Teatro do Mundo*, mas numa festa no salão dos Fenianos, volta a mostrar alguns quadros vicentinos. Seguiu, depois, para Braga, com o mesmo auto sacramental.

Regressado a Coimbra, apresentou no Hospital da Quinta dos Vales, episódios de Gil Vicente e passadas as férias grandes, deslocou-se a Leiria para voltar a exibir-se com o *Grande Teatro do Mundo*.

Em 1946 pertenciam à direcção do T.E.U.C. Manuel Joaquim de Melo, Turíbio de Matos, Joaquim Lopes da Silva, Vasco Queirós, José Maria Martins, Maria António Dionísio e Maria Helena Vieira. Mais tarde António Carvalheira, também colaborou com a direcção.

Na cidade de Viseu apresentou o T.E.U.C. alguns quadros de Gil Vicente — nomeadamente o *Auto da Embarcação do Inferno* e o *Auto do Purgatório* repetindo o sarau, dias depois, na Pampilhosa do Botão.

Em Coimbra, apresentou-se no salão da FNAT num espectáculo para alunos dos Liceus e dos colégios particulares, continuando depois a sua actuação pela Província, com saraus em Santarém e em Évora, a convite da Fundação da Casa de Bragança.

À imprensa chegavam rumores de uma renovação teatral e, na verdade, é dessa época a criação do Teatro-Estúdio do Salitre, do Grupo de Teatro da Faculdade de Letras de Lisboa, Companheiros do Páteo das Comédias e, no Porto, Teatro Experimental e Teatro Clássico Universitário.

Também em Junho de 1946, os estudantes do Liceu de Coimbra se despediram com a peça *D. Beltrão de Figueiroa*, de Júlio Dantas.

Em 1947 continuava a presidir ao T.E.U.C. Manuel Joaquim de Melo, que era acompanhado por Vasco Queirós, Armando Vidal, Luís do Valle, Correia Alves, Maria Helena Vieira e Maria Fernanda Pereira.

Porém, logo em Fevereiro desse ano, no sarau organizado pela revista «Estudos» actuam em recitativos, alguns estudantes não elementos do T.E.U.C. como Orlando de Carvalho, Martinho do Rosário, Barros Lopes e Jorge Biscaia. No sarau da Queima das Fitas, também não colabora o T.E.U.C., mas é levada à cena *Aqui é Coimbra*, uma peça de Guimarães Amora e João Menano, interpretada por um grupo de estudantes.

Também na «semana de Shakespeare» estudantes de Germânicas, representam cenas de *Twelfth Night*.

Quanto ao T.E.U.C. apresentou-se quatro vezes, em Coimbra, ainda com programa vicentino, deslocando-se também ao Porto, para representar a *Trilogia das Barcas*.

A grande prova foi em Junho, com o primeiro programa de teatro moderno, no Avenida de Coimbra, em que Deniz Jacinto fez o *Rei Imaginário* de Raul Brandão e todo o grupo interpretou *Terra Firme* de Miguel Torga, que então publicou a 2.ª edição depois de ter assistido aos ensaios dos estudantes.

O espectáculo foi repetido, também em Coimbra, no final do ano.

Ainda em 1947, o T.E.U.C. mostrou Gil Vicente no Hospital da Quinta dos Vales e em Aveiro, onde foi com a *Trilogia das Barcas*.

No ano de 1948 os dirigentes do T.E.U.C. eram os seguintes: Barrigas de Carvalho, Correia Alves, Cardoso do Valle, Santos Simões, Fernando Rebelo, Maria Angélica Henriques e Clarice Lickfold Moreira.

Logo em Março desse ano realizou saraus em Viana do Castelo, Guimarães e Aveiro, num programa com a *Terra Firme* que era completado com alguns trechos vicentinos. Em Maio, deslocou-se a Leiria e à Figueira da Foz, com o mesmo drama moderno, sendo o espectáculo completado com recitativos por Carlos Wallenstein.

Os estudantes de Germânicas também neste ano organizaram no Teatro da Faculdade de Letras a sua Semana Inglesa, com a exibição de trechos dramáticos interpretados na própria língua inglesa.

O ano terminou com nova exibição do T.E.U.C. no Serão de Arte em honra de Francisco Suarez, no salão nobre da Biblioteca da Universidade, em que foi, de novo, apresentado o *Auto da Alma*.

Para 1949 a direcção do T.E.U.C. era assim constituída: Joaquim Simões, Gumercindo Correia, Mário Vilaça, Ruivo Martins, Emílio Coroa, Ana Maria Biscaia e Clarice Lickfold Moreira.

Nos princípios de Abril, os quintanistas de Medicina, na continuação da tradição das récitas de despedida, apresentam no Avenida *Clister de bom humor*, em que teve especial colaboração Arquimedes Silva Santos e Aniceto do Rosário, ambos componentes do curso.

Ainda em Abril, depois de uma tarde de arte no Avenida, dedicada aos alunos dos Liceus e Colégios de Coimbra, o T.E.U.C. partiu para uma digressão pela Madeira e Ilhas dos Açores, dando saraus nas cidades-capitais e também na vila da Calheta, da Ilha de S. Jorge, no domingo de Páscoa. A festividade foi de novo comemorada, à noite, num sarau na popa do «Lima» dedicado à tripulação do navio.

Os estudantes apresentaram um programa vicentino, mas no regresso, no Funchal, o reportório foi de teatro moderno, com *Terra Firme* de Miguel Torga e o *Rei Imaginário*, de Raul Brandão.

O T.E.U.C. não representou, neste ano, nas festas da Queima das Fitas. E, também, contra a sua vontade e do próprio Reitor Maximino Correia, não teve condições materiais para colaborar no Centenário de Goethe, com a representação do *Faust*.

Merece, no entanto, especial destaque, o sarau organizado pelos alunos do Seminário Episcopal, que em Maio levaram à cena o *Auto da Alma* de Gil Vicente.

Quase no final de 1949, o T.E.U.C. teve a satisfação de homenagear, na sua última aula na Universidade, o Doutor Anselmo Ferraz de Carvalho, que dez anos antes cedera a Sala de Mineralogia, para ensaios do «Grupo Cénico». Em cerimónia, simples mas expressiva, foi entregue ao antigo Mestre e devotado Amigo, o emblema n.º 1 de sócio honorário do T.E.U.C.

Tuna

Logo no início de 1934 — Fevereiro — a Tuna Académica sob a regência de Raposo Marques e a presidência de Alexandre de Albuquerque, deslocou-se à Beira Alta para dar saraus em Viseu e Lamego. Nesse ano, apresentou-se no acto de Variedades, a orquestra de tangos «Clam Rojja» que constituiu um grande sucesso.

Meses depois, no sarau de fins de Maio, organizado pela Sociedade Filantrópica e dedicado aos quartanistas de todas as Faculdades, exibiu-se também com o Orfeon, a Orquestra de tangos e o grupo de guitarras hawaianas «Hula's Players». Foi nesse ano que, em Novembro, faleceu o estudante goês Joffre Fernandes que na Tuna tocava violoncelo.

Pelo Natal desse ano a Tuna deslocou-se à Madeira dando um sarau no Funchal e, depois, em Janeiro de 1935, nas ilhas de S. Miguel, Terceira e Faial, dos Açores.

À direcção que levou a Tuna às Ilhas pertenciam, além de Raposo Marques, Danton Nifo, Décio Dantas, Jaime dos Anjos e João Raposo que, para anularem o saldo negativo das contas tiveram que organizar, depois, um sarau em Aveiro.

Do reportório, além do Hino Nacional constava: «Momento Musical», de Schubert; «Chant sans parolles», de Tschaikovsky; «Reverie», de Schuman; «Dança húngara», de Brahms; «Dança,

A Tuna Académica da Universidade de Coimbra, sob a regência de Raposo Marques, ainda matriculado na Faculdade de Direito, deslocou-se às Ilhas da Madeira e dos Açores, no Natal de 1933, regressando a Coimbra em Janeiro de 1934.

A fotografia, tirada nas escadas da Capela da Universidade, mostra o regente e todos os tunos daquela ápoca, além da bandeira coberta das «fitas» oferecidas em muitas das terras visitadas, em Portugal, Espanha e no Brasil.

Fado e Chula», de Ruy Coelho; «Balada» de Raposo Marques e «Romarias» também do regente da Tuna Académica.

No fim de Janeiro de 1935 era eleita nova direcção, agora com Armando Reais Pinto, José Guilherme Faure, que levou a Tuna à Pampilhosa e a Albergaria e, depois, a Condeixa, Leiria e também a Cantanhede.

Na Queima das Fitas desse ano, também promovido pela Filantrópica, voltou a exibir-se a Tuna Académica, terminando este ano de 1935 com a sua colaboração no sarau da Emissora Nacional, em Coimbra, em que também cantou o Orfeon Académico e actuou um grupo de guitarras e violas.

Em fins de Janeiro de 1936, saiu de Coimbra para saraus em Tomar e nas Caldas da Rainha, deslocando-se, depois, a Estarreja e a Soure.

Por morte do Dr. Elias de Aguiar, ocorrida em Março, no Seminário, ficou Raposo Marques a acumular a regência efectiva de Tuna com a do Orfeon tendo estes dois organismos académicos colaborado, de novo, no sarau da Queima das Fitas, promovido pela Sociedade Filantrópica, em Maio desse ano de 1936.

Também foi neste ano, em que a Tuna foi presidida por Danton Nifo, que lhe foi atribuída a Comenda da Ordem da Benemerência. E, no final desse mesmo ano foi contratado para reger ambos os organismos musicais da Academia, o «maestro» Raposo Marques que já vinha exercendo essas funções.

Entrado o ano de 1937, eram os seguintes estudantes dirigentes da Tuna: — Danton Nifo e João Raposo, reeleitos; João Moreno Pinheiro, Domingos Barroso, José Adriano Pinto Rodrigues, os restantes directores; a mesa da Assembleia Geral era presidida por Poças de Figueiredo e para o Conselho Fiscal, foi reeleito José Germano de Oliveira.

No sarau de Maio, de homenagem aos estudantes brasileiros, também a Tuna actuou com o Orfeon, não constando, neste ano, mais exibições.

Logo no início de 1938 havia nova direcção, continuando na presidência Danton Nifo, secundado por Moreno Pinheiro, Joaquim Soares, Pinto Rodrigues, João Jardim e Germano de Oliveira.

Em Fevereiro deslocou-se a Oliveira do Bairro e, em Março, tocou no Coliseu de Lisboa, na presença do General Carmona, presidente da República, em que também actuou o Orfeon.

Ainda nesse ano — Maio — foi o sarau em Ovar e, depois, antes do Natal, uma excursão ao Porto e pelo Minho.

Nesta viagem ao Norte, ainda em 1938, a Tuna apresentou o seguinte reportório: — Hino Académico, e, depois, os trechos estrangeiros «Dança Húngara n.° 5, de Brahms; «Chanson triste», de Tschaikowsky; «Chanson de Solveg», de Grieg; «Prelúdio n.° 2», de Alph Harcelmans; «Momento Musical», de Schubert.

Entre os autores portugueses destacavam-se Raposo Marques, com «Bailarico» e «Serenata», além de Pereira de Sousa, na «Fonte dos Amores».

Ao iniciar-se 1939 já era presidente da Tuna João Gonçalves Jardim, continuando na direcção Moreno Pinheiro e António Joaquim Soares, tendo sido também eleitos José Antunes da Cunha, Luís Carvalhal e Carlos Alberto Ribeiro. Porém, mais tarde, Fernando Martins Pinto passou a vice-presidente.

A primeira saída neste ano de 1939, foi a Aveiro no fim de Janeiro, a que se seguiu, em Março, a exibição na Casa das Beiras, de Lisboa, com paragem em Santarém, onde realizou um sarau.

Em Maio, depois de ter pago o imposto de registo e taxa de diploma de Comendador da Ordem de Benemerência, que lhe fora concedido no ano anterior, a Tuna homenageou a Ala Martim de Freitas da M. P. com um sarau no Ginásio do Liceu, voltando a actuar, com o Orfeon e o T.E.U.C. no sarau da Queima das Fitas desse ano.

Recomeçado o ano lectivo e com boas intenções de festejar solenemente o seu cinquentenário (sic) a Tuna viu grande parte dos seus elementos constituirem um outro grupo orquestral académico — o Grupo Çalameónico — que nesse ano ainda se deslocou a Vouzela e Oliveira de Frades.

Como dirigentes da Tuna continuavam João Jardim, Fernando Pinto, Luís Carvalhal, José Antunes da Cunha, entrando também para a direcção António Duarte, António Leitão Marques e Camilo Rebocho Vaz. A Tuna seguiu então, para Alcobaça, onde actuou no Refeitório do Asilo de Mendicidade, em benefício dos Bombeiros Voluntários.

No fim de Janeiro de 1940, iniciou em Torres Novas, uma longa excursão de dez dias que depois continuou pelo Alentejo e Algarve, realizando depois, efectivamente, a anunciada festa do «cincoentenário» (sic) no fim de Abril.

Em Maio colaborou no Sarau da Queima das Fitas, e, em Novembro voltou a colaborar, também com o Orfeon e o T.E.U.C. num sarau do Salão Nobre da Faculdade de Letras, em honra dos membros de um Congresso de Cientistas.

Para 1941 foram eleitos novos dirigentes, Constantino Esteves, Lopes Craveiro, Joaquim Carvalhal e Junot Fernandes, que se juntaram a João Jardim, José Cunha e Leitão Marques que vinham dos anos anteriores.

Foi esta direcção que levou a Tuna a Tondela, ainda em Janeiro de 1941 e que planeou

uma longa viagem pelo Alentejo e Algarve, que viria a ser muito perturbada e alterada pelo ciclone que em Fevereiro assolou Portugal.

Ao fim de dez dias de viagem, de várias noites sem dormir e de uma noite passada na Casa das Beiras, em Lisboa, sobre cadeiras, poltronas e tapetes, a Tuna chegou, finalmente, a Coimbra.

Nesse ano, o costumado sarau da Queima das Fitas foi substituído pela pseudo-revista *Não façam ondas...* em que, felizmente, não colaboraram os habituais e consagrados organismos académicos.

Em Novembro, das eleições resultou ter ficado na presidência Ramiro Valadão (também presidente da C. A. da Associação Académica) além de Rui Tasso (Dux Veteranorum), de Eduardo Leitão Nobre e de Fernando Cabral, continuando dirigentes Joaquim Carvalhal, José Craveiro, José Cunha e Leitão Marques.

Com esta direcção e sob a regência (excepcional) de Joel de Mascarenhas, a Tuna Académica deslocou-se a Estarreja, ainda em Dezembro, quando o presidente Ramiro Valadão, se preparava para deixar a Comissão Administrativa da Associação Académica, pelos motivos conhecidos do aumento das propinas, decidido pelo Governo de Lisboa.

Em Janeiro de 1942, colaborou num sarau promovido pelos quintanistas de Medicina, em favor da obra Enxoval do Recém-nascido e, em Fevereiro, com paragem em Viseu, deslocou-se ao Douro e a Trás-os-Montes finalizando a viagem com saraus em Guimarães e Famalicão.

Nesta sua excursão ao Norte, além do «Hino Académico» a Tuna também incluía no seu reportório as seguintes peças estrangeiras: — «Minuetto», de Bocherini; «Adeus» de Shubert; «Dança Húngara» de Brahms; «Chanson de Solvej», de Grieg; «Prelúdio», de Hasselmans; e, finalmente, o «Momento Musical», de Schubert;

entre os autores portugueses só havia «Serenata» e «Bailarico» do próprio regente da Tuna Académica.

Também colaborou no sarau da Queima das Fitas, efectuado em Maio, não constando outras exibições nesse ano de guerra.

Em 1943, já com nova direcção em que continuavam Rui Tasso e Joaquim Carvalhal e em que também entravam Aurélio Reis, Fernando Cabral e Carvalho Homem, fez uma excursão pela Guarda, Covilhã e Castelo Branco, em meados de Fevereiro.

Depois, em Março, foi ao Porto e ao Minho e, em Abril, a Leiria colaborando também no sarau da Queima das Fitas, em Maio.

Não se conhecem outras actividades da Tuna nesse ano, mas sabe-se que ao entrar 1944, já tinham sido eleitos Eduardo Leitão Nobre na presidência, além de Carvalho Homem e Mário Santos Carvalho. Mais se recorda que da vice-presidência saiu Aurélio Reis para entrar Francisco Silveira.

Nos fins de Janeiro de 1944 deslocou-se a Pombal, a Tomar e à Beira-Baixa e no último dia de Março foi a Aveiro.

Também actuou no sarau da Queima das Fitas de 1944 não se conhecendo qualquer outra exibição até final desse ano.

O ano de 1945 entrou com novos dirigentes, ficando Aurélio Reis na presidência, além de Vasco Tito da Cunha, Mário Santos Carvalho, António Tavares de Melo, Carlos Santos Reis e Santos Freitas.

No fim de Janeiro de 1945 a Tuna Académica organizou uma viagem por Alcobaça, Caldas da Rainha, Torres Vedras e Santarém, e, em Fevereiro também a vemos colaborar com os restantes organismos académicos, no Sarau da inauguração da Casa dos Estudantes do Império.

Em Maio desse ano, o conflito académico relativo à Comissão Administrativa da A. A.

perturbou a festa da Queima das Fitas, não tendo actuado a Tuna Académica como era tradicional.

Em 1945, o programa, além do «Hino Académico», incluía o «Minuetto» de Bocherini; «Adieu» e «Momento Musical», de Schubert; a «Marcha turca» de Mozart e o «Prelúdio», de Hasselmans; de autores portugueses a Tuna interpretava uma «Serenata» de G. Braga e outra de R. Marques, além da «Caixinha de Música», de F. Silveira.

Ao findar 1945 escolheu novos dirigentes ficando na presidência Alcides Bizarro, acompanhado por Santos Reis, Vasco Tito da Cunha, Carlos Alberto Freitas, António Tavares de Melo, Armando Sá e Laurindo Costa.

Em Fevereiro de 1946 a Tuna viajou até Alcobaça, Lisboa, Alentejo e Algarve, colaborando, depois, no sarau de Coimbra, promovido pela Casa dos Estudantes do Império e pelo Conselho dos Organismos Académicos, já em pleno funcionamento.

Em Abril deslocou-se ao Coliseu do Porto para um sarau em favor da Casa do Gaiato, tendo entrado também no sarau da Queima das Fitas de Coimbra no Teatro Avenida que nesse ano de 1946 se efectuou não obstante o «luto académico».

Para 1947 continuavam na direcção Alcides Bizarro e Santos Freitas, entrando João Menano, António Prado e Castro, Figueiredo Júnior e Luís Alexandre.

Logo em Março desse ano, a Tuna colaborou, com a sua Orquestra de Tangos nos saraus do Enxoval do Recém-nascido e do Jardim-Escola e também em Maio, no sarau da festa da Queima das Fitas.

O estudante Décio Dantas, também funcionário da Secretaria da Universidade, e antigo dirigente da Tuna Académica, deixou de ser elemento actuante e de pertencer à direcção, pelo facto de ter concluído a sua formatura em Direito.

Os novos dirigentes da Tuna eleitos para 1948 incluiam como presidente o mesmo Carlos Alberto Santos Freitas, além de Armando Garrido Gomes de Carvalho, que ficou na vice-presidência; outros directores eram Mário Santos Carvalho, Alberto Sampaio Nóvoa, Francisco Domingos Carvalho e Sérgio Parreira.

No último fim de semana de Janeiro deslocou-se à Figueira da Foz, mas em Fevereiro já saltava da Póvoa do Varzim para Amarante prosseguindo depois para Vila Real e Lamego.

Em Maio, actuou no sarau da Queima das Fitas, tendo terminado esse ano de 1948 com uma excursão à Ilha da Madeira, com três espectáculos realizados no Teatro do Funchal.

Neste ano de 1948 constava do reportório, além do «Hino Académico», mais os seguintes trechos de autores estrangeiros: «Minuetto» de Bocherini; «Olá, andaluz», de Garcia Nóvoas; «Adieu» de Schubert; «Marcha Turca», de Mozart; de autores portugueses a Tuna interpretou «Serenata» de David de Sousa, «Bailarico» e «Balada» de R. Marques, e «Velha Canção», de Del Negro.

A viagem à Madeira foi no «Serpa Pinto» levando a Tuna setenta elementos, além de agregados e do Regente Raposo Marques, com sua Esposa.

A direcção, eleita ainda em Novembro de 1948, era presidida por Santos Freitas, que foi reeleito, juntamente com Prado e Castro e Sampaio Nóvoa. Outros directores eleitos foram Viriato Namora, Cunha Cidadão e Mário Taborda.

No ano seguinte — 1949 — em Fevereiro, a Tuna efectuou um concerto no Avenida, especialmente transmitido pelo Emissor Regional então instalado em Montarroio. A célebre Orchestra Phytagórica foi reorganizada em

Março e pelo entusiasmo dos executantes poderia concluir-se que não era a música «séria» que mais interessava os elementos da Tuna.

Na festa da Queima das Fitas de 1949, actuou no Baile de Gala, uma Orquestra Ligeira Académica formada, essencialmente, por estudantes da Tuna, mas no sarau desse Maio, não colaborou.

Foi no fim desse Verão de 1949 que os vários organismos académicos — e todas as secções da Associação Académica — se transferiram do edifício da Rua Larga, para o chamado «Palácio dos Grilos». O festejado acontecimento da «Tomada da Bastilha» — o «25 de Novembro» — já foi comemorado na nova sede, por toda a Academia.

A eleição para os dirigentes da Tuna Académica, com mandato para o ano lectivo de 1949-1950, foi a seguinte: — Direcção, António Prado e Castro, Carlos Santos Freitas, Viriato Namora, Júlio Serra e Silva, Jorge Collus e Rui de Moura.

A mesa da Assembleia Geral ficou presidida por Armando Garrido Gomes de Carvalho, secretariado por Álvaro Taborda e Políbio Serra e Silva. Ao Conselho Fiscal ficaram pertencendo Daniel da Silva e Francisco Nóvoa.

O Conselho Artístico, também eleito era formado pelo Regente e por Santos Freitas, em representação da direcção.

Foi então anunciado que a Tuna Académica se deslocaria ao Brasil, em 1950...

Mas foi o T.E.U.C. a fazer a viagem... em 1951...

PIADAS & PARTIDAS

Académica-União, pela rádio

A primeira transmissão radiofónica de um jogo de futebol — de um acontecimento desportivo, em Portugal — foi efectuada por um senfilista-estudante, tanto dedicado à rádio, como ao desporto, como à Academia.

O senfilista-amador era o António Madeira Machado, estudante de Direito, que não perdia a oportunidade de prestar culto à sua Associação Académica e também de mostrar os seus dotes de radiófilo encartado e de desportista fervoroso.

Realizava-se no Campo de Santa Cruz o renhido prélio de futebol entre os grupos da A. A. e do União de Coimbra e logo tudo foi preparado para transmitir para o éter as fases principais do jogo. O grupo académico conseguiu um empate, ficando assim apurado para disputar o campeonato da I Liga.

Foi em Janeiro de 1935 e as centenas de radiófilos amadores que assistiram ao jogo com os olhos e os ouvidos presos ao aparelho receptor, não fazem a mínima ideia dos esforços feitos, junto do microfone do campo de Santa Cruz, para que não se espalhassem pelo ar de Coimbra e arredores, certas palavras de desabafo saídas da boca de alguns entusiastas com a língua menos presa...!

Recordam-se ainda certas frases a quem a própria polícia fazia orelhas moucas, mas que ditas ao microfone (ou mesmo sendo ouvidas por um microfone) ressoavam como blasfémias indecorosas.

E foi recheada de palavras muito duras, que de Santa Cruz foi emitido o primeiro relato radiofónico de um jogo de futebol, em Portugal.

Cortejo histórico-físico-natural

Naquela época andavam muito na moda os desfiles organizados para homenagear acontecimentos do passado ou figuras proeminentes da história pátria, resultando sempre grandiosos espectáculos em movimento, compostos com verdade, beleza e magnificência.

Foi assim que na Queima das Fitas de 1936, no ano em que foram quartanistas Danton Paixão Nifo e Mota Marques, desfilou por Coimbra esta engraçada paródia a um cortejo medieval. «*Já há muito que não se efectuava uma demonstração tão eloquente do espírito da Academia... a justeza das imitações, a finura da crítica, o humorismo da realização...*» foram frases justas que sairam na imprensa da época.

Terminado o desfile (que levava à frente o carro do director e do chefe das filmagens sr. Latão e Barro) desenvolveu-se no Parque da Cidade, junto ao rio, um Torneio Medieval, em que não faltavam as damas concupiscentes... e os cavaleiros a baterem-se com galhardia...

Esta paródia a um cortejo medieval que meses antes, desfilara em Coimbra e em Lisboa, foi um número valioso das festas da Queima das Fitas desse ano, a cuja comissão central presidia Elísio Montargil e de que também faziam parte José Campos Coroa, Albino Peixoto e Danton Paixão Nifo, o grande animador e realizador deste cortejo-histórico-físico-natural.

Foi distribuído um engraçado «Programa» que começava assim: «*Desfile com ares medievos. Na corte de Minerva, a primeira deste nome, que tem amamentado muito boa gente e com sua grande caridade amamentará, por muitos anos, todos os candidatos ao Canudo, mesmo relativamente tapados. Vão na frente 4 vassoureiros, desarmados com cornetas, abrindo o terreiro da passagem...*»

E o «Programa» continuava neste estilo.

A laranja «encasacada»

Em Janeiro de 1939 chegou a Portugal uma delegação de intelectuais brasileiros ligados, principalmente à Faculdade de Medicina de São Paulo. Era constituída por estudantes e professores universitários, vindo a eles ligado o Doutor Afrânio Peixoto, grande figura das letras brasileiras e incontestado amigo de Portugal e da cultura portuguesa.

Estiveram em Coimbra, foram recebidos na Universidade e a Academia acolheu-os no seu Palácio da Rua Larga, onde foram especialmente saudados pelos dirigentes da A. A. e do Orfeon.

Antes, depois da sua chegada a Lisboa, já tinham percorrido o Sul do país, demorando-se, com certa solenidade, em Vila Viçosa, onde foram acolhidos no Paço Ducal.

Foi nesta vila alentejana que o Doutor Afrânio Peixoto se explanou num discurso cheio de retórica tropical, e em que se demorou a... elogiar as laranjas da região...

O discurso das laranjas de Vila Viçosa, foi muito comentado em certos meios da Academia de Coimbra mais desejosos de um real intercâmbio luso-brasileiro, do que discursos inflamados de oradores oficiais.

Foi assim que Manuel Azevedo, aluno de Ciências, com Vasco Taveira, Antero Sobral, Jorge Torres e António Soares, todos de Direito, resolveram meter numa caixa de cartão uma laranja «vestida de casaca e cartola» indo ao Hotel Astória entregá-la a Afrânio Peixoto.

Com a laranja assim encasacada, seguiam uns versos onde se escreveu que «*...um simpático destino ela seguia: /Ia levar cumprimentos da «briosa»/ Ao Jorge dos Romances da Bahía*».

Esta brincadeira de meia dúzia de estudantes daquele tempo, retrata bem que a mocidade académica reprovava esse famigerado intercâm-

bio cultural que apenas se evidenciava pelo brilho dos discursos e pela copiosa ementa dos banquetes, sem reparar em Jorges Amados e outros autênticos intelectuais brasileiros.

Fininhos do Litoral

Esta paródia humorística aos Ranchos Folclóricos, aparecida em Coimbra, nos Festivais do Parque, da Queima das Fitas de 1939, não pode ser esquecida, nem pela Academia, nem pela cidade inteira, pois foi uma das mais espirituosas piadas concretizadas pelos estudantes de Coimbra.

Caricaturando os agrupamentos etnográficos que se exibiam por esse Portugal além, os «Fininhos do Litoral» mostravam como sabe rir a mocidade coimbrã, conseguindo fazer chacota do caso mais sisudo ou mais circunspecto.

As «fininhas» escolhidos a dedo entre os rapazes mais alentados e, os «fininhos» sempre recrutados entre os mais franzinos, evidenciavam, à primeira vista, um contraste grotesco, mas verdadeiro, sob alguns aspectos...

A escolha do reportório, a deformação apropriada das «letras» e dos «estilos», a fantasia — e por vezes a acrobacia — das marcações coreográficas, fizeram dos «Fininhos do Litoral» uma das boas piadas da Academia de Coimbra de todos os tempos.

Foi presidente da Comissão Central da Queima, nesse ano de 1939, o quartanista de Medicina Artur Leitão, sendo ensaiadores e responsáveis pelos «Fininhos» Fernando Costa e José Esteves Alves, que viria a formar-se em Farmácia e em Medicina.

Os componentes dos «Fininhos do Litoral» eram, ao tempo, quase todos alunos do Liceu, obrigando-os a vida a uma dispersão que anulou a continuidade do grupo, que todos desejavam.

No entanto, mais tarde conseguiram reagrupar-se tendo aparecido, de novo, em 1948, durante a Queima das Fitas e actuado também com o mesmo sucesso, nuns festejos populares organizados no Pátio da Inquisição.

O busto de António Nobre

Para alindar o lendário Penedo da Saudade, foram regularizadas e até ajardinadas as suas veredas, chegando ao ponto de se lançarem escadas e de se abrirem pracetas.

Foi logo à entrada, de quem sobe do Jardim Botânico que foi levantado o busto do poeta António Nobre, virado de frente para uma casa onde teria vivido esse grande poeta português e antigo estudante de Coimbra.

O monumento, formado por um singelo, mas expressivo busto em bronze, colocado sobre um sóbrio pilar de mármore, lá está desde Outubro de 1939, em que foi solenemente inaugurado, depois de ter discursado o Embaixador Alberto de Oliveira, amigo pessoal e contemporâneo de António Nobre.

Cumprindo bem a sua obrigação de busto de bronze, ali se mantinha, mudo e quedo, de inverno e de verão, à torreira do sol, ao zunir do vento e ao fustigar da chuva durante, pouco mais de dois anos e meio.

Certamente, cansado daquela posição forçada, a olhar sempre para aquela casa que já nada lhe segredava... o busto desapareceu, certa manhã...

Foi em Junho de 1942, quando os jardineiros da Câmara andavam na tarefa matinal de limpar o recinto do Penedo da Saudade, que deram pela falta do seu conhecido Nobre, de bronze...

Dado que era seguro que não podia deslocar-se pelo seu próprio pé (ele só tinha cabeça) alguém o teria levado do sítio. Para onde? Quem seria?

As perguntas andavam no ar e ninguém atinava com a resposta certa. Até que, certo dia, houve resposta para a primeira pergunta. O busto de António Nobre tinha aparecido, abandonado, numa rua da Alta.

Porém, a segunda pergunta ainda hoje está sem resposta.

Quem seria?

Grupos de apoio à A. A.

O mais antigo grupo de apoio ao futebol português, parece ser o «Baralha Teórica» que se fundou, em Coimbra, no ano de 1928 e se destinava a apoiar os jogos disputados pela Associação Académica.

Anos depois, fundaram-se e viveram em Coimbra, com o mesmo fim, outros grupos de apoio, alguns com vida precária, mas que ficaram os nomes de «Frascary Club», os «Caw-boys», os «Fans» e os «Falcões».

De 1944 para 1945 em que a vida associativa dos estudantes de Coimbra andou bastante agitada por causa dos dirigentes nomeados para as comissões administrativas, também a vida futebolística não foi menos agitada, nomeadamente por causa da interdição do Campo de Santa Cruz e de um louvor da Federação, meses depois, devido a uma bronca, em Setúbal, com o Vitória.

Foi por esta altura que se juntavam no Campo de Santa Cruz, para apoiarem o grupo da A. A. nada menos do que três grupos organizados: os «Fabianos» os «Goelas» e os «Pindéricos da Borracha».

O primeiro grupo era apenas constituído por alunos liceais, de que se destacavam José Bandeira, Alberto Briosa e Gala, além de Joaquim Ribeiro da Costa Coelho.

Os outros dois grupos incluiam estudantes universitários, sendo o «Goelas» formado, exclusivamente, por alunos das diversas Faculdades, enquanto os «Pindéricos da Borracha» agrupavam, também, alguns alunos do Liceu e de Colégios.

Foram estas duas falanges de apoio ao grupo de Futebol da Associação Académica, que organizaram, em Março de 1945, uma grandiosa festa de confraternização — a que não faltaram comes e bebes com muita alegria — e em que foi homenageado o valor do futebol académico desde os tempos antigos, tão bem evocado por Armando Sampaio no seu livro «Futebol para o serão...» então vindo a lume.

Os Bailes de caloiros

Esta coisa de se incluir num capítulo de PIADAS & PARTIDAS, um Baile de Caloiros, só pode compreender-se com o espírito da antiga «praxe académica» que considerava o caloiro, na escala de Lineu, um furo acima do animal e um furo abaixo do homem.

Não obstante esta desclassificação «histórica» os caloiros de 1945 organizaram o seu primeiro baile pouco antes do Carnaval, em benefício do Socorro de Inverno e da Filantrópica, tendo conseguido autorização ministerial para a livre circulação de automóveis, o que era invejável, naquela época de restrições de gasolina.

No ano seguinte repetem a proeza, organizando o 3.º baile, em Janeiro de 1947, desta vez em benefício do Asilo da Infância Desvalida, tendo Acto de Variedades e Grupo de Fados. O 4.º baile dos caloiros, também no amplo ginásio do Liceu D. João III, onde se efectuavam os bailes da Queima das Fitas, foi organizado por uma comissão de que faziam parte Alberto Neto, Alexandre Pereira, José Campos, Edgard Verdade e Ramiro de Almeida.

Mas em Janeiro de 1949, foi o 5.º baile... e o último...

O Baile dos Caloiros decorreu no salão-ginásio do Liceu D. João III, como habitualmente, tendo sido abrilhantado por três orquestras.

Mas, em reunião do Conselho de Veteranos, do mês seguinte, entre outros assuntos relacionados com tradições académicas, foi deliberado... acabar com o Baile dos Caloiros...

E não consta que, por esses tempos e enquanto a deliberação do «Consilium Veteranorum» estivesse na memória dos vivos, os caloiros se atrevessem a organizar um baile... tanto mais que já ia criando raízes que o tornavam sério competidor do baile dos «doutores» — o baile da Queima das Fitas, em Maio, no mesmo salão.

Recepção ao «Kalifa»

Com a evocação de uma viagem, promovida pelo curso do 5.° ano jurídico, em Fevereiro de 1938, a certas regiões do Norte de África, fundou-se em Coimbra mais uma «república» de estudantes que usou o significativo nome de «Kalifado».

Aquela excursão dos finalistas de Direito, que utilizaram a canhoeira «Mandovi» como transporte oficial, tinha também um intuito patriótico que era o de implantar nos terrenos onde se desenrolou a Batalha de Alcácer-Quibir, um «padrão» comemorativo do facto.

O «padrão» lá ficou e em Coimbra, pòr muitos anos, tem perdurado o nome de Kalifa e de Kalifado, principalmente graças ao nome de uma «república» que tem dado muito que falar.

Logo em Novembro de 1941, quando foi anunciada a reabertura solene da República do Kalifado, se falou do seu Ministro dos Abastecimentos e dos Assuntos Exteriores, o Ali João Veiga Leitão. No ano seguinte, foi a celebrada viagem do Kalifa Manuel Costa Brandão, num engraçado cortejo que um rabugento articulista do C. de Coimbra, classificava de «carnaval em Novembro». Em Novembro de 1944 foi, de novo, a triunfal chegada do Kalifa à Estação Nova e, em 1947, foi a imponente viagem do Kalifa-Mor, até Coimbra, em Março desse ano.

Outra vez, em Março de 1949, é o Kalifa--Mor recebido, solenemente, na Estação Nova, dirigindo-se em seguida para a Alta, onde se hospeda nos reais paços do Kalifado. As festas de recepção decorrem na maior imponência e, às 24 horas, é servido um «Amoníaco de Honra» ao séquito Kalifal e convidados.

Querem melhor? ou com mais molho?

Um «preso» a fazer acto

Já era muito falado o caso daquele estudante sabedor, inteligente e capaz, que não tinha coragem para se apresentar a exame. Qualquer complexo de inferioridade o fazia virar as costas aos examinadores, não se apresentando a acto, mesmo que estivesse bem preparado.

No seu primeiro ano de Faculdade, lá conseguiu apresentar-se, respondendo a custo, mas de forma satisfatória. ...E passou...

Mas no 2.º ano o caso estava cada vez mais complicado. Não obstante ser reconhecido que dispunha de boa preparação e que tinha qualidades de inteligência e de expressão, o certo é que, na altura própria, lhe faltava a coragem ...e não se apresentava a exame oral.

Até que num certo dia de Julho...

Foi a tantos de Julho de 1949, que um estudante de Direito, depois de ter falta do ao acto do 2.º ano, oito vezes seguidas, após ter ficado aprovado nas provas escritas, se apresentou nos «Gerais» acompanhado de um polícia que o levava preso... Só «preso» fez acto!

O polícia, era um autêntico guarda da PSP que fora especialmente aliciado por familiares, amigos — e até professores — do estudante tímido, para ser levado para uma sala dos Gerais e ser submetido ao exame a que andava a fugir.

Claro que fez boas provas e que passou com regular classificação.

O caso ficou-lhe de emenda e não consta que, nos anos seguintes, fosse necessário tal expediente, para completar os restantes actos e tirar a licenciatura em Direito, como tirou.

SENHORAS ESTUDANTES

Neste ano de 1934, as senhoras estudantes que aparecem nas manifestações extra-escolares, continuam a ser cerimoniosamente distinguidas com «D.» a anteceder o nome de cada uma, como bem se verifica no «programa» do sarau de música e teatro, organizado pelo Colégio de Santa Isabel, na sua própria sede — Rua da Trindade.

Neste sarau de arte que teve a colaboração de senhoras do «Centro Académico Feminino Cristão», da Couraça de Lisboa — C.A.F.C. — intervieram as «caloiras» de Direito Maria Piedade Salta e Maria Guilhermina Miller de Noronha, além de Maria de Lurdes Corga, e de Ana Freitas Vera Cruz.

No mesmo ano de 1934 — em Março — também se planeava o baile do «Fado» em cuja comissão entravam Laura Palhinhas, Guilhermina de Noronha, Alfredina Pires e Lurdes Corga, em representação das quatro Faculdades.

Mas o baile não se realizou...

Em Maio desse ano, por ocasião da Queima das Fitas, teve lugar o V Salão Académico, em que expôs uma estudante, aluna de Letras Mariana Machado Santos.

Para concluir 1934 falta referir que nas eleições para a direcção da Associação dos Estudantes Brasileiros, foi escolhida uma única senhora para os corpos gerentes, que se chamava Rosa Gouveia.

No ano de 1935 aparece uma única referência a actividades extra-escolares de senhoras-estudantes.

Trata-se da representação teatral promovida por alunos e alunas do 2.° e 3.° anos da secção de Filologia Germânica, da Faculdade de Letras, que interpretaram na sala de leitura da antiga Biblioteca Geral «Der Totentanz» sob a direcção dos seus professores Doutor Paulo Quintela e Doutor Albin Beau.

Neste ano também não houve baile do «Fado». Foi o primeiro organizado pela Comissão da Queima das Fitas e teve lugar nos salões da Câmara Municipal.

Em 1936, volta a constituir-se uma comissão feminina para o baile do «Fado», mas, como nos anos anteriores, tal baile não se efectuou. Da comissão faziam parte Clementina Moreira da Cruz, Ernestina Caldas de Oliveira e Vitória Azevedo Oliveira, respectivamente das Faculdades de Direito, Medicina e Ciências.

Não houve baile do «Fado» pela *Mi-Carême*, como em anos anteriores, mas houve baile da Queima das Fitas, em Maio, no «Ninho dos Pequenitos», na rua Oliveira Matos, inaugurado semanas antes.

Em princípios de Junho de 1936 voltam a exibir-se as alunas de Germânicas, agora em cenas do «Faust» sob a direcção dos seus professores.

E, em Março de 1937, reuniram as senhoras alunas da Universidade para estudarem a participação feminina nas festas da Queima das Fitas. Mas pouco ou nada se adiantou.

Foi por essa altura que saiu, de novo, o jornal do Liceu D. João III «Alvorada» com a cola-

boração de Maria Bértila, Lídia Dias e Gracinda de Andrade.

Em Novembro seguinte, elementos do «Fado Académico» mandaram contactar a estudante de Letras Madalena Coelho de Almeida, para fazer parte do «Grupo Cénico» que planeavam formar, tendo esta senhora conseguido a colaboração de outras suas colegas, principalmente da secção a que pertencia. No entanto, ainda em Dezembro de 1937, o «Fado» discutia a participação de senhoras...

Numa posterior reunião foi aprovado, no entanto (mas com duas abstenções) «*que no Grupo Cénico tomassem parte senhoras estudantes, ou com igual categoria...*» Esta referência parece comprovar que, além do sexo, também se levantaria qualquer preconceito de natureza social...

Porém, as objecções e abstenções não tiveram peso suficiente e, logo em Fevereiro de 1938, ao ser comunicado em reunião da direcção do «Fado» que «*...muitas colegas da Faculdade de Letras acederam, com entusiasmo, a colaborar no «Grupo Cénico»,* estava bem assegurada a colabo-boração de senhoras no organismo dramático que viria a ser o Teatro dos Estudantes da Universidade de Coimbra.

Madalena Coelho de Almeida, estudante de Letras depressa foi considerada dirigente do «Grupo Cénico» assistindo às reuniões enquanto ração de senhoras no organismo dramático que viria a ser o Teatro dos Estudantes da Universidade de Coimbra.

E, em Junho desse ano de 1938, apresenta-se no Teatro Avenida o «Grupo Cénico do Fado Académico de Coimbra» apresentado e dirigido por Professores da Faculdade de Letras e em que intervêm, como intérpretes, as alunas universitárias a representar a «Farsa de Inês Pereira», de Gil Vicente, Madalena de Almeida, Carolina Soares, Maria Augusta Marques, além de Mariberta Carvalhal, Berta Fausta Costa, Cidália

Gomes, Madalena Donas Botto e Marília Ferreira.

Em Março do ano seguinte — 1939 — o grupo de teatro da Universidade de Coimbra, já denominado T.E.U.C. apresenta-se no Teatro Nacional, de Lisboa, com *Anfitriões* de Luís de Camões, e com Coros Líricos Falados, com numerosa participação feminina de alunas da Faculdade de Letras, com destaque para Maria do Céu Fidalgo. E, o mesmo grupo deslocou-se ao Porto, no mês de Abril, a convite dos Fenianos para repetir no Rivoli o mesmo programa apresentado na capital.

Estava consagrado o agrupamento e consolidada a colaboração das senhoras estudantes.

E, em Maio, antes e durante a Queima das Fitas voltam a intervir as universitárias, nos Coros Falados e, também, como intérpretes de teatro nos saraus da Noite Francesa e da Noite Alemã no pequeno palco da Faculdade de Letras.

Ainda em 1939 notabilizou-se como nadadora, nos torneios da Praia Fluvial, a estudante Natália Veiga, que iria concluir o seu curso de Ciências na Universidade.

Recomeçado o ano lectivo, em Outubro, ascendem a dirigentes do T.E.U.C., por eleição na «Sala dos Bispos» as estudantes de Letras Carolina Soares e Maria Augusta Marques, além de Margarida Carmona, estudante da Faculdade de Direito.

Num frustrado grupo «Teatro Clássico da Faculdade de Letras» também uma estudante foi secretária da mesa da Assembleia Geral, Teresa Palha, mas à direcção não pertenceram senhoras.

Os alunos e alunas da secção de Germânicas continuaram as suas representações, tendo o T.E.U.C. em Outubro de 1940, viajado até Lisboa, onde representou o *Auto da Alma* no teatro da Exposição do Mundo Português, em Belém. Neste sarau estreou-se no papel de «Santa

Madre Igreja», a aluna de Ciências Madalena Biscaia.

No fim desse ano de 1940 foi escolhida a primeira comissão feminina das festas da Queima das Fitas que deveriam realizar-se em Maio do ano seguinte, formada por «greladas» das quatro Faculdades.

Os dirigentes do T.E.U.C. eleitos para 1940--41 também incluíam Carolina Soares, Maria Augusta Marques e Maria José Santos, na Direcção, além de Margarida Costa, como secretária da Assembleia Geral.

Em 1941, numa reunião geral da Academia, convocada pelo Reitor Morais Sarmento para a Sala dos Capelos, foi notada a presença de muitas alunas. Em Junho desse ano, o mesmo Reitor passeou ostensivamente pela Baixa, com uma aluna da Faculdade de Letras sobre quem tinham recaído uns maldosos boatos.

E o ano termina com a reeleição para dirigentes do T.E.U.C. das universitárias acima já indicadas.

Bem se compreendia uma certa maledicência sobre as universitárias, pois neste ano de 1941, as estudantes começavam a tomar posições que poderiam «chocar» certas pessoas preconceituosas.

Foi na Queima das Fitas deste ano de 1941 que se constitui a primeira «comissão feminina», de que faziam parte as alunas Aida Aragão Nazaré Lobato Guimarães, Eugénia Ramos e Mariberta Carvalhal, representando as Faculdades de Medicina, Direito, Ciências e Letras, tal como nas outras «comissões» da Queima.

Também foi nesta Queima das Fitas que, no cortejo do dia 27, desfilou pela primeira vez um carro quase exclusivamente com «greladas» da Faculdade de Ciências, pertencendo, apenas, ao sexo masculino, o estudante José Ernesto Mesquita Rodrigues.

Em 1942, o T.E.U.C. viajou até Leiria e colaborou na homenagem a Antero de Quental, com recitativos por Maria do Céu Fidalgo e Madalena Osório, tendo também recitado outras universitárias como Dulce Rebelo e Júlia Matos Silva.

Contrariamente ao previsto (até a revista «Eva» publicou uma série de entrevistas com alunas da Universidade) neste ano de 1942 não foi escolhida a Comissão Feminina para a festa da Queima das Fitas.

Mas, em natação, as nadadoras estudantes de Coimbra começaram a salientar-se nas competições nacionais, com destaque para Natália Veiga e Maria Emília que sobressaíram nos campeonatos disputados no Palácio Cristal, do Porto.

O êxito da natação feminina justificou que, em Fevereiro de 1943, a Natália Veiga fosse distinguida com uma homenagem bem merecida, que se estendeu a toda a equipa.

No sarau da Queima das Fitas desse ano de 1943 mereceu relevo destacado a actuação do grupo de guitarras hawaianas, com as irmãs Sena Fernandes — Ondina e Ruby — de Macau, além de Gabriela Simões.

No ano de 1944 pertenceram à Direcção do T.E.U.C. Maria José Santos, Maria Emília Coelho, Maria Antónia Dionísio e Maria da Luz Silva Pereira e, à mesa da Assembleia Geral Madalena Osório e Maria Helena Vieira. Pouco mais há que assinalar, neste ano, quanto a actividades femininas.

Porém, em 1945, já havia uma Comissão Feminina para a Queima das Fitas em que entraram, por Medicina Maria Ester Ferrer, por Direito Margarida Carmona, por Letras Maria Antónia Dionísio e por Ciências Maria do Céu Videira Machado.

Em 1946, a comissão feminina da Queima das Fitas chamou-se Comissão de Beneficência

sendo constituída por cinco elementos, um por cada Faculdade e a quinta pela Escola Superior de Farmácia. Os seus nomes foram os seguintes: Lourdes Granada Madeira, Esmeralda de Brito, Margarida Vasco, Georgina Ferreira e Maria do Amparo Minas da Cruz.

Neste mesmo ano de 1946 formou-se na Casa de Inglaterra um Grupo Dramático, em que além de um grupo coral, entravam as seguintes universitárias: Elsa Queirós e Maria Conceição Costa Lobo.

Numa certa batalha pré-eleitoral da Associação Académica uma das listas propostas incluía Isabel Chorão Aguiar e Maria do Céu Videira Machado, sendo proponentes, entre outros, Emília Thedin e Helena Esgalhado.

À Direcção do Teatro dos Estudantes eleita em 1947 pertenciam Helena Vieira e Fernanda Pereira, sendo secretária da Assembleia Geral Maria da Luz Silva Pereira, destacando-se neste ano, como intérpretes Amélia Vieira, Judite Andrade, Helena Nunes e Ana Maria Biscaia. Na «Semana de Shakespeare» efectuada em Maio, também sobressaíram Elsa Queirós e Lídia Donas Botto.

Na Queima das Fitas deste ano de 1947, foi de novo escolhida uma Comissão de Beneficência composta por Susana Almeida e Sousa, de Direito, Maria Benedita, de Letras e Raquel Leitão, de Farmácia. A actividade das estudantes universitárias notava-se cada vez mais, e foi neste sentido que C. Figueiredo Nunes publicou nos meados de Setembro um artigo, no «Diário de Coimbra».

O ano de 1948 notabilizou-se pela discussão sobre os estatutos da Associação Académica e nas próprias mesas de voto em que intervieram senhoras estudantes como Adelina Franco, Susana Almeida e Sousa, Pilar Barata Monteiro, Natália Lousada, Berta Natércia Chaves e Maria José Lapa Rodrigues.

À Comissão de Beneficência da Queima das Fitas deste ano pertenceram Maria Elisa Pina de Morais, Luísa Correia da Cruz, Olga de Azeredo e Albertina Vale em representação das Faculdades.

E, para terminar este ano de 1948, deverá anotar-se que para a direcção do Teatro dos Estudantes foram eleitas Ana Maria Biscaia e Clarice Lickfold Moreira, ambas alunas de Letras.

Em 1949, por altura da campanha eleitoral em que foi candidato a Presidente da República o General Norton de Matos, usou da palavra, num comício de propaganda a estudante de Direito Augusta Mimoso, tendo subscrito um manifesto Maria Luísa Ramos e Ana Maria Biscaia.

E, na eleição dos conselhos de Faculdades previstos nos novos estatutos da A. A., foram escolhidos pela Faculdade de Letras as alunas Antónia Veiga Moreira, Olga Azeredo e Ermelinda Leal e Silva.

De novo a Queima das Fitas teve uma Comissão de Beneficência a que pertenceram Alzira Agatão Lança, Isabel Pimentel e Helena Santos Silva; da Comissão do Livro de Letras, era Judite Lima Fuentes e de Farmácia, Leopoldina Mourato Gouveia; à Comissão do Sarau, pertencia, pela Faculdade de Letras, a aluna Amélia Vieira.

Foi em Novembro desse ano que se formou o «Primeiro Conselho Feminino» da Associação Académica, o qual ficou assim constituído: Adelaide Caio, Filomena Marques da Cruz, Gabriela Silva Caetano, Isabel Seabra Guedes Melo e Mariana Fouto Pólvora.

A intervenção das universitárias na vida académica era cada vez maior e o «Diário de Coimbra» apontou até a novidade de se ver no cortejo das novas greladas... uma rapariga de capa e batina...

Deve aproveitar-se a oportunidade para notar que a intervenção crescente das universitárias nos diversos actos da vida académica não significava que as senhoras estudantes usassem qualquer uniforme parecido com o dos seus colegas — a capa e batina.

A saia, casaco e capa preta, não estava proíbida às alunas da Universidade, mas pode dizer-se que ninguém se afastava das regras da moda feminina. A côr e o corte que a moda determinava, eram sempre observados pelas alunas. As «greladas» e as «fitadas» podiam usar insígnias como os rapazes, pois unicamente a estes era imposta a regra do uso das insígnias só com capa e batina.

Esta «liberdade» concedida às senhoras estudantes para usarem os fatos ou vestidos que mais lhe aprouvessem é uma característica daqueles tempos, mesmo daqueles em que começou a afirmar-se a presença feminina na Universidade e nos Organismos Académicos.

De ano para ano, além de haver cada vez maior frequência feminina nas diversas Faculdades, também se notava que as senhoras tomavam parte nas festas académicas e até na vida de certos organismos.

As senhoras estudantes cada vez mais se sentiam uma verdadeira força na vida académica coimbrã e, em Dezembro de 1949, atrevem-se a organizar numa reunião... das antigas pensionistas do conhecido «Lar dos Coutinhos» isto é, o «Lar Universitário do Sagrado Coração de Maria».

TIPOS POPULARES

Ao evocarmos os tipos populares mais estimados das gerações académicas que têm passado por Coimbra, não nos detemos nas figuras citadinas que tiveram alguma importância social, enquanto vivas, não obstante, algumas destas, serem personalidades por todos conhecidas.

As gerações académicas que andaram por Coimbra nos anos vinte, sabem quem foi o senhor Marques Pinto, dono de um célebre café na Praça Velha, muito frequentado por estudantes e que morreu em Março de 1934. Também conheceram, pelo menos de nome, o prestamista José Augusto Simões Favas, que tinha uma «casa de prego», no Largo da Feira, e que faleceu em Janeiro de 1939. Recordam o dono do Café Suíço, na rua de S. João, chamado Francisco Maria Bento, que se «finou» em Setembro de 1940.

E, as gerações mais recentes, que andaram por Coimbra nos anos trinta e nos anos quarenta, também deverão lembrar-se do major Sérgio Vieira — o «Príncipe Sérgio» — que comandou a PSP e que organizou a célebre banda, cujo instrumental foi pago pela Academia. Este, morreu em 1946, mas a sua passagem por Coimbra nunca será esquecida... ao menos pelos que frequentavam a rua Larga e o ajudaram a comprar os saxofones e os clarinetes para a sua «Banda».

Não são estes os *tipos populares* em que nos vamos deter, mas sim os de outra condição social, com quem a Academia privou e que os estimava sinceramente, apesar de, às vezes, os disfrutar e se rir deles.

O «*Anão de Celas*», sobejamente conhecido das várias gerações académicas que andaram por Coimbra, nos primeiros anos deste século, chamava-se Saúl Augusto Vieira, era sapateiro de profissão e residia numa casa modesta, junto

ao Convento de Celas. Media pouco mais que um metro de altura, o que justificava que todos o conhecessem por «Anão de Celas». E se o chamassem por este nome, o «nosso» Saúl não se zangava. Bonacheirão, prazenteiro e amigo da

Chamava-se Saúl Augusto Vieira, era sapateiro e vivia junto ao convento de Celas. Bom, era muito estimado e para toda a gente era o «Anão de Celas».

Exímio mandador de «fogueiras» e tocador de viola, alegre e folgazão, tinha todas as situações e por isso era muito procurada a sua companhia pelos que gostavam os seus ditos de espírito.

paródia, nunca recusava a companhia dos estudantes boémios e dele se contam episódios cheios de piada, de que recordamos os seguintes: certo dia, em Janeiro de 1910, foi convidado por estudantes algarvios de uma «república» para uma almoçarada a que também assistia um «gigante» que por essa época se exibia num circo ambulante, montado em qualquer parte da cidade. O Saúl, logo aceitou o convite e prontamente se dispôs a também exibir a sua «pequenez» ao lado do gigante algarvio...

Por outra ocasião, foi levado a assistir, nos Gerais, a um acto em que o examinador espremia com perguntas difíceis um inofensivo estudante. À saída o Anão de Celas, saiu-se com este comentário: — «Aquilo não eram perguntas que se fizessem a um doutor!»

Faleceu em fins de Abril de 1935, contando pouco menos de sessenta anos!

★

A *Maria Marrafa* era uma figura da Alta, que viveu e morreu na rua da Matemática, perto de cincoenta anos, sempre ligada, pela sua actividade, e pela sua convivência, com sucessivas gerações académicas.

Ainda distante da idade madura, a Maria Marrafa ocupava a sua vida a entregar, de casa em casa, as folhas das Sebentas saídas das Litografias da Alta. A Maria Marrafa desempenhava a tarefa com a maior solicitude e pontualidade, acompanhando as preocupações dos estudantes como se fossem dela própria.

No cortejo das festas do «Centenário da Sebenta», lá figurou a verdadeira Maria Marrafa, nesse ano de 1899, ainda mulher apresentável, mas sem qualquer sinal de beleza ou de elegância. Era a mulher que entregava as folhas das sebentas aos estudantes, nada mais.

A casa da rua da Matemática onde morou e morreu, tem agora painel de azulejos mandado

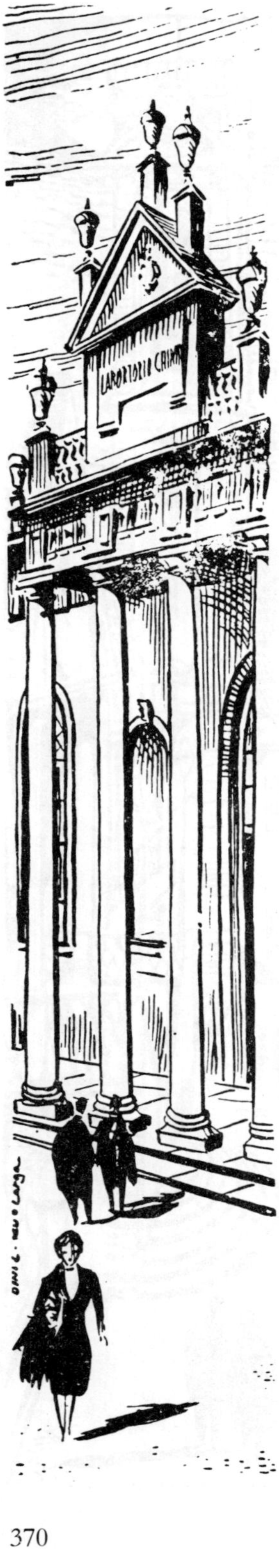

afixar pelos quartanistas de 1935-36, numa simples cerimónia integrada na festa da Queima das Fitas desse ano, de que foram principais impulsionadores Elísio Montargil e Danton Paixão.

★

Alcino Marques Mano, que todos conheciam por «*Dim-Dim*», era uma figura da Alta a quem foi posto esta alcunha, pelos sons que emitia e pelas atitudes que tomava, ainda criança, ao imitar os carros eléctricos que apareceram em Coimbra no primeiro ano do regime republicano.

Tendo nascido e vivendo nos limítrofes do Largo do Castelo e cimo da rua dos Militares, era bem conhecido por toda a Alta e, à volta de 1929 ficou sendo mais conhecido por ser o principal vendedor do jornal «Ponney» e por desempenhar as funções de uma espécie de criado da Real República Ribatejana — ou melhor — dos estudantes Henrique Mota «Pantaleão» e do Augusto Castelão de Almeida.

Aparentado com uma família remediada da Alta, sempre conviveu com os estudantes que, por volta de 1937, lhe escreveram um «papel» de uma subscrição... que o Dim-Dim mostrava a toda a gente, a pedir um donativo... para o seu próprio funeral...

A certa altura não se viu mais pela Alta.

Foi levado para o Asilo de Alcobaça, onde viria a falecer, anos depois.

A amizade do estudante «Pantaleão» pelo seu antigo «criado» Dim-Dim, perdurou por muito tempo e, anos depois, o médico em Alcobaça dr. Domingos Arinto, recebia do seu velho companheiro de «república» o seguinte bilhete: — «Vai ao asilo abraçar o Dim-Dim e leva-lhe cigarros da minha parte».

Os abraços e os maços de cigarros nunca faltaram ao Dim-Dim, enquanto esteve internado no Asilo de Alcobaça, até à sua morte, ocorrida anos depois.

O «*Descanso Semanal*» tinha o seu território à volta do Seminário e da Alameda do Jardim Botânico. De voz avinhada, andar descompassado, de capote e bengalão pendurado no braço, nunca se lhe conheceu qualquer actividade, mas encontrava-se quase sempre entre os Arcos do Jardim e a parte cimeira da rua dos Combatentes.

Era fácil provocá-lo só para lhe ouvir um chorrilho de asneiras e de imprecações, que a decência nos impede de reproduzir...

Porém, a memória dos antigos estudantes, que tiveram a «sorte» de apreciar a linguagem característica do «*Descanso Semanal*», cheia de primores de estilo e de artísticas figuras literárias, logo descobrirá que as palavras aqui escritas, não são, precisamente, as mesmas que ele proferia, num vozeirão iracundo.

Quando o acusavam de ter roubado um bacalhau ao «Mesquita» (era o nome de uma venda existente na pequena casa que existiu na esquina da rua dos Combatentes, com a do dr. Marnoco e Sousa) logo desbobinava os mais insultuosos impropérios, mandando o acusador «fazer ginástica na *testa* do pai» ou «saltar a *boca* da mãe à vara».

As palavras que escrevemos não correspondem, totalmente, às expressões que proferia o «*Descanso Semanal*», às vezes arremetendo com o bengalão, com ar ameaçador... mas que nunca passava a vias de facto...

...O «*Descanso Semanal*» desabafava... e isso lhe bastava...!

Em certa época, deixou de vaguear por Coimbra e até desapareceu da zona que habitualmente frequentava: — Seminário, Jardim Botânico e Quartel (incluindo a zona agora chamada «Jardim dos Patos»).

Sabe-se que foi recolhido, para ser internado em Alcobaça, num Asilo ou Casa Abrigo, especialmente fundada para albergar pobres e abandonados.

O ÍNDICE DA 1.ª PARTE
NÃO SE APRESENTA
POR OS FACTOS SE ARRUMAREM
EM FOLHAS SUCESSIVAS
CORRESPONDENTES
A CADA MÊS E A CADA ANO
1934 A 1949

ÍNDICE DA 2.ª PARTE

SAUDADES DE COIMBRA

1934–1949

ASSOCIAÇÃO ACADÉMICA 235

CONFLITOS & QUESTÕES
— Movimento contra as trupes 244
— Bronca com o Orfeon 246
— Proibição de eleições 247
— Sarau no Páteo da Universidade 247
— Questão das propinas 248
— Comissão directiva 249
— Plebiscito sobre eleições 251
— Bandeira a meia-haste 252
— Fita «Hilário» 253
— Eleições académicas 254

DESPORTO
— Andebol 255
— Atletismo 256
— Basquete 258
— Bilhar 259
— Campismo 260
— Futebol 260
— Luta 274
— Natação 275
— Hoquei em patins 283
— Pingue-Pongue 285
— Ténis 287
— Rugby 288
— Voleibol & Xadrez 289

FADOS & GUITARRADAS 291

FESTAS DE FIM DE ANO
— Queima das Fitas 297
— Récitas de despedida 307

JORNAIS & REVISTAS 310

GRUPOS CULTURAIS
— Orfeon 317
— Teatro 329
— Tuna 339

PIADAS & PARTIDAS
— Académica-União pela rádio 349
— Cortejo físico-natural 350
— Laranja de casaca 351
— Fininhos do Litoral 352
— Busto de António Nobre 353
— Grupos de apoio 354
— Baile dos caloiros 355
— Recepção ao Kalifa 356
— Preso a fazer acto 357

SENHORAS ESTUDANTES 358

TIPOS POPULARES 367

Composto e impresso
na Gráfica de Coimbra
Maio de 1985 — Tiragem 3 000 ex.
Depósito Legal n.º 8456/85